她在镜子里

她是我
我是她
她是我们
我们都在镜子里

万雁 著

联袂推荐
李修文
徐 可
蔡家园
曹军庆

长江出版传媒
长江文艺出版社

湖北中青年作家作品集

图书在版编目（CIP）数据

她在镜子里 / 万雁著. -- 武汉 ： 长江文艺出版社，
2025. 6. --（湖北中青年作家作品集）. -- ISBN 978-7-
5702-3441-7

Ⅰ．I247.7

中国国家版本馆 CIP 数据核字第 20254UG160 号

她在镜子里
TA ZAI JINGZI LI

责任编辑：高田宏　　　　　　　　责任校对：程华清
封面设计：李鸿飞　　　　　　　　责任印制：邱　莉　韩　燕

出版：长江出版传媒　长江文艺出版社
地址：武汉市雄楚大街 268 号　　　邮编：430070
发行：长江文艺出版社
http://www.cjlap.com
印刷：湖北新华印务有限公司

开本：640 毫米×960 毫米　　1/16　　　印张：16
版次：2025 年 6 月第 1 版　　　2025 年 6 月第 1 次印刷
字数：180 千字

定价：58.00 元

善的力量与美的呈现（代序）

刘保昌

  表现生活的"横切面"曾经被视为短篇小说的独特文体特征与主要叙事功能。但既然是"小说"，就必然离不开完整的全息性的"叙事"。诚如美国学者华莱士在《当代叙事学》中所说，"'叙事'首先不是一种主要包括长篇和短篇小说的文类概念，而是一种人类在时间中认识世界、社会和个人的基本方式。"万雁的短篇小说《黑色足球》在描述杯水风波的日常叙事中，寄予其对世界、社会和个人的理解和"同情"，交融现实主义、浪漫主义、现代主义等多种叙事手法，成功营造出一片迷离恍惚引人入胜的艺术胜境。

  小说情节并不复杂，单亲妈妈白梅全心全意照顾即将参加高考的儿子晓宇，晓宇却意外地被足球击中下体。小说将中年女性白梅患得患失临深履薄的心理刻画得栩栩如生。事出突然，她已无暇顾及身患肝硬化腹水的父亲，她在与校方的交涉中忍让至极，后来突然在学工处办公室爆发，"就像积水受浸的秧田，陡然被人扒开一个豁口，所有的水全朝一个方向涌来。白梅情绪一时有些失控，从未一口气说这么多话，被口罩挡住的脸已然发红发烫"，"从学工处办公室出来，走出学校大门，白梅感觉身体生了一对翅膀，乘着三月温软春风，在碧空下呼啦啦飞翔，飞过白色高楼，飞过金色塔吊，飞过巨幅广告牌，飞过黑色柏油马路，飞到枝叶葳蕤的第三棵香樟树上，在树下侧方停车位上盘旋不止，树叶馨香入脾入肺。她缓缓收起翅膀，进入那辆'移动的床'。小车如一叶轻舟，顷刻间汇进灯海车流"。

但肇事者无法找到，校方承诺积极配合治疗，医药、保险也作出赔付，日子就这么提心吊胆地过下去，好在晓宇身体恢复得不错，并顺利地参加了高考。正所谓"一朝被蛇咬，十年怕井绳"，足球却从此成为白梅的"心病"，她害怕看到伤害过儿子的罪魁祸首——足球，长夜里噩梦不断，"白梅做了一个奇异的梦，梦见草坪是黑的，球网是黑的，足球是黑的，天空是白的，一个又一个黑色足球像冰雹一样，从白色天空不住地往下砸落，她牵着晓宇的手拼命向前奔跑，可不管跑到哪儿，都是一样的。这个梦反复出现多次，每次她都是从恐惧中惊醒"。梦中的黑色足球正可以视为来自不确定性领域的各种外来伤害，单亲妈妈显然无法防备也无力抵御。

直到晓宇上大学后才对白梅讲出真相，他其实早就知道肇事者是谁，"他是我们隔壁班的，中午也在学校午休，他爸爸在他一岁时就和他妈妈离婚了，后来妈妈也有了新家庭，他只能跟着年迈的奶奶生活。白梅心中一涩，喉头有些发紧，好半天挤出一句：那他向你道过歉没有呢？道歉是需要勇气的，他可能没有力量吧。晓宇说，我还有妈妈陪伴，而他连妈妈也没有"。心结一旦打开，黑色足球的梦魇便已不复存在。雨果说过："人世间最宝贵的是善良，善良是历史中稀有的珍珠，善良的人几乎优于伟大的人。"善良的晓宇让妈妈深感欣慰和骄傲。

《黑色足球》聚焦中年离异女性的心态转变过程，新一代青年以善良化解矛盾，此种"后喻"式成长足以打开白梅封闭的内心，与曾经对抗、疏远的世界握手言和，从此走向开阔的天地。

近年来，创作界涌现出一批书写温暖歌颂善良的小说，如叶梅的《五月飞蛾》、晓苏的《麦芽糖》、王跃文的《漫水》、韩永明的《望烟》

等，呈现出迥异于新写实小说、先锋派小说"表现人性之恶"的叙事风采，体现出回归本土道德传统的美学转向，也与1980年代以来的传统文化热互相呼应。善良的力量主要并不表现为外向的征服，而是植根于内心的生长。

改革开放以来，随着现代化建设步伐的加快，在中西文化大碰撞的背景下，传统文化热持续不衰，"两个结合"的呼吁更是深得人心。这就说明，现代化建设的题中应有之义就必须直面本土传统文化的现代性转化问题，传统中国的儒家伦理理应在现代化建设潮流中寻找到自己的合适位置。万雁的系列小说创作对此作出了自己的形象化的时代化的解答。

表面来看，万雁小说的主题多集中在恋爱、婚姻、家庭、学校教育层面，显得视野不够开阔，但作家聚焦于社会的最小单元，以此为纽带，投射出来的却是整个时代的风貌和精神。《冰化了是什么》中的艾春天最后打开心结，原谅了曾经出轨的前夫殷劲贤，冰化了就是春天，原谅他人其实就是放过自己，富含人生哲理；《风流云散》中的艾芳香独力资助孤儿考上大学，叙事背景却是机构改革、家庭新形态改变的时代洪流；《双生花》从养尊处优的"贵妇人"艾紫若的视角，对赛冰冰一掬同情的泪水，背后却是阶层固化、底层已然无法向上突破的残酷现实；《锦缎布缎不断》讴歌云晓月在男友田浩阳车祸后的不离不弃，在文本中却融入了城乡文化观念从冲突到和解的文化演进主题；《全家福》描写大姑被区别对待的"小故事"，寄托的却是对普遍的无差别的"大爱"的呼吁。

对于小说艺术来说，题材无所谓大小，只有艺术水准的高低。万雁在她熟悉的生活领域中，撷取几片浪花，立志书写出大海般的风涛，其塑造典型、描摹世情的方法，不难见出《红楼梦》式的经典现实主义创作的影响，却又融会中西文学传统，别开生面，体现出作家个性化的创造努力。

悲悯、同情、善良、温暖，这些曾经给予数千年中国人以"活下去"的信念力量，这些代代相传而又曾经被污名化为"虚伪"的传统文化价值符号，在万雁小说中逐一"去蔽"，得到重新发现和张扬。在生活场景和观念日益现代化从而导致全球生活方式渐趋相似的当下，这首先是一种"内部发现"，即作家在现代化同一性的表象下，重新发现了文化传统影响的力量，正如约翰·奈斯比特所说："在外部世界变得越来越相似的情况下，我们将愈加珍视从内部衍生出来的传统的东西。"同时，这种发现和张扬，更需要作家付出"艰苦的劳动"，亦如托马斯·艾略特所说："传统是一个具有广阔意义的东西。传统并不能继承。假若你需要它，你必须通过艰苦劳动来获得它。"作家综合性的审美创造努力，于此得到充分的体现。

万雁中短篇小说集《她在镜子里》极具可读性，故事、细节、环境、人物、结构处理均较适宜，体现出一位成熟作家艺术把控能力的游刃有余。小说富含时尚因素，主人公的衣着打扮、美食品位、家庭陈设、消费环节、星座命理、植物名称、奢俭品牌、佩饰搭配、四季风景、车载物品等的铺陈，细致入微，生动逼真，这种细部书写的"及物性"，成功地营造出现实主义小说的审美艺术空间。

小说的叙述贴近都市生活，不避俗俚，时尚意味十足。如"男叹官司女叹情""癫头长毛——奇了怪""自带听众气质""她的智商可能要充值了""难度系数好比针挑土、水推沙""瘦得像杆，精得像猴""刚才还像自由市场，此刻却如大雄宝殿""爱上一个不可能的人，就像在机场等一艘船""抠得连公鸡都有意见了""豆腐都有脑，你没有""人性不可试，一试全剧终""在让她失望这件事情上，他几乎从未让她失望过"。这些具有鲜明时代性和潮流性的文句，读来令人忍俊不禁，大大增强了小说的阅读快感。

小说富含哲思性，如《双生花》写道："生活。不管你的生活过得像新鲜诱人的水蜜桃，还是像蔫瘪不堪的老苦瓜。时间，从来都是最公平的使者，不会多给你一分，不会少给他一秒，每个人都生活在自己的生活里，每个人都生活在或美好或残酷的现实中，即便有些人有些事曾与你有过某种交集，也终会在时间的作用下慢慢归于疏淡，甚至陌生，却不致了无痕迹。可是，你不知道哪一天，会陡然出现一阵飓风，帮你拂去经年积尘，露出你曾好奇却无以得见的面貌。"这段关于生活的感喟，镶嵌在艾紫若与赛冰冰的"平行空间"的"交叉处"，天衣无缝，显得自然贴合，引人深思，而又具有推动小说情节走向的叙事学功能。

万雁小说语言轻俏华丽，风趣幽默。如《布局》描写女主人公夏萤的心理："网传的'剧本'可不是这么写的啊。她想，这节奏是不是快了点？不是还要加 QQ、传警官证、登录公安部门网站看通缉令吗？总不能说为了赶时间，就将这些'前戏'全都给省略掉吧？难道认为我好骗不配享受'全套服务'，只配安排'简化版'？但也不能主动要求'加戏'是吧？"类似的时尚性因素的装点、轻松搞笑的叙述、轻俏活泼的语言，有效地保证了小说的可读性。

从《双生花》书写阶层区分和底层艰难，从《布局》揭橥人性的幽微和深刻，从小说综合性兼取众流的艺术创造手法，不难想见万雁的小说创作尚有巨大的成长空间，我们无法预设其生长的可能性。鲁迅在《陀思妥耶夫斯基的事》一文中称赞陀思妥耶夫斯基"确凿是一个'残酷的天才'，人的灵魂的伟大的审问者"，认为"他把小说中的男男女女，放在万难忍受的境遇里，来试炼他们，不但剥去了表面的洁白，拷问出藏在底下的罪恶，而且还要拷问出藏在那罪恶之下的真正的洁白来"。事实上揭示了文学创作中表现"洁白"与再现"罪恶"、书写"温暖"与揭示"寒凉"的辩证法。作家的创造雄心和大胆挑战皆可从中体现，直面、表现现实生活的复杂性，俯首苍茫大地，探寻风尘扑面的凡俗生活的深层逻辑，仍然是作家艺术修炼的不二法门。

善的力量与美的呈现是万雁小说创作成功的关键，凭此艺术之"道"与"器"的有机结合的"两翼"，扶摇直上九万里，她的小说创作必将跃升至新的境界。

（作者系湖北省文艺评论家协会副主席、湖北省社会科学院研究员）

目 录

contents

黑色足球 / 001

布局 / 025

她在镜子里 / 061

树上长着馒头 / 089

风流云散 / 117

锦缎布缎不断 / 137

冰化了是什么 / 171

全家福 / 189

双生花 / 209

妈妈

晓宇的声音

带着哭腔

妈妈

你快点来

我好怕

怕得受不了

黑色足球

1

第一棵树下未划停车位,第二棵树下放有垃圾桶,白梅注视着后视镜,将车侧方停在第三棵香樟树下,地下的圆形光斑晃了晃。她将四面窗玻璃降至合适位置后,才从驾驶座上下来。

如果这是一辆房车该多好,晓宇躺在上面定会舒服些。暗忖时,她已拿着手机和车钥匙站到马路牙子上,无须手搭凉棚便可看清马路对面动静。上午放学铃声在无数耳朵的期盼中响起,是久石让的封神之作《天空之城》,美妙音符在空中飘飞,她的心不住往下沉落。

保安掐着时间摁下按钮,电动门"嘎吱"一声徐徐打开,开至某个宽度戛然而止,一片蓝色校服潮水般涌出校园。从稠密至稀疏,大概有二十分钟光景,直至保安叼着烟意欲关门,才看见晓宇拎着一袋东西,歪斜着胯一步一步向前移。每移一步,白梅的心就疼一下,泪水不觉已漫上眼眶。趁儿子尚未走近,她侧身避着他视线,用手指去吸附眼角溢出的泪珠。

妈妈，你今天是不是又没吃午饭？晓宇说着，将手中的塑料袋递给白梅，我在食堂排了好一会儿的队，不然可以早点出来。

昨天就跟你说了，让你今天别买，怎么还是买了呢？午睡时间本就紧张，这不是浪费时间吗？白梅嘴上责怪着，心里却漾起阵阵暖意。

我不管，只要你不吃我就买。晓宇说，除非你答应我明天吃了再来。

好的。白梅应承着，前夫部远不曾输出的体贴，在儿子这里体验到了，心里暖意渐浓。而担忧又随之袭来，遂小心翼翼地问：你那里，那个地方还疼吗？

给你买了炸鸡腿和萄式蛋挞。晓宇像没听见一样，妈妈，赶紧拿出来吃，冷了就不好吃了。

香味直往鼻孔里钻，白梅迟疑着没开吃，人至中年极易发胖，高脂肪、高热量食物堪称减肥两大杀手，对体重素来要求严苛的她，不想活成中年油腻大妈，只愿做一株傲立寒冬的清逸白梅。

哼，你还不吃。晓宇噘着嘴说，我自己想吃，都没舍得买，可贵着呢。

那给你，吃了再睡。白梅赶紧将手中食物递给晓宇。

我在食堂已吃饱，哪还有空间。晓宇揉了揉自己的肚子说，妈妈，你快点吃，别再磨磨叽叽，有东西吃总比饿着好，你还挑三拣四。

好，我吃，狼吞虎咽地吃，就算吃完就长胖，胖成贾玲、韩红也无所谓。白梅心疼儿子，就变着法儿地跟他说笑话。

你那个地方还疼吗？白梅吃着，吃着，想起来又问了声。

晓宇这时已钻入车后排座，正在脱鞋，略带着羞怯地说，好一些了。

走路呢？白梅紧跟一句，差点噎住。

慢点走还好，走快了还是有点疼。晓宇的声音越来越低沉。

白梅还想问点什么，却又不知怎么开口，在已近成年的儿子面前，提"睾丸"这个男性生殖器官，目前还是个不小的障碍，即便是"蛋蛋"这个俗称，她也难以说出口。

这么说吧，打个比方。晓宇抿了下嘴唇，就像一个汤圆，本来是圆的、紧的，用劲一拍，成了椭圆形，松了。说完，放下鞋，躺了下去。

那早上它能不能……白梅实在问不出口，她的心又揪成紧紧的一团，但为了宽慰儿子，她说，恢复需要一个过程，等过几天再去医院复查一下，看医生咋说。时间不早了，快睡吧，待会儿我再喊你上学。

晓宇合上双眼，将腿朝前伸了伸，可怎么也伸不直，只能屈得相对舒服些。白梅看了眼留有缝隙的窗玻璃，然后轻轻地带上车门。几片香樟叶在春风中打着旋儿，犹豫着不知该栖落何处，仿佛得到某种提示，最终飘落于前挡风玻璃上。

2

一周前的 19：15，离 22：00 下晚自习还有近 3 个小时。白梅打扫完家里卫生，转场去厨房准备夜宵。她在小红书上学做的翡翠青瓜丸受到儿子赞美，说 Q 弹低卡清淡有营养还美味，可以连吃三天不用换花样，她这心里高兴，干起活来自然就得劲，甚至用别人听了就想报警的嗓音，唱起少女时代超喜欢的 S.H.E 的 *Super star*，并暗自计划等儿子上了大学后，一定要重新规划下自己的生活。

很快，料汁调好了，虾仁干洗净泡发好了，顶花带刺的黄瓜也已刨皮切丝焯水，正准备将土豆淀粉往焯水后的黄瓜丝里倒，这时手机响起，掐断她的浮想。谁会在这时打电话呢，难道要加班？白梅放下土豆淀粉，用食指轻触绿色接听键。

妈妈，我好疼，你快来。

是晓宇！白梅脑袋"嗡"的一响，急切地问，你哪里疼？发生什么事了？

我下面被踢了，可能要去医院。

白梅顿觉眼前一阵发黑，这是她最担心的事，到底还是发生了。

被谁踢了？

被足球。

晚上怎么会被足球踢？

妈妈。晓宇的声音带着哭腔，妈妈，你快点来，我好疼，疼得受不了。

好的好的，我马上开车来，你要撑住啊。白梅说，你现在在哪？班主任知道吗？

我在高三年级组教师办公室，张老师不知道，他在教室上课，教室在5楼，我爬不上去，也不知道老师号码。

好，我知道了，先不说了，你就坐在座机旁休息会，我马上赶到学校。

白梅来不及换家居服，从沙发上薅起一件外套往身上一套，抓起包就往外面跑，她要和时间赛跑。

晓宇从不踢足球，而且又是晚上，怎会被足球踢到？在什么地方被踢的？是谁将足球踢到他的命根子上？疑问一个接一个往外冒，白梅的脑袋几欲炸裂。晓宇才17岁，再过两个多月就要高考，可是现在，如果……她不敢不愿也没时间往下深想，再想下去肯定会崩溃，能否将车开到学校还是一个问题。事实上，她踩油门和刹车的脚已开始颤抖。不行，不能乱，一定要冷静，出了交通事故晓宇怎么办？见鬼，前面是红灯。她想加速冲过去，但理智最终战胜了冲动。

趁等红绿灯间隙，她从副驾上抓起手机，拨通张老师手机号，一连嘟了好几声，未接。都快嘟断了，还是未接。绿灯亮了，她只好将手机扔回副驾。

联系不上张老师，就算到了校门口，因为疫情也进不去，就算能进也费时费力，多耽误一分钟，就多一分危险。再者，晓宇不能回教室上晚自习，也需要跟班主任请假，不然就会被视为逃课。最重要的是，她想让张老师先去看看晓宇，有人在身边总归放心一些。

可是，张老师却未接电话，他怎么能不接电话呢？

就在白梅急得火烧眉毛时，张老师回拨过来了，她用极快的语速告知一切。十几分钟后，她顺利开车进入校园，在张老师细心安排下，两位高个男生将晓宇架到车上。

去往医院的路途中，白梅详细询问了事情经过。

自高考百日誓师大会之后，晓宇会在第一节晚自习结束时，独自去操场塑胶跑道上暴走两圈，这次眼看就要走出跑道，不料被一个足球射门不偏不倚重重击中下体，他当场痛得歪倒在地，几个男生慢慢围拢过来，其中一个问要不要紧，他说可能不要紧，只是有点疼，大家听后返场继续踢球，然后上课铃就响了，男生们各回各教室。晓宇以为坐地下休息会就没事，没想到疼痛感加剧，他开始感到害怕，也没法站起来走，就在地下慢慢爬，本想爬到教室去上课，可痛得根本爬不上5楼，只好爬进空无一人的1楼办公室，用座机给白梅打电话。

走在医院过道里，凉风穿过胸膛，白梅不禁打了个寒噤，这会儿她才意识到，出门时着急忙慌的，连胸罩也没顾得穿上，更别说穿毛衣，薄家居服加空心外套这对组合，压根抵御不了寒气的侵袭，加之担忧晓宇的伤情，只觉脚下无力。她将外套拉链拉至最顶端，咬紧牙关对自己说：我绝不能倒下！如果我倒下，晓宇怎么办？想到这儿，她向前紧跑几步，直至追上坐在轮椅上被男护工推着的晓宇。

是哪里不舒服？1号急诊室里，戴眼镜的年长男医生看着穿校服的晓宇问。

下面被足球踢了。晓宇低声回答，说完舔了下干裂的嘴唇。

他在学校操场跑道上走路，偏巧被一个足球射门给击中。白梅补充道。

好的，我来检查下。医生说着，便去关门，示意白梅在门外等。

趁医生给晓宇做检查间隙，白梅从包里拿出手机，在网上搜索起来。

睾丸一旦被外力撞击会剧烈疼痛，当外力过大时，往往会造成睾丸终身的、不可逆的创伤。

看见这些信息，本就紧张的她更紧张了。正在这时，门开了，白梅走了进去，问医生情况怎么样，要不要紧？医生说，现在还不好说，睾丸的确是损伤了，刚才查体时，发现他的左侧睾丸区肿胀，触痛明显，需要做阴囊附睾睾丸彩超和CDE检查。

开了单交完费，到了彩超室门口，晓宇却扭捏着不愿进，附在白梅耳边小声嘟囔道，做B超的怎么是个姐姐？可不可以不做？

那怎么行！白梅一听顿时就急眼了。

能换个男医生吗？

这个估计很难，夜间急诊彩超室只有一个医生。白梅说，医生眼里无性别，别不好意思了，还是赶紧检查，早看完早回家。

白梅将晓宇扶进彩超室躺下，而她站在一旁并未离开，想亲眼看看儿子的伤情才放心。刷了卷翘睫毛的年轻女医生让她出去，白梅说这是我儿子，能否就在这里等，站在帘子后面也行，医生说我知道他是你儿子，可他已经这么大了。

白梅只好讪讪而退，她陡然意识到，那个被她托着软软小身体在盆里洗澡的婴儿，在时间的作用下，已长成一个发育渐趋成熟的帅小伙，不久之后就要在学校举行成人礼仪式。

上小学五年级时，母子俩一起翻看相册，里面有几张他露小鸡鸡的照片，当时就要抢过去撕掉，白梅硬是护住没让。后来某一天，白梅整理相册时，怎么也找不到那几张照片，不知是撕毁还是藏起，总之啥也问不出。也许从那时起，他就已经有了朦胧的性别意识。

坊间有谚语：儿大避母，女大避父。身为父亲，作为同性，郜远应该可以留在里面看下儿子的伤情。

可是，两人已离婚多年，而他已有新家。就算在婚姻存续期间，他可能也不一定会愿意吧。回想起来，在儿子成长过程中，父亲只是一个虚化的家庭符号，他始终是缺席的。在白梅的记忆中，不管刮多大风下多大雨，都是她一个人抱着生病的儿子去医院看病。那时家里还没有买车，也没有现如今各种打车 App，只能站路边焦急地等待。她曾幻想郜远突然出现在面前，哪怕是帮她撑下伞，可这样的画面始终没有出现，后来也就不期待什么了。依照某种逻辑可以推断出，发生这样的事，缺乏责任感只在乎自己感受的他，大概率不会有什么暖心之举，只会在伤口上撒盐：你晚上去操场干什么？为什么足球没砸到别人偏砸到你？看见足球飞过来不会躲闪？你反应那么迟钝能怪谁？

当她的失望攒够了，而他恰好又韩寿偷香，十年婚姻就这样结束了。

3

和郜远离婚以后，白梅对晓宇有种挥之不去的亏欠感，她没办法给儿子一个完整的家，但会拼尽全力守护他，让他成为一个德智双修、身心双健的阳光男孩。影视剧里常说，女子本弱，为母则刚。她一厢情愿地认为，这大概说的就是自己这种类型吧。

记得高一上学期，晓宇考了年级前十。白梅为奖励儿子，带他出去吃了一顿大餐。当时母子俩品着美味，相谈甚欢，晓宇夹了一个蛏子放到白梅碗里说，妈妈，你不是羡慕崇庆皇太后吗？就是那个《甄嬛传》中的女一号，还说她亲儿子乾隆是个大孝子，但凡下江南游玩，必定奉皇太后同行，并且还专门为甄嬛建了寿康宫居住。嗯，等我以后长大了，结了婚有了媳妇和孩子，也要带妈妈到处游山玩水。如果我有足够多的钱，就给妈妈买一栋别墅，你还可以在园子里种花种菜……

听儿子这么说，白梅眼里笑出了泪花，一边拭泪一边笑，好啊，我等着享我儿子的福呢，可别只会画大饼哄人啊。

彩超室的门开了，掐断她的回忆。白梅一手搀扶着晓宇，一手拿着报告单去给戴眼镜的医生看。走进1号诊室，不见医生踪影。等了将近五分钟，还是不见，白梅心里着急，便去导医台问，护士说刚送来一个脑溢血病人，急诊室人手紧张，医生过去抢救了，坐着等一会儿吧。

刚在冰凉的长条椅上坐下，母亲的电话就打来了。白梅心里犯嘀咕：不会是父亲又病了吧？去年在医院诊断出肝硬化腹水，住了一段时间的院，出院后一直在吃药，总说肚子胀得像面鼓不舒服，有时夜里疼得躲在被子里哭，自己因为要照顾晓宇，也没时间回去尽孝。

还好，母亲没说父亲哪里不舒服，白梅悬着的心放下了。母亲拉拉杂杂说了一大通，说她年纪也不小了，要注意身体少熬夜，如果遇到合适的人，还是考虑下再婚。白梅一改往日厌惧态度，软着声说好，好的，有合适的人再说。

晓宇呢，最近学习、生活、睡眠啊都还好吧？母亲问。

不管开始说什么，话题总会转移到晓宇身上。白梅一听"晓宇"两个字，鼻根就开始发酸，妈，晓宇，他在学校上晚自习呢。

说到这儿，白梅的声音已轻微发颤，我……我正准备出门去接他。

白梅不等母亲回应，匆匆挂断电话。挂了电话，她才想到，连父亲的病情也没问一声，可能父亲的病又严重了吧，只是母亲瞒着不说。就在她自责不已时，忽而，戴眼镜的年长男医生走进诊室，额头上还冒着汗。白梅赶紧将急诊超声检查报告单递过去，生怕医生再次离开，心里反复翻腾着一句话，终于问出口：医生，这对以后的生育没影响吧？

医生盯看着报告单：睾丸损伤，左侧睾丸回声欠均匀，未见异常血流信号……

稍顷，医生用手将眼镜往鼻梁上推了下说，照说不会，但也不能完全保证，需要动态观察，定期复查。

白梅沉默着，脸色有些发白。

医生捕捉到这一点，适时安慰说，以前有个病人，小时候放牛，被牛角给顶了，那时也没B超，就算有也没条件做，只能忍着痛，长大了也没啥事。你也不要过度担心，应该不要紧的。

经医生这么一说，白梅的脸色有所缓和，开始询问一些注意事项。

先回家静养，少活动。学暂时不能上。医生说，这样吧，吃两盒消炎药预防感染。如果症状三天后无缓解，再来医院复查。如果中途痛感加剧，立即来医院。

从医院回到家，已是23：10。白梅用热水给晓宇洗了脸、擦了手、泡了脚，而后又吃了消炎药，叮嘱了几句就安顿他睡了。

睡了不知多久，白梅倏然惊醒，依稀听见喊"妈妈、妈妈"的声音，她趿拉着拖鞋快步走到晓宇房间一看，发现他直愣愣地盯着墙上的高考励志语：莘莘学子，十年寒窗。百日短暂，绝不彷徨。如火六月，决战沙场。争分夺秒，誓创辉煌！

这孩子，咋还没睡？白梅问。睡不着，好痒。晓宇说着，就在身上挠了起来。白梅问有蚊子吗？晓宇说应该不是。白梅问哪里痒？晓宇说到处都痒。怎会到处都痒呢？白梅很是讶异，弯腰去揭晓宇的衣服。晓宇下意识地躲避，用手紧紧按住睡衣衣角。

快松开啊，让妈妈看一下啥情况，一个男孩子，咋像个羞姑娘。

白梅好说歹说，晓宇这才松开手。

我的个天。白梅不敢将惊恐释放出来，让本就心塞的儿子再添负担，她努力使自己淡定，只在心里惊叫一声。

晓宇肚子上凸起密密麻麻的小红疙瘩，再翻身检查背部，发现同样如此，连四肢也是。难怪他说痒，都成疙瘩人了，能不痒吗。

若是蚊虫叮咬，还有多种办法可应对，比如用肥皂涂抹就可迅速止痒，可现在白梅不敢随意处理，恐处理不当引发新问题。她强忍住密集恐惧症带来的不适感，说，要不，我们再去趟医院吧？

妈妈，我现在真的不想再动了。晓宇话语中带着乞求的意味，但更多的是不容商量的坚定。

白梅看了下时间，已是早晨5：00，天很快就要亮了。她充满疼惜地说，可是你痒啊，你能忍受得了吗？

忍不了也要忍，能怎么办？晓宇说，痒就痒吧，反正也痒不死人。

小孩子家家的，不准说"死"这个字，多晦气啊，快呸呸呸！

妈妈，我早已不是小孩子，我高中就要毕业了。晓宇说，发现你现在变得像外婆一样封建迷信。

这样，你还是睡一会儿，等天亮我们再去医院，拖久了怕拖出问题，今天刚好是周六，我不用上班。

白梅关了灯，正准备转身离开，又想起什么，突然问道，我进来之前，你是不是喊了我的？

没有喊你。晓宇闭着眼答道。

难道是幻听？母子连心，不喊也惊。白梅咕哝着走出卧室。

白梅开车把晓宇带去医院检查，医生诊断为阿莫西林克拉维酸钾过敏，说要立即停止用药，还说对此药过敏者很少，但也不用太过担心，输液，再配合涂抹糠酸莫米松乳膏等药物治疗，症状几天后就会完全消退。

晓宇在急诊留观室输液时，白梅守在床边思量良久，蓦然问道，知道是谁吗？

什么？正在手机上刷题的晓宇抬起头来。

白梅注视着晓宇，尽量让自己的声音听起来柔和，那个踢足球踢到你的人啊。

晓宇支支吾吾地说，我，我当时痛晕过去了，没看清是谁，天那么黑，灯光又暗，哪看得清呢。

嗯嗯。白梅接着又问，那当时有人跟你说对不起了吗？

这个，好像，好像是说了吧，我也记不清了。晓宇说完，避开白梅的视线，继续低头刷题。

输液果然有效，涂药也能止痒。三天后，晓宇身上的红疹尽数消退，整个人顿觉轻松。

可是，白梅明显感觉到，晓宇的情绪却一天比一天低落，有时一天也说不了几句话，常常盯着墙上的高考励志语发呆。

此事发生以前，高中三年，晓宇从未迟到过一次，也没旷过一次课，从来都是一个在场者。可是现在，就要高考了，同学们都在教室里上课、复习、做试卷，而他就像一个淘汰者被隔离着，只能躺在家里休养，不了解学习进度，也不知道老师又讲解了什么特殊题型。更糟心的是，最近一次摸底统考中，他的英语只考了115分，语文也只考了110分。她很清楚这对于一个重点高中的孩子意味着什么。

想到这些，晓宇的焦虑感与日俱增，眼里时常流露出一种绝望的神色。与此同时，频繁出现的"鬼压床"现象也让他深受其扰，甚至对睡眠本身产生恐惧心理。

起初，对"鬼压床"这一概念，白梅持怀疑态度，认为是儿子故弄玄虚、夸大其词，这个阶段的孩子本就喜欢如此。人至中年，她从未经历也不曾听说。直到有一次，她亲眼看见晓宇睁着双眼，四肢却不能动，和他说话，也无回应，才相信这件事情的真实性，并开始进行深度自省：人最大的障碍，就是习惯性地站在自己的层面，以现有的经验和逻辑去思考问题，对此却毫无知觉。

白梅分析，可能是晓宇最近精神紧张、压力太大使然，为使他免遭"鬼压床"侵扰，跟他讲了很多应对小妙招，虽然有些效果，但不能从根本上解决问题。

有一天，晓宇对白梅说，妈妈，有个办法可以试试，下次去医院复查后，不管有没有恢复，你都把我送到学校去上课吧。

白梅想了想，回答说好。

4

重新返校上课后，晓宇的心情好多了。清早，白梅送去上学的路上，他眼睛里也有了神采，话也比往日里要多些。

然而，下晚自习回家路上，晓宇却沮丧地对开车的白梅说，妈妈，我不能在宿舍睡觉了。

为什么？白梅心里一惊，险些追尾。

待平静后，晓宇说，我今天试着往床上爬，爬了好几次，实在爬不上去，腿只要抬高一点，那里就扯得痛，后来只有去教室复习功课。

白梅蹙着眉犯难了，该怎么解决这个问题呢？

在中部地区这座四线城市，但凡考上重点高中的孩子，住得远的大多选择在外租房陪读，一家人分工合作，围着一个孩子转。因为某些现实原因，晓宇采取半住校半走读模式。也就是说，中午在学校宿舍睡个午觉，晚上十点下晚自习再接回家住。而那些家里经济困难且父母不在身边的孩子则选择在校住读。

学校宿舍是上床下桌结构，爬梯是铁质的，锈迹斑斑，陡峭狭窄，床短且窄。平心而论，学校其他方面条件不错，唯独宿舍环境拉胯，与重点高中响亮名号不相匹配。晓宇曾打趣说，这环境让写《陋室铭》的刘禹锡看了都要连夜删帖。有一次，白梅去给晓宇换床单和被套，脚踩上爬梯被硌得生疼，险些从上面滚落，还好反应灵敏，才幸免受伤。

白梅疼惜地说，你每天早上六点就要起床，晚上学到转钟才能入睡，中午不休息怎么行？

没事，妈妈。以后中午我不回宿舍了，就趴在教室课桌上睡。

晓宇说，上初中时，学校也没有宿舍，我和全班同学就是趴在桌上睡的啊，不也好好的。

不行，你不能再这样睡，现在情况不一样。白梅说，还有两个多月，你就要高考，中午必须要休息好，不然身体会出问题，感冒发烧了会比较麻烦。别急，让我先想一想，看怎样比较好。

在附近的酒店开个钟点房？白梅思量着，可最近的酒店走过去也需要近二十分钟，加上办入住手续也耗时间，而且酒店也不是那么干净卫生。曾听一个同事讲，就因为在酒店住了一晚，结果导致支原体感染，吃了很长时间药才好。当然这只是小概率事件，可是让穿着校服满脸稚嫩干干净净的儿子，每天中午去酒店这种充满成人气息的地方午休，她怎么也过不了心理这道关。

学校有下床下桌的宿舍吗？

没有。就算有，也全住满了，挤不进去的。

要不，就在车上睡！白梅为想到此办法兴奋得两眼放光。

可是，可是中午时间本就很紧张，有时中午你还要加班。晓宇说，我不想妈妈这样劳累，这样赶忙。

白梅在心里暗暗计算了下时间，晓宇中午 12 点放学，在食堂吃完饭走出来大概是 12:20，而她只要每天中午 11:45 之前能下班，就可以保证在 12:15 前赶到学校，如此就能无缝衔接了。

不要可是了，咱们就这样愉快地决定了。白梅说，我每天中午把车开过来，你就在车里睡，虽然没有床上舒服，但至少可以躺下来，总比趴在桌上强是吧。

晓宇"嗯"了声，表示同意。

一声刺耳的喇叭声传来，晓宇打了个激灵，随之睁开惺忪的眼，白梅也蓦然一惊，炸鸡腿和葡式蛋挞已然吃完，她看了下手机上的时间，对晓宇说，再睡会儿吧，还有 20 分钟才上课呢，到时我再喊你。

这时，车外已有穿校服的同学经过，各种声音嘈杂斑驳，相互挤挨碰撞。

晓宇揉了揉眼睛说，醒了就不睡，就算睡也睡不着。我早点进学校，你也好早点去单位，免得又迟到。说完，穿衣、穿鞋、戴近视眼镜，拉开车门，直接就走了。

白梅目送晓宇穿过斑马线，不断远去，直至消失在视线中。

下午，坐在办公室里，处理完手头的工作，白梅盯着电脑边一盆豆瓣绿发呆。这几天，小车就像是一张移动的床，有阳光晒就停在树荫下，有雨落就停在遮雨处，可三月终会过去，气温会逐渐升高，太阳会愈发毒辣，而且还会有暴雨加闪电，开窗雨会飘进来，关窗车里闷得慌，闪电会使人不安。

就算这些都不存在，窗外的喇叭声也会将人惊醒，就像今天这样，睡眠质量和时长皆无法保证。在车里午休只能临时过渡下，终究不是长久之计。怎么办呢？白梅将双手插入发丝，陷入深思。

5

白梅之所以按兵未动，是因为她在等，等学校给出一个答复。

可是，晓宇在校园意外受伤已有一段日子了，学校方面没有任何动静，连一个慰问电话也不曾打来，就像什么事儿也没有发生一样。

白梅心里很是难受，为了给儿子讨回一个公道，安慰他受伤的身体与心灵，让他以更轻松的心情面对繁重的复习和即将到来的人生最重要的一场大考，她必须前往学校走一遭，和学校领导理论一番，尽管她不是一个喜欢和擅长与人理论的人。

去学校找班主任张老师显然无效，必须找到相关负责人才行，就像办某些事必须找到决策主体一样。白梅思忖，但不管怎么说，张老师至少可以提供相关负责人的联系方式。

第二天下午4:00，白梅请假来到学校，来之前她用张老师提供的号码，给学工处高主任打了个电话，让他跟保安说一声准许她进校。

当时，学工处的门半开着，高主任正在电脑前噼噼啪啪敲打键盘。见白梅进来，抬起眼，转了下身，并未站起来，互相确认身份之后，高主任说，发生这样的事，我们深表遗憾，还准备抽空去家里慰问，可最近实在是太忙了，总抽不开身。

白梅认真地听着，没有插话。

高主任继续说，几天前收到您通过张老师转来的"×××同学受伤情况说明"，我们学工处第一时间去班级做了调查，并询问了一些同学，但没有人承认，都说没有踢到。另外，我们还去保安室调阅了监控录像，因为是晚上，实在看不清楚，虽然那一块有几个摄像头，但离球网最近的那个摄像头又坏了。

监控总是那么"善解人意"，总是在"该坏"的时候坏掉。白梅想。

就没有别的办法吗？白梅问。

我们不可能一个个地去问是吧？那样对学生的影响太大了。高主任的声音突然就提了上来，您知道的，学校这么多孩子，而且高中学习这么紧张，毕业班又马上面临高考，再说踢足球的孩子又不是故意的。

白梅一听就炸了，火气"噌噌"往外冒。

我当然知道高中学习紧张，毕业班马上面临高考，踢足球的孩子不是故意的，可我儿子不过是在跑道上正常走路，他也没有在草坪上乱走瞎跑，也没有参与到踢足球运动中，却被飞过来的足球给砸伤，而且是伤在这么重要的部位，躺在家里一个星期不能上学，到现在也没完全恢复，还不知对将来生育有无影响。现在他只能忍着隐痛上学，被某些同学当面嘲笑，午休时连宿舍的床都爬不上去。我只能下班后将车开过来让他休息一会儿，现在是三月天气还不热，等以后天气热了，车里根本没法午睡。而我，因为下班后赶时间过来，这段时间连午饭都没时间吃。不是故意致人受伤难道就不需要道歉吗？学生的监护人难道不应该对受伤孩子的妈妈说声对不起吗？我们知道是谁也不会把他怎么样，也不要求对方赔偿医疗费用，我们自己买了"学平险"可以报销。您刚才说查了监控录像，因为是晚上看不清楚，那么在光线如此不好的夜晚，还允许学生在操场上踢足球，足球又没长眼睛，难道就没想过它会伤人吗？难道校园安全管理就没有问题吗？难道学校真的就没有一点责任吗？是的，我完全可以选择报警，但我之所以没有这么做，是因为我儿子在这里念书，对这所学校充满了感恩之情，不愿看见警察的介入给学校造成不良影响……

就像积水受浸的秧田，陡然被人扒开一个豁口，所有的水全朝一个方向涌来。白梅情绪一时有些失控，从未一口气说这么多话，被口罩挡住的脸已然发红发烫。

别激动，别激动，有话咱好好说。高主任态度骤变，起身倒了一杯水递给白梅，说道，这样，我表个态，午睡的问题马上就能落实，我们可以腾出一间单独的宿舍给您儿子午休，当然肯定是下铺床，另外还可以开一张通行证给您，您有空可以随时进出校园照顾孩子的生活。另外，身体该怎么检查就怎么检查，毕竟孩子的健康最重要，"学平险"既然买了，保险理赔事宜我们学校可以帮忙代为办理，您只需提供所需材料就行，像什么门诊病历、诊断证明、机打发票等。至于道歉的事，还请您理解一下，我们实在有些为难，一时半会儿还查不出是哪个同学所为。在此，我代表校方向您郑重地致歉。

从学工处办公室出来，走出学校大门，白梅感觉身体生了一对翅膀，乘着三月温软春风，在碧空下呼啦啦飞翔，飞过白色高楼，飞过金色塔吊，飞过巨幅广告牌，飞过黑色柏油马路，飞到枝叶葳蕤的第三棵香樟树上，在树下侧方停车位上盘旋不止，树叶馨香入脾入肺，她缓缓收起翅膀，进入那辆"移动的床"。小车如一叶轻舟，顷刻间汇进灯海车流。

6

晚上，将下晚自习的晓宇接回家后，白梅将下午发生的事告诉了他，但在部分细节上作了窜改。

今天下午，我到了你们学校后，学工处高主任非常热情，进门就给妈妈泡了一杯绿茶，他解释说是因为即将要打比赛，学生白天没时间踢足球，不得已才在晚上集训，对由于学校考虑不细而给孩子造成的伤害深表歉意，让一定带孩子好好复查，如果觉得市里医疗条件不行，就去省里甚至上北京，费用方面大可不必操心，保险公司不能理赔的费用由学校全部承担。学校领导非常重视这起校园意外受伤事件，还说要来家里看望慰问他们的优秀学子。另外，明天中午你可以睡在学校安排的单独宿舍，而妈妈也可以持着通行证随时进校园照顾你。最后，你们学校的高主任还表了态，只要家长不说停，这件事会一直查下去。

不，妈妈。晓宇说，不要查了，别人也不是故意的。也不要学校老师来看望慰问，他们都挺忙的。

是的，我拦住了。白梅说，马上就要高考，学校老师的确都挺忙。嗯，我们要的只是一个道歉，既然已经道歉了，来或不来已经不重要了是吧。

是的，妈妈。晓宇点头回应着，眼里冒着星星点点的光。

此后，白梅又带着晓宇去医院复查了三次，情况一次比一次见好，直至"左侧睾丸回声欠均匀（请结合临床）"一行字从超声检查报告里消失，不过他那个地方还是会似有若无地疼。每隔几天，白梅就会问一次，你那里好了吗？是圆形还是椭圆形？直至高考前三天，晓宇才说，不疼了，形状也恢复正常了，但不能看见足球，看见足球就有生理反应，心跳就会加速，身上还会出汗。

夜里，白梅做了一个奇异的梦，梦见草坪是黑的，球网是黑的，足球是黑的，天空是白的，一个又一个黑色足球像冰雹一样，从白色天空不住地往下砸落，她牵着晓宇的手拼命向前奔跑，可不管跑到哪儿，都是一样的。这个梦反复出现多次，每次她都是从恐惧中惊醒。

几个月之后的某天中午，白梅点开手机银行财富全景图，看见学校赔偿的1314元医疗费，很想痛痛快快地大哭一场，将几个月来遭遇的恐惧、担忧、心酸、委屈、疲累通过泪水全部冲走。可是，当她抬眼看着街上熙熙攘攘的人群，终究还是忍住了，一种十分具体的力量开始占了上风，将那些负面情绪悉数压了下去，并促使她快步走进附近一家大型超市，脚步和眼神皆无任何停留，如入无人之境般。她直接乘扶手电梯上二楼卖场体育用品专区，细心挑了一个饱满气足的足球。

遗憾的是，这不是她想要的颜色，可独此一色没得选择，一个闪念瞬间袭来，她将黑白相间的足球紧抱在怀，径直走向办公用品专区，选了一盒黑色粗记号笔，在自助付款机上扫码支付后，将剩余的钱全部转给在外地上大学的晓宇，并在转账说明上附上一行字：向阳而生，逐光而行。

然后，她来到不远处的河边，择一干净地盘腿而坐，将足球夹在两腿之间，打开黑色粗记号笔透明笔盖，在白色六边形上涂抹起来，待所有白色涂黑，与原本黑色融为一体后，她用手掌撑地站起身，将黑色足球举过头顶，使出洪荒之力，向波光粼粼的河面重重投去。

沿着河畔向东行走，白梅遇见一个足球场，场内各类野草争相疯长，差不多已有半人高，摇摇欲坠的球门、破旧的足球网构成一幅水彩画静默于球场一角。这时，微信"叮咚"响了一声，是晓宇的：妈妈，这个月的生活费昨天不是刚转了吗？咋又追加一笔？

白梅盯着手机屏幕，敲下一行字：这是学校赔偿的医疗费。

回复没有想象中来得快，白梅摁了下省电开关，准备继续往前走，晓宇的信息却来了：妈妈，我想告诉你一个秘密。

白梅起初并未在意，暗忖：这小子胡须刚长硬，能有啥秘密？是用以前奖赏的钱充值买了游戏装备，还是暗恋上班里一个漂亮女孩？再说，不是应该顺着"医疗费"发表下个人看法吗，咋冷不丁冒出一个秘密来？嗯，着实有点跳跃。

本不想说的，但现在说了也无妨。其实，那天晚上。晓宇说，我知道用足球砸伤我的人是谁。

你知道？白梅仿佛回过神来，惊愕地问，那你为什么不告诉我？他是谁？

别激动，妈妈。是谁不重要，就算说了名字，你也肯定不认识，他是我们隔壁班的，中午也在学校午休，他爸爸在他一岁时就和他妈妈离婚了，后来妈妈也有了新家庭，他只能跟着年迈的奶奶生活。

白梅心中一涩，喉头有些发紧，好半天挤出一句：那他向你道过歉没有呢？

道歉是需要勇气的，他可能没有力量吧。晓宇说，我还有妈妈陪伴，而他连妈妈也没有。

白梅凝视着野草蔓生的足球场，不禁唏嘘不已。阵阵清风吹过草尖，在阳光的映照下，泛着水似的绿波，一浪又一浪。她的视线渐渐模糊、扩散，恍惚中，好像看见晓宇抱着一个黑色足球，从远处的球门微笑着向她奔跑而来，被涂抹的黑色一点点褪去，渐渐露出了本色。

创作谈

善良是稀有的珍珠

　　一直想写一篇与足球相关的小说，此计划在心里荡漾良久，却迟迟未能动笔，说不清原因何在，直至"最壕的一届世界杯"——2022卡塔尔世界杯拉开帷幕，引得全世界球迷为之疯狂，一种强烈的创作冲动和欲望在体内汹涌翻腾，作为资深球盲的我方才顿悟：原来，写这篇《黑色足球》的主要条件，是要有足够浓郁的氛围感。

　　故而，从这个意义上而言，很是感谢戴白色头巾、着一袭阿拉伯长袍的卡塔尔人，以及无数球迷无惧时差和疲累，将自己全然交付给一场又一场球赛，观赛时疯狂呐喊尽显真性情，用激情点燃夜的眼睛，阵阵热浪袭来，冲破貌似坚固的屏障，蔓延至一个伪球迷心里，牵引出内心潜藏的潮汐。

　　说起来甚是羞愧，由于长期缺乏关注，能一眼认出的球星仅有三位：贝克汉姆、梅西和C罗。然而，我却无比迷恋绿草如茵的足球场，这仿佛是与生俱来的情愫。真是这样的，但凡遇见，总会忍不住深入其间，看看开阔球场，嗅嗅草泥味道，走走光滑跑道，于我是种绝妙享受。

　　犹然记得，那年我独自一人走在异乡街头，在一个落霞与孤鹜齐飞的黄昏，透过一所大学校园铁艺围栏，看见足球场赫然而立，心生连绵欢喜，而后"歹念"顿起，却又担心被拒尴尬，遂瞅准良机，低头顺目夹杂于学生群，最终躲过保安眼线，成功混入其内。

就在我窃喜不已时，却见整个足球场已被齐人高的黄花蒿覆盖，喧宾夺主地把原有草坪取代一空，呈现出一种鸠占鹊巢的霸道与蛮横。清风过处，黄花蒿随风摇曳，俨然一副胜利者的姿态。彼时红日西沉，天边绚烂至极，泛着金属光泽的晚霞投射过来，宛若一场盛开在草尖的加冕。我呆呆地注视着眼前景象，暗思这可是明目张胆的植物入侵啊！为何不加剿灭救草坪于水火？

这分明是热气腾腾的三伏天，这分明是代表梦想与激情的足球场，我却感受到了沁入骨髓的落寞与荒凉。

那么好吧，既然现实场景不如人意，就用想象去填充和实现。于是，这片足球场在漫无边际的臆想中重焕生机——蒿草隐去，草坪露出，人物出现……小说的种子开始萌芽生长，使得《黑色足球》有了模糊框架，尽管后来不断地变异、分岔，与原本构思相去甚远，但足球和足球场一直坚定存在。

而小说中的晓宇和他的母亲白梅，则是从足球场土壤里缓慢长出的人物，在被飞来横祸无端砸中时，他们一致选择了谅解和宽容。毫无疑问，这是一对具有同理心和共情力的母子。两种能力的凸显，实则源于根植于心的善良。

雨果说：人世间最宝贵的是善良，善良是历史中稀有的珍珠。

历经千帆，我多想看见，在这喧嚣、薄凉的人世间，每一颗善良的灵魂，都能被善待和珍视。

原载《长江文艺》2023 年第 3 期

她心里一惊

事实上

她的确想和"谁"

联系一下，"谁"

也极有可能联系她

这个"谁"

除了钱丰

还有其他异性

她咬了咬薄如纸片

的下嘴唇

在心里暗暗提醒自己

莫慌

莫慌

布 局

1

天边最后一朵火烧云熄灭后，夏萤的瞳孔深处燃烧着异样的火焰。她紧握手机从阳台踉跄至客厅，准备开灯却又放弃。她的颈项、腋窝、小腹已被汗水浸透，浑身黏腻不爽，将绿棉 T 向外扯了扯，提起险些拖地的阔腿裤，就近坐在单人位沙发上，然后把手机从响铃设成振动，又将音量调至低位，顺手藏在大嘴猴靠垫后。

也曾想过设成静音状态，又觉此举太过明显，万一被邱天发现定会揪住不放。当然，也可以直接带进洗漱间或是藏在别的什么地方，以绝后患。问题是，她素来无此习惯。人无常态必有鬼，事出反常必有妖，在多疑、强势，且控制欲极强的邱天面前，轻易打破固习不是明智之举。这是她的认知和逻辑思维。

趁起身去卫生间洗漱之机，她侧目偷瞟了眼

邱天——

此时的他正坐在三人位沙发中端，双腿习惯性交叠搁在茶几上，一双深邃的眼眸正注视着电视里一档法制节目。空气里涌动着一股闷窒阴恻的味道。

平时洗澡至少需要二十分钟，若是冬天耗时更长。可这次洗得却很潦草，满打满算不到十分钟，她就趿着拖鞋湿答答地走了出来，将一绺滑至前额的刘海往耳后一绾，故作轻松地走到单人位沙发前坐下，并反手在靠垫后摸索起来。

他显然已经觉察，不待她问，轻翻眼皮说："在我大腿边，刚帮你清理完垃圾，正在升级。"

已藏在相对隐蔽的掩体后，洗漱时尽量简化程序，连沐浴露都没往身上抹一滴，就是担心夜长梦多手机被发现，难道他一直在暗中窥视自己？可进去之前分明看见他的注意力被电视所牵，难道在玩声东击西、欲擒故纵的伎俩？那么……他没发现什么吧？想到这儿，蛰伏在内心深处的不安开始冒芽、疯长，她下意识地将靠垫抱在怀里，似乎在寻求某种保护。

又侧目偷瞥几眼，发现他额头舒展、嘴角上扬，从心理学角度判断，基本上可以得出"尚未发现"这一结论。

她惴惴不安的心顿然一松，酝酿好情绪，软下声问："老公，需要多久才能升完呢？"说时挪身坐过来，身体的一侧贴在他毛发旺盛的胸口上，而左手已越过大腿股四头肌逼近手机。

"刚开始升，进度还不到10%。"他一把抓住她纤细的手腕，瓮声瓮气地说，"急什么呢，是要和谁联系？还是谁要联系你？"

她心里一惊。事实上，她的确想和"谁"联系一下，"谁"也极有可能联系她。这个"谁"，除了钱丰，还有其他异性。她咬了咬薄如纸片的下嘴唇，在心里暗暗提醒自己，莫慌，莫慌，先稳住阵脚，不能这么快就招供，怎知他不是诈自己？谁还没看过几部谍战剧啊。

想到这儿，她直起腰杆将他推开几分，拿眼当钉用劲剜他：放手！你弄疼我了。

他迟疑数秒，将手松开，见她的手腕被勒出一圈红印，面部表情转瞬发生微妙变化，有细微柔光隐约透出。

趁他放松警惕，她再抢手机，结果还是以失败告终，一团火窝在心里猛烧。

的确，她有理由生气，也有理由感到生气。

为防她再抢，他索性将手机压在大腿根下，带着不容商量的口吻说："升完就给你，不要再抢。"

说完，他又追加一句："抢也白抢，建议你省点力气，老老实实等着。"

她的脸涨成猪肝色，良久未恢复本色。

2

数小时前，太阳毒辣生猛，释放出刺眼白光。白光穿透窗玻璃，射在电脑显示屏上。夏萤晃眯了眼，厌惧地站起身，伸出双手将铅灰色卷帘朝下拉了又拉。

她漫不经心地处理完手头工作，扬起双手伸了个舒展的懒腰，然后狠下心清空积攒多时的淘宝购物车。与此同时，将一块俄罗斯无糖黑巧塞入口中，接下来不知该干什么，主要是不想再干什么。于她而言，工作承载量仅限于此，再多干一点就会习惯性喊"累"。心理学家说，口头禅是最小单位的自我暗示。显然她已沉溺于这种自我暗示中。

若是平时，还能和同事吐槽八卦一番：谁的夫人又去微调抗衰了，谁的先生晋升速度堪比火箭放卫星，谁家儿子刚上大学就谈了个白富美，谁家女儿一毕业就钓了个高富帅……某某男演员五官乱飞演技尴尬，某某女网红走红毯为求流量花式摔倒……

可这会儿一个外出开会，一个休了产假，一个请了病假，只剩她一个人独守空室。她的目光向周围扫视一圈，感觉空虚无聊寂寞冷。

电脑屏保彩色气泡亲密碰撞又彼此分开，茶几上米色恐龙蛋加湿器不断喷出袅袅白雾，两者跨界联盟营造慵倦氛围，上眼皮和下眼皮开始打架，真是闷上心来瞌睡多啊！她想，反正这会儿也没人来，索性关起门掏出睡觉神器趴桌上呼呼睡起来。

当睡眠渐入佳境时，乘风破浪的姐姐突然放声高唱《起风了》："我曾难自拔于世界之大，也沉溺于其中梦话，不得真假，不做挣扎，不惧笑话……"

她惊得身体猛然一颤，险些将新购的锤纹玻璃杯弄翻，眯着迷糊双眼滑开接听键，忍住不耐烦"喂——喂——"两声。

一个音色威严的男声从听筒里传出：“请问是夏萤吗？”

夏萤捂着嘴打了一个呵欠，顺势用小指尖挑了下眼角的分泌物，慵懒地回答说：“我是，请问你是哪位？”

“夏萤你好！我是 A 市公安局的向警官，现在请你务必配合我的工作，如实回答我接下来所提的问题。”

尽管自认为见过一些世面，可一听“公安局”三字，心里还是不免有些发怵，困意顿时跑了一大半，心想，不过趁闲打个盹，咋还招来警察了？

向警官念完一串数字说：“这是你的身份证号吗？”

还真是。有惊慌蔓延扩散，但还不至于乱了方寸，她故作平静地回答："是我的。"

"既然是你的,那好我问你,认识王伟吗?"

"王伟?不认识。王伟是谁?"她漠然地应道。

"那你最近去过 A 市吗?"向警官继续问道。

她的头"嗡"地一响,像有一大群蜜蜂振翅飞过,犹豫着要不要说真话。

"如果去了,就说去了。"向警官说,"说假话是要负法律责任的。"

"我,我去了。"她怯声怯气地说,说完又很恼火自己竟屈服于一个陌生人的恐吓,而且是在半个人影儿也见不到的电话里,这未免也太怂了吧?去了就去了呗,去 A 市又没干啥违法乱纪的事,不过是陪闺蜜婷婷参加钢管舞比赛而已。

再说这事,还曾向邱天报备过,只是有个花絮隐而未说,当然说了也无妨。钢管舞比赛结束后,和承办方长相酷似男明星的帅哥来了个拥抱作别。其实本不想这样,觉得握手即可,中国人嘛,何必来洋的。可大家都抱了,一人不抱又显得不合群、太土鳖、假正经,像没见过世面的柴火姐,加上婷婷又在一旁不住地怂恿:"萤萤,抱啊,抱啊,快点抱啊!"所以就随大流抱了那么一小下。我去,难道这象征性、礼节性的一抱,就抱出问题来了?不至于吧?

夏萤正纳闷不解,向警官严肃地说:"我们接到电话,说你涉嫌 118 王伟非法洗黑钱案……"

原来无关拥抱。她心里蓦然一松,松后又一紧,从椅子上腾地弹起来,未等向警官把话说完,直接打断说:"什么?肯定是你们搞错了,王伟是谁我都不认识,这事也太离谱了吧?"

说完,她强压住火气,顺便自嘲了一下:"就我这智商,这胆量,这性情,还能洗黑钱?黑钱洗我还差不多。"

该不会是遇到诈骗了吧?她忽地回过神来。别说,还挺会挑时候，反正闲着也是闲着，看骗子如何行骗，倒也不失为一件乐事。

"你有怀疑很正常，但请你千万别激动，冷静下来听我说，凡事都要讲证据对不对？"

喊，哪有不冷静？我都着手反诈了好吧。她暗暗哂笑，右手像弹钢琴一样轻叩桌面说："对，对，您说得很对，凡事都要讲证据的。"

向警官接着说道："我们公安机关不会冤枉一个好人，但也绝不会放过一个坏人。"

这话听起来甚是耳熟，警匪片十大烂熟台词里好像有，那接下来会不会来一句更熟更烂的：你有权保持沉默，但你说的每一句都将成为呈堂证供。

"夏萤，你在听吗？"向警官问。

"在听，我在听啊。"她忙不迭地回应着，可思绪才收拢一小会儿，稍不控管又飞了。

她突然想到邱天，她总是很容易想到邱天。如若换作他，听到这些会作何反应？不用说，还废啥话，当然是直接摁断，顺手拖入黑名单永不再见。平日里也没少告诫她要注意防范。

可她总表现出极不耐烦的神情，通常都是一只耳朵进一只耳朵出，并未拿这当回事儿，认为自己不会遇到诈骗，就算遇到也不会被骗。

而他，总是一副忧心忡忡、感觉大难临头的样子。

3

"……你说不太清楚洗黑钱啥意思？"向警官极富耐心地说，"那我跟你科普一下，洗黑钱就是犯罪嫌疑人通过银行……对了，我还可以向你透露一点，这起案件是刘洪辉队长带队收获的，由于涉案金额之大，牵扯面之广……"

为了增加可信度，竟还编出一个名字，不过听起来还像是那么回事儿。她想，难道真打算和诈骗犯玩下去吗？心里有顾虑腾起，摇荡如钟摆，在玩与不玩之间徘徊。

向警官原本冷静低沉的嗓音，像是察觉到她的怀疑，变得越来越高亢，像电子鞭炮在她耳畔不住炸裂。

判断应该保持忠贞，不能因对方语气有变就轻易动摇。她的脸上露出一丝狡黠的笑意，如果就此挂断电话，就相当于亲手斩断了案件发展的绳索，那么就失去了一个可遇不可求的人生经历，以及一份新鲜刺激的生活体验，而这些不正是寡淡无趣的生活所需要注加的内容吗？除此之外，在她隐秘的内心深处，还埋藏着一个当作家的梦想。具体而言，是想让自己的小说变为铅字出现在杂志上，而不是仅仅停留在网络上。她从未对任何人提及此事，包括邱天和闺蜜婷婷，倒不是忌惮"言以泄败"，而是生恐被他们耻笑了去。

她有自知之明，深知不具备写小说的天赋。有次，她焚香净手穿禅服，费了老大劲好不容易整出一个短篇《插翅难逃》，满怀期待投给某县文联内刊编辑，可收到的回复却是——

夏老师您好！您的小说已认真审读。恕我直言，您的语言生涩磕巴，情节拖沓冗长，读之混乱不堪，完全抓不准您想要表达的事物，距上刊标准还很遥远，建议您还是先放着。另外，作为一名从业十余年的职业编辑，说句负责任的话，我认为您不适合写小说。当然，想写小说的想法是好的，但不能仅凭冲动，还是要理性地对待，不能强行硬写。毕竟写小说是有门槛的，不是谁都适合写，小说是虚构的艺术，不是生活的搬运工……

由此所带来的萎靡，不是一时的疾风骤雨，而是横亘数月的阴雨绵绵。实际上，她是在生自己的气，气自己的能力撑不起梦想，却又不愿轻易放弃，不放弃又不知如何发力。后来参加一个朋友聚会，一位小有名气的作家在饭桌上点醒了她——写小说当然需要天赋，可更需要阅历，阅历是小说的素材库……不要过分夸大虚构的力量，真实生活远比虚构的更精彩、更强大……个人经历和感受是创作的基石……永远也不要低估一颗有梦想的心，永远也不要打击一个写小说的新手，这样的新手可能具有无限的生长性和可能性。

一颗濒临绝望的心，就这样被鼓励，被拯救了。

她下定决心，要用行动证明自己。而证明自己，不可能一蹴而就，需要分阶段进行。首先，是要深入生活，怎么深入呢？就拿眼前这起准诈骗案来说，如果此时选择放弃，那肯定不能算深入，顶多只能算浅尝辄止。要敢于以身犯险，与诈骗犯死磕到底。不入虎穴，焉得虎子？

"夏萤，你有没有在听？"向警官再次确认道，语气里裹着明显的不满。

"嗯嗯，在听，在听。"她说，"您继续，继续。"

短暂的停顿后，向警官又噼里啪啦地说起来。

可是，既已察觉，却仍要坚持，坚持又存在风险。这么玩下去，是脑子进了水，还是被门板给夹了？如果被邱天知道，会不会误以为她真被骗了，成为又一桩握在手心的"罪证"？在他眼里，她早就是"惯犯"了。

有一次，他出差在外，一个穿工服挂工牌的男人按响家中门铃，自称是天然气公司的，来例行检修天然气室内设施。她听后觉得可信，再说单元楼下还张贴了检修通知，这还能有假啊？于是就将人给放了进来。来人在厨房仔仔细细地检查了一遍说，煤气灶橡胶软管存在安全隐患，需更换金属波纹管。

她想也没想，当即就同意更换。可是，等邱天回来打电话一核实，得知天然气公司根本没安排人上门检修。那有没有张贴检修通知呢？回答说也没有，来的人是冒充的。虽说被诈金额不多，不足千元，可此事令他细思极恐，万一产品存在严重质量问题呢？万一骗完财还顺便骗点其他什么呢？

那天，在惶惶不安中，他连夜又将金属波纹管卸下，换成自家的橡胶软管，并对她进行了长达一个小时的安全警示教育。

可效果并不理想。她选择正面对抗，拒不认错，并自我辩解道："这金属波纹管，听名字就比橡胶软管安全性高。虽说来的人不是天然气公司的，可也不一定就是骗子啊，就算是骗子那也不是纯骗子，毕竟人家这管子也是需要成本的，又不是空手套白狼。换个思路看，天地自然宽，其实这就是一笔上门生意。不就是一根管子吗？难道只有天然气公司可以更换？再说了，天然气公司总也不来检修，好不容易来了人，人家既穿工服还挂工牌连通知都贴了。我给的饮料都没接，进门还穿鞋套，如此规范化操作，恪守职业道德，任谁都会误以为是正规军……"

"简直是强词夺理，无可救药！"他听后气得一口老血差点喷墙上，"豆腐都有脑，你没有！"

"那你就抱着有'脑'的'豆腐'过日子去。"她立马回怼过去。

"都说，能说服一个人的从来都不是道理，而是南墙，"他摇了摇头，叹气说道，"我看你，就算撞破南墙，头破血流也难回头。"

她的眼里嗖嗖飞出无数把小刀，齐齐射向他的身体，他的身体就是南墙，她想在南墙上扎出一些孔。

经过此事，他对她本就不高的信任度，一下子就降成了负值，任凭她此后再怎么费劲扭转，都越不过负数前面那个"0"。

如此循环往复，他俩在不知不觉中陷入一种奇异的夫妻共生关系中。外人自是难以理解，身在其中的夫妻俩恐也难以厘清，总之恩爱型、功利型、建设型、怨偶型、鸟巢型、平顺型、共修型、名存实亡型等夫妻关系几大类型中，完全不能单独以其中一类来定义。若强行归类，就会偏离事实轨道，滑向错误的方向。

4

"A市警方在侦办这起案件时，在王伟的住所搜到几十张银行卡，其中就有你的一张。由于涉案金额之大，牵扯面之广……现在，我想问的是，你好好想一想，有没有丢失过银行卡呢？"

银行卡？她缓缓推开回忆之门。半年前，的确丢失过一张。当时去银行办理ETC，排队的人乌压压一大片，好不容易轮到她了，大堂经理说要先预存1000元，且这钱只能冻结在里面，不能取出。她听后感觉不爽，对"冻结"两字尤为敏感，遂扭头就走，心想反正银行多的是，换家再试试呗。可结果都一样，后来事没办成，倒把储蓄卡给弄丢了。

他得知后，催促她速去补办。她偏不，反正移动支付很方便，如果不取现金，储蓄卡基本用不上，故一直这样拖着未办，后来拖着拖着就拖忘了。

"那么，你在生活中有没有得罪过什么人？"

不待她回答，向警官接着又问："别人有没有拿过你的身份证或者复印件？你在邮局、银行等地办理业务时，有没有在复印件上注明用途？"

为了将"戏"演好，她依然积极地配合着。

要说得罪人，或者说伤人，可能还是和鼻子下面那张臭嘴有关。

譬如，同事买了件叫得响的品牌服装，兴冲冲地跑来问她穿着是否好看，她上下一打量，领高色嫩，这么一穿，脖子几乎原地消失，更有老黄瓜刷嫩漆的嫌疑，但凡违心说好看，就是对自己审美力的极大侮辱，也不管对方能否承受，她直接就来了个恶评：你脖子短脸又大，穿啥高领呢，完全不懂避短，选 V 领和 U 领不香吗？我说你呀你，都年逾半百的人了，穿啥荧光黄啊，你真是咋别扭咋穿啊，选莫兰迪、珍珠白和浅卡其难道不高级吗？

至于身份证问题，她想起几年前在泰国普吉岛旅游，同团游客中有个大姐是保险公司业务经理，说是来了笔投保业务，要用身份证向客户讲解操作事宜，于是向坐在身边的她借用。她犹豫了一小会儿，最终还是抹不开面子借了。再就是将身份证一次复印数张，乱放乱扔也是常有的事，更别说在复印件上注明用途，她从来都是嫌麻烦而不愿动笔的。

"难怪会出事，你要吸取教训啊，夏莹。"向警官说，"身份证不能借给别人。以后不管办什么手续，都要在身份证复印件上标注用途，记住了吗？"

"记住了，记住了。我以后一定注意，谢谢向警官提醒。"此一刻，她能触摸到自己内心的真诚。

"对了，您说王伟用我的银行卡洗黑钱，那能否透露下，卡上有多少黑钱呢？"她好奇地问道。

"可以告诉你，那张卡涉案金额高达数百万元。"向警官说，"如果属实，可是要判刑的啊。"

"太可怕了。"她说，"可这真的与我无关啊。"

"所以当务之急，是要赶紧找证据，还你清白啊。"向警官说。

"那怎样才能还我清白呢？"她瞟了眼电脑右下角时间，发现已临近中午，肚子已开始造反。为加快案子进度，她又主动问道，"需要我做些什么呢？"

"你的态度很好，感谢你的配合。"向警官说，"接下来，要将你账户上的资金转到一个安全账户进行核实。"

网传的"剧本"可不是这么写的啊。她想，这节奏是不是快了点？不是还要加 QQ、传警官证、登录公安部门网站看通缉令吗？

但也不能主动要求"加戏"是吧？

算了，睁只眼闭只眼，差不多就行了。本就是演，咋还较真了？想好没，到底还要不要玩下去？如果继续，接下来发生什么将难以预料。

难以预料才见刺激，继续。

好奇心是创作小说的珍贵燃料。拥有好奇心，就拥有了强大的生命力。要保护好自己的好奇心啊！作家朋友曾这样对她说。

想到这儿，她已完全抑制不住自己的好奇心，并对接下来将要发生的事充满了无限的期待。

5

"你的账上怎么只有几十块钱？"向警官的语气透着明显的失望。

"是的，今天清空了购物车，钱都花光了，只剩 74 元。"她说完，心中暗笑：74元，气死你。如果账上余额多，傻子才将验证码告诉你？

"那你还有其他银行卡吗？"

"有啊。"

"上面有钱吗？"

"有，不过更少，只有几元钱。"

"嗯嗯，好吧，那你再好好想想，哪里还有钱呢？比如有没有投资啥理财项目？"

"有。大钱罐和钱进进。"

"那你现在把它转出来啊。"

"转不出来。"她说,"冻住了。"

提起这事,她心里就来气。大钱罐和钱进进是两款网络借贷信息中介平台,是闺蜜婷婷推荐她购买的,说这两个平台全都正规靠谱,不仅容易申请,而且下款也快,她已小赚了一笔。还说鸡蛋不能放在一个篮子里,要分着投资,风险小回报高,一般人还不告诉,反正知道就是赚到,心动不如行动。

大钱罐和钱进进,一个是体育明星代言,一个是著名电视主持人代言,公信力如此好的两大公众人物,照说不会出啥问题,哪知两平台先后出现兑付困难,也就是常说的P2P爆雷。原想赚点利息就出来,结果连本金也收不回。不想这事儿还好,一想起来就心疼肉疼,可这事儿也怪不得婷婷呀,她也就是推荐购买,买或不买还不是由自己定,只怪自己当时太贪心,将90%的私房钱全给投进去了,这事还一直瞒着邱天没敢告诉他。

"那你再试试啊。"向警官说。

"试了很多次,今天一大早还试过。"她说,"真转不出,冻得跟孙子似的,所以我听不得'冻'这个字,听到就像受到暴击。"

"那你的借呗开通了吗?"

"借呗?"她心想,主意都打到这上面来了,那好,看他接下来咋说。

"没开通。"她问,"怎么开通呢?"

"这样吧,你现在按我说的步骤进行操作……"

"行,你说慢点,不然跟不上。"

"好了吗?"向警官问,"额度是多少?"

额度居然有三万元,看来我的芝麻信用分还挺高。她心里有点小得意，差点将真实额度告知向警官，话在舌尖滚了一遍，又吞回肚里，临时编了一个数字：740元。

"怎会这么少？"向警官说，"好吧，那我们再想想其他办法。"

"问你一个问题。在生活中，如果遇到麻烦事，比如说需要借钱，你首先会想到谁？"向警官问。

她认真地想了想，邱天纵有千般不好，毕竟是她老公。除了他，还能找谁？谁又会借钱给她？当然，就算找他，如若没有合适理由，大概率也借不到钱。

"跟你说，千万不能找你老公，也不能找父母和兄弟姐妹。"

"为什么？"她不解地问。

"你想，你突然找他们借钱，他们肯定会担心你，因为他们都是你最亲的人。"向警官说，"遇到这样的事，你可以找闺蜜，或者同事、朋友。如果你的账上有八万元，或是借呗能借这么多，就不需要找人借钱，可你既然没有，就只能去借。因为想要查清此案，还你清白，必须将八万元转到安全账户进行核实，核实完后，会原路退还给你。现在，你要抓紧时间，好好地想一想，在哪里可以借到钱？"

这是啥逻辑？哇靠，又在侮辱我的智商。她想，如果现在就揭穿，那一切就此结束。如果接着玩下去，会有一定风险。不管了，豁出去了，反正已走到这一步，索性再往前走几步看看。

"怎么还要借钱？不行，这肯定不行。"她说，"我从未找别人借过钱，也不想找别人借钱，再说也没人会借钱给我。"

"你还是赶紧想想找谁可以借到钱，如果借不到，你的麻烦可就大了，到时就算我想帮也帮不了你。"向警官说，"其实借钱也是对你人品的一个测试。一个人生活在世上，总会有几个人愿意借钱给你吧？如果连一个愿意借钱给你的人都没有，会不会觉得活得很失败呢？再说人活一辈子，谁还没借过钱啊？"

也是，人活一辈子，谁还没借过钱？话虽如此，可真要行动，还是有不少的心理障碍。

"抓紧时间啊，验证你人品的时候到了，你难道不想知道你在别人心中的分量？"

说实话，想知道。到底谁会借钱给我呢？这样想时，她的眼里仿佛若有光，光里有希望的火苗在闪烁。她的右手无意中碰了下鼠标，电脑屏保瞬间转换画面：群山之巅，一轮红日正喷薄而出，映出满天金红四射的光影，在光影最深处，涌出一行蓝色行楷——相信相信的力量，你会得到你想得到的。

她随即把鼠标往桌上一蹾，谁说人性不可试，一试全剧终？我今天偏要试试看。不试试，怎么知道行不行？对，要相信相信的力量。

"好吧，好吧。在我这里，最难以启齿的两个字就是借钱。"她回应道，"我试一下吧，但不能保证能借到，我以什么理由借呢？"

"我能理解你的心情。你可以这样说，现在急于买一个门面房，可手头差点钱，能否施以援手应个急。"

万万不可。虽无借钱经历，但还算了解被借人心理。她心想，无非就是担心借出的钱不还，或是拖得太久才还。既然急着借钱，肯定不能说买门面房，买门面房哪有这么着急，再说买门面房钱都花光了，怎么可能快速还钱？如此一分析，成功率近乎为零，遂不予采纳。

此时的她，已经想到一个绝妙的借钱理由。

6

"真能保证这笔钱能退还给我？"她问时，已完全入戏，甚至担心哪句话没说好，把向警官给惊跑。

"当然，一定原路退还给你，这个请务必放心，我以人格担保。"向警官说，"早的话，今晚就可以，最晚也是明早，到时我会跟你联系的。"

"好的，您这么一说，我心里就有底了。"

那么找谁借呢？最先从脑海里冒出的人是闺蜜婷婷。她想，婷婷离异单身，又无小孩，工作稳定，年收入还行，最近好像也没啥大开支，手上应该有闲钱。于是发微信问道："婷婷，你在吗？"

"在呀，正等着你找我呢，老实说是不是想我啦？"

婷婷的热情秒回，外加一个拥抱表情图，无疑增加了她的信心。她嫌文字表达太麻烦，索性一个语音电话打了过去："婷婷，跟你说件事，我现在急需你的帮助。"

"啥事，你说呗，我能帮则帮，咱俩谁跟谁呀，是吧。"

"是这样的，婷婷。"她清了下嗓门说，"我有一个媒体朋友，他在做一档创意节目，就是邀请几个不同职业的人玩一个游戏，游戏名字叫'人品测试'。如果谁能在两小时内借到八万元，人品测试就算成功，节目组会有超级惊喜神秘大礼品赠送。"

说到这里时，她突然意识到哪儿不对劲，赶紧补充道："当然，我可不是冲着礼物啊，礼物不重要的，主要是这个朋友曾帮过我，既然这次找到我，自然不好拒绝，就当是支持他的工作，还他一个人情呗。婷婷，你可是我最要好的朋友，一定会帮我完成这个测试的对不对？我向你保证，等测试一结束，立马就将钱如数退还给你……"

"亲爱的，不必多说。"婷婷打断她的话问，"借多少？"

到底是闺蜜，够仗义！她的双眸乍然变亮，激动之下，说话嘴都打漂儿了："五，不是，八、八万元行吗？"

电话那端静默下来。她渐渐有些慌了，正欲说点什么，婷婷的声音忽地又传来："亲爱的，我卡上本来有十万元，真不巧昨天借给我堂弟买门面房了，如果你早点说就好了，我肯定会借给你的呀。"婷婷说完，在电话里清晰地叹了口气。

她听后，说不清是啥滋味，整个人像霜打的茄子蔫头耷脑。

"喂，喂，咋听不见你声音呢？"婷婷在电话里急切地喊，"喂，喂……"

"嗯嗯，我在。"她说，"我，我刚才接了个快递电话。"

婷婷见有了回应，接着说道："我手头还有 2000 元，是准备买钢管舞装备的，如果你需要的话，我马上转给你，我现在赶着出门办点事。"

她挂断语音通话，发出一声不加掩饰的冷笑，先前眼眸里闪现的亮光已然黯淡下去，悄然间升起湿润的雾气。

2000 元，无异于杯水车薪。呵，多年闺蜜情也就值 2000 元。她在微信窗口敲下这行字，又一字一顿地删除，想了想回复道：不用了，我再找下别人，谢谢你婷婷！

连最有可能借到钱的地方，都只能借芝麻粒大点儿的钱，那么还能寄希望于谁呢？她将右手插入本就有些凌乱的木耳卷发中，左抓右挠把它弄得愈发凌乱，很快就要变成鸟窝了，而她那三十来岁的额头已然长出山川沟壑。

婷婷不会真的将钱借给堂弟买门面房了吧？

想到这儿，她挤出一个复杂的微笑，这分明是趁圪垯下马。还好没听向警官的，不然这理由还给撞上了。

"夏萤，你在吗？"这人还真是不经提，向警官的声音又冒了出来。

她垂着失神的眼眸，委顿地"嗯"了一声。

电话那端，声音更为繁密，一句赶一句，像一场急促的雨。

被缠得紧，她只好告知实情。

"你不能在一棵树上吊死，要打起精神来。"向警官说，"你得再找其他人，难道这世上真的就没人愿意借钱给你？听你的声音，人品应该不错啊，怎会……"

是的，难道除了婷婷就无人可借？还偏不信这个邪，丢啥也不能丢面子，一定要扳回这一局。这时，她突然想起关系还不错的同事周大哥。平日里，周大哥总爱找她帮些小忙，什么代抄笔记、处理图片、复印资料、填写数字人事啥的，有时他忙起来一摸兜里发现没烟，还会觍起笑脸请她帮忙去附近超市买一包。更有意思的是，就连他家的泰迪"朱古力"吃的玩的喝的用的，也总是让她帮忙在网上挑选购买。

而她，总是有求必应，有忙必帮，帮习惯了也就忘了还能拒绝。

麻烦添多了，他自然也会不好意思，一句话在嘴边翻来覆去滚动播放好几年，夏妹妹啊，你以后要是碰到啥为难事，一定要记得跟我说，千万不要客气。嘿，我就纳了闷了，你咋从来都不找我呢，你能不能开次金口，给个机会，让周大哥我帮下你？

瞧这话说的，真叫一个漂亮，好像不找他帮忙，倒是自己不对了，要不咱就找找？想到这儿，她的唇边不禁漾起一丝微笑，脸上密布的乌云不觉间已散去大半。

当然，决定找周大哥开口，并非仅看平日交情，经济实力也有考虑。听单位"情报中心"透露，周大哥最近在股市赚了不少，家里三层临街门面房拆迁补偿款也已到位。真是人逢喜事精神爽，难怪有次在单位地下停车场，看见他一手夹烟，一手理髯，正忘情哼唱京剧《定军山》："头通鼓，战饭造；二通鼓，紧战袍；三通鼓，刀出鞘；四通鼓，把兵交……"

她越想越兴奋，感觉胜券在握。趁着这股劲，她翻出号码就打了过去，电话很快就接通了。

"夏妹妹，你刚才说啥，什么人品？还有礼品，哦，好事啊！"周大哥的声音时隐时现，"什么，你问我在哪里？嗯，我这会儿正在山里采访呢……啥？你说啥，测试什么，唉，我这里信号特别不好，听不清楚你在说啥，我的电量就快用完了，先不跟你说了啊……回聊，回聊啊。"

啥情况？昨天还听见他跟人说，明天哪儿都不去，就闭关在家写策划方案，这会儿就跑山里采访去了？

刚燃起的希望又破灭了。她额头上的山川沟壑更深了。

7

"夏萤，你借到钱了吗？"向警官问。

真是哪壶不开提哪壶。她以叹气作答。由于接连受挫，绝望乘虚而入，在某个瞬间，她想过立即终止这场"人品测试"，再果断将向警官拉入黑名单。

可是，她不甘心就这样放弃，否则前功尽弃。哪怕有一线希望也要再试试，就不信通讯录里 500 个联系人里找不出一个愿借钱给她的。被拒怕什么，自尊又算什么？只要能借到钱，证明人品还行，挖到小说素材，一切付出就是值得的。

"夏萤，你不要灰心，也不要怀疑自己的人品。"向警官适时安慰道，"我相信，肯定有人愿意借钱给你，你再静下心好好想想，看是不是把谁给搞忘了。"

她抿紧双唇，神情凝重，有力地划拉着手机通讯录，并暗暗给自己打气，不管怎样，再试一次，事不过三。如果再借不到，测试结束，接受现实。

钱丰就是在此时穿过人海，出现在她眼前的。

发微信，还是打电话？只剩最后一次机会。一定要慎重考虑，讲究个策略。若发微信，开篇咋说？好，先预演一遍：钱丰，你在吗？不行，不行，不能这样说，行文呆板、语气严肃倒在其次，主要是会让人心生反感。她蓦然想起一个微视频：一墨镜男坐在公园石凳上，对一溜排长发美女说，你们不要总在微信上问我在不在？如果我说在，万一你找我借钱呢？如果我说不在，万一你请我吃饭呢？有什么直接说嘛，我会根据你们说的内容而决定我在还是不在。

想到这儿，她忍不住笑出声。连她自己也感到诧异，都火烧眉毛了，居然还笑得出来，心也真够大的。转瞬，这来路不正的笑声，就被一声叹息给驱逐了。经过前两次失败，她已丧失在微信上直接借钱的勇气。如果说了，他会不会假装看不见？或是随便找个理由婉拒？好吧，直接打电话。借或不借，一打方知。

拨打电话之前，为使表达显得圆润丝滑，她特意将要说的话写在纸上，可即便写在纸上还是不放心，念时会不会太生硬不自然？为确保万无一失，有必要先彩排一下，重点是要把握好节奏、语气和音调，当然文案也要熟记在心，不能完全依赖纸质版，纸质版只能起提醒辅助作用。

打吧，一切准备就绪。等等，嗓子好像有点干，会不会出现"公鸭嗓"？不行，每个环节都不能出问题，再喝一口菊花茶润下嗓。完了，心咋突然有点慌，定是血液往头上冲了。好吧，深吸一口气，放松，再放松。

各种突发症状逐一消灭后，她自我催促道：打！快点，别再磨蹭！

手机铃声响起，是马修·连恩的《布列瑟农》，一首好听的伤心的歌，也是她最爱听的歌曲之一。歌再好听，此时的她也无心去听。

话已涌到嗓子口，连笑容都堆砌在脸上了，等来的却不是钱丰的男中音，而是冷硬的提示音："您好！您拨叫的用户正忙，请稍后再拨。"

真是热脸贴上冷屁股。啥意思，占线？好像不是吧，占线应该是您拨打的用户正在通话中。这么说，是挂断了？他竟然挂断了！平时像个牛皮糖黏着，甩都甩不掉，关键时屁用没有。

最后一丝希望破灭，她心里顿生荒凉。人品测试结束，反诈骗案也即将落幕。前两次虽说没借到钱，可好歹婷婷和周大哥接了电话。这次倒好，精心准备好半天，结果人家直接拒接。就在她感到怅然若失时，她的手机铃声响了——

> 这世界有那么多人
> 人群里，敞着一扇门
> 我迷蒙的眼睛里长存
> 初见你，蓝色清晨
> 这世界有那么多人
> ……

这世界有那么多人，有那么多人又怎样呢？人群里一扇门都没敞开。她越听越丧，正欲将其摁断，瞥眼一看是钱丰打来的，立即来了精神。

"抱歉，抱歉，让你久等了。"钱丰迭声解释道，"公司在开例会，我正在发言，不便接你电话。"

解释完，紧接着又问："是不是有啥事？"

就等着他问这句话啊。她来不及感慨，急迫又流畅地道出借款一事，当说到"等测试一结束"这句话时，他礼貌又柔和地打断了："萤萤——其实，你不用跟我说这么清楚的，直接说转多少就行。"

一声"萤萤"，可勾起无限回忆，这是多么遥远而又亲切的一个昵称。可此时的她，显然没有时间将自己放入回忆的旋涡，而是磕磕巴巴地说道："四……四五万吧。"

钱丰说："好，那就五万，马上转给你。"

"等一等。"见钱丰答应得如此爽快，她索性豁出去了，用软软糯糯的声音说："钱丰，我，我刚才说错了，我其实需要八万。如果凑不够，我还得再找别人，再说别人哪有你这么豪爽啊，大概率不会借给我的。钱丰，你不仅人长得帅，心肠也这么好，我都不知该怎么夸你了……"

说完这些，她感觉脸已发红发烫，暗忖这样搞是不是很无耻。

钱丰到底没让她失望，整个过程没有一丝犹疑，八万元分分钟到账，彻底拯救了她的计划和对人心的看法。

8

向警官也很高兴，对她的表现给予了充分认可。

她需要这种认可，这极大地挽回了她丢失的颜面，满足了她的虚荣与自尊。

当她正沉浸其间时，向警官陡然切入正题："夏萤，你快将钱转到银行卡，然后将验证码告诉我。"

吃相真难看。她暗暗嘀咕道。

"夏萤，你听见了吗？"向警官催促道。

"听见了，稍等片刻，少安毋躁哈。"说完，她诡秘地一笑，开始了一系列"迷幻"操作——

五分钟后，她说出验证码："740740"。

"不对啊。"向警官充满疑惑地说，"你看仔细点，是不是哪个数字看错了。"

"没错，就是气死你气死你。"说完，她果断地摁断电话，快速将此号拖入黑名单。瞬间，有种大潮退去之感，她的手心汗渍渍的。

这时，门外走道上依稀传来同事们的脚步声和说话声。她蓦然意识到，亲手将自己锁在办公室已有很长一段时间，恍然有种与世隔绝之感。侧眼望窗外，太阳已偏西，天色将晚。

她站起身，将铅灰色卷帘重新拉至最顶端，然后望了眼电脑桌面，此时离下班还有十分钟，可她不想按点下班，只想快点赶回家弄点好吃的犒劳下自己。为获取小说素材、测试人品，以及和"诈骗犯"斗智斗勇，她牺牲掉一顿午餐和一场午休，当然这是有意义的，也是非常值得的。想来今天也是邪气得很，大半天时间过去，在家休年假的邱天居然未打一个电话，未发一条信息，不知他在忙些啥。

开车回家的路上，当戏耍带来的快感渐渐消退后，她心里冷不丁地紧张了一下：诈骗犯忙活半天没搞到钱，能咽下这口气？会不会遭到疯狂报复？

但很快她就推翻了这一担忧，毕竟邪不胜正，虽说她也不正，但毕竟他邪在先，这属于正当反击，不犯法。诈骗犯心是虚的，能怎么报复呢？换号打骚扰电话？不接就是了。来一个拉黑一个，来两个拉黑一双，实在对付不了，咱就报警求助。

此事发生以前，邱天曾反复叮嘱她："现如今，诈骗套路层出不穷，骗术不断翻新，稍不留意就会落入陷阱，一定要擦亮眼睛，时刻保持警惕之心……不是我说你，你这人太容易犯迷糊，出了问题又死不悔改，还一大堆歪理邪说。切记任何情况下，都不要将手机验证码告知任何人，凡是索要验证码与密码的都是诈骗……"

不管好话坏话，说太多易招反感，何况话里还夹带人身攻击。

她在鼻腔里"哼哼"两声，然后开始反击："你当我是未经世事的无知少女？需要你这样反复唠叨个没完没了？"

他摇了摇头，炽热的眼神渐渐转化为失望的叹息。

就是这副表情，深深地灼伤了她。她语带讥诮地问："你说不告诉任何人，包括你吗？"

他认真地想了想，什么也没说，低下头去，将一本《白夜行》翻得哗啦作响。

她的嘴角下意识地撇了撇，心想这世上真有那么多骗子？如果有，首先邱天就是个不折不扣、心机深重的大骗子。如果不是他当年编造谎言说，钱丰脚踏两条船，一边和她花前月下缠缠绵绵，一边又和一个学阿拉伯语的漂亮学妹暧昧不清、牵扯不断，她又怎会在盛怒之下果断将钱丰淘汰出局，毅然决然选择综合条件处于劣势的他作为终身伴侣。

直至多年后，一次同学聚会，钱丰喝了几杯高度白酒，彻底敞开心扉，她才搞清事情真相。原来钱丰有此学妹不假，但从未暧昧不清，更谈不上牵扯不断，只是在一起散了两次步，聊了聊社团工作，畅谈了下人生理想。在路窄灯暗处，两人连肩膀都没擦碰一下，也是怕死的碰上送葬的，偏巧被好事之人在背后拍照 P 图并私下转发。

这下真是跳进黄河也洗不清。大家只愿意相信自己想相信的，根本不在乎所谓的真相。

当时临近毕业，一大堆事儿凑一块，一个选择不追问，一个选择不解释，彼此渐行渐远，连句分手的话儿都没有，就这样走散了。

但知道真相又如何？已时过境迁，回不去了。她曾认真地想过，已经过去，就不要再生异心。所有过往，皆为序章。人要学会翻篇，不要与过去过不去。她隐约记得鲁迅先生说过，向前走，别回头。

尽管钱丰已离异单身，她也决不允许自己心旌动摇，而是将自己的心牢牢地封装起来，并在四周钉上钉子加固。封装起来的世界，就是一个舒适区。当然，舒适区并不意味着一定处于舒适状态。可能处于习惯状态，或者说一种惯性行驶的自动状态。

自从同学聚会互加微信后，钱丰常主动联系她，不管日子特殊还是平常。有时是一句温馨提醒，诸如"天冷莫忘加衣""有雨别忘带伞""打雷远离树木"之类。有时则是一张问候语图片，像什么"晨起一声早，天天都美好""早安你好，岁月静好""晚安，梦里星光灿烂"。

起初，她会出于礼貌回复一下：谢谢关心。同祝美好。

后来由于太过频繁，也就不怎么回应了。她喜欢的相处模式是：有事说事，无事勿扰。可以问候，尽量稀少。

只叹时光飞逝岁月匆匆，再也不是青春年少时，心上的尘埃都堆成塔了。完全没必要嘛，整这些嘘寒问暖、问候祝福干啥呢，又没啥实际用处，只会将人弄麻、浑身起鸡皮疙瘩，还浪费时间。

本想一直隐忍下去，尽量做到不伤人，可有天情绪低落，愣是没控制住，厌烦流至指尖，涌出一行字：钱丰，拜托你以后别再发这些问候图片，我工作很忙实在顾不上回复你。

钱丰却呵呵笑着说："没事，没事。我发我的，你不回复就行。"

她恶劣的语气并未击退他，图片和问候还是照发不误，只是频率相对稀疏些，多了一种小心翼翼的味道。

她心里并非不知，这所有的嘘寒问暖，都是在解决精神上的孤独，以及随时可能爆发的"旧情复燃"。只是，有些事，一个人再怎么努力，也撑不起两个人的天空。一个在进，一个在退，并未双向奔赴。也许都没有错，错的只是缘分。他卑微的姿态，让她心里泛酸，却无能为力。

9

有年六一儿童节，钱丰发来一张色泽鲜亮的动态图。图片上一个男孩和一个女孩举着气球坐在彩虹桥上晃腿，一旁穿红色连体衣的天线宝宝应该是小波，它歪着头拍着手蹦蹦跳跳地迭声说："节日快乐！节日快乐！"

她在删图的同时，心里嘀咕了一句，还能再幼稚点吗？

这边刚删完，那边又蹦出一个红包。她愣怔地看着，手指悬而未落。

这种反常态操作，让她颇费思量，这是整的哪一出？是突然间的顿悟，还是背后有大师指点，认为之前是低成本付出，不足以打动人心，于是用一个红包加以试探，从而力挽狂澜？

也许只是一个俗人的妄自揣测，对方压根就没这么用意深远，纯粹就是逗乐一下博取一笑。毕竟一个金额区间在 0.01 元至 200 元的微信红包，它的承载量也是有限的。

被世俗烟火熏染过的灵魂，多是不见兔子不撒鹰，懂得去权衡利弊。得不到回应的感情，多数都会及时止损。这么多年过去，他意外的坚持，让她感到很是吃惊，吃惊之余感慨丛生，甚至还有点感动。

红包静静地躺在原地，就像一个婴儿在熟睡，完全不知窗外风雨欲来。

"钱丰为啥要发红包给你？"邱天黑着脸质问道。

"能为什么，六一儿童节闹着玩的。"她说，"我不点接收就是，管他发不发。"

如果及时删掉就啥事没有，可她没删，倒不是忘记，而是觉得删或不删有啥要紧，总是要原路退回的。偏巧，被邱天看见。

不管她如何解释，邱天就是不相信，认为其中定有隐情。以致后来，总是找各种理由检查她的手机，或是升级，或是杀毒，或是清理垃圾，等等。

她无奈地想，爱信不信，随他去吧。不做亏心事，不怕鬼敲门。

抛却某些瑕疵不论，在她眼里，邱天并非全无可取之处，身上也有值得称道的地方。譬如，他很顾家，每天下班就回家，回家就卷起袖子炒菜做饭干家务。其余时间则在书房品茶看书、打坐冥想。男人的五大恶习，也就是所谓的"民间五毒"——吃喝嫖赌抽，他是一样也不沾边的。

再将微小生活习惯拎出来说，多数男人都是两条毛巾，有的甚至一条毛巾洗到黑，他却给自己准备了四条，而且还分了三六九等，洗私处那条更是，专门选用大豆蛋白质纤维和玉米纤维材质，且隔月就雷打不动更换一次。每晚临睡前，他不仅会认真刷牙，还会用牙线细细洁牙。内衣、袜子总是每天更换，且从不过夜清洗，洗时也不往洗衣机里乱扔，而是自己手洗。另外，鼻屎不往地下弹，痰不随地乱吐，打喷嚏还用手肘挡嘴。就连狗狗旺财在小区拉的便便，都会自觉铲净装袋带走。

但是，唉……她长长地叹了口气，这个对洁净有过分追求的男人，如果没有这个"但是"该多好。然而，他的思维方式及行事风格已然固化，并不以她的意志为转移。

比如说，家里偶尔停一次电，而且是在白天，时间也不长，他就预感生活秩序将要大乱，立马从超市买回蜡烛、手电筒、探照灯等好几种照明工具以备不时之需。

再比如说，小区因设备检修停水，物业公司在业主群发了通知，明确告知停水时间为两小时。结果她回家推门一看，仿佛误入童年老屋漏水现场，家里所有大小容器无一闲置，全部蓄满白汪汪的自来水，挤挤挨挨乱作一团，就像在聚众闹事，连下脚的地儿都难找到，直接引起"空间拥挤烦躁症"复发。后来，水按时而来，由于缸瓮桶盆坛罐实在影响生活，他又一盆一盆"哗哗"地往外倒。

另外还有，每收到一份快递包裹，他会将风油精倒在标签纸上，静待五分钟，再拿出吹风机对其吹风，待标签纸变干，用手撕干净才将之扔弃。

按说，这是一个好习惯，具有强烈的个人隐私保护意识。问题是，他做到了，同时也要求她也如此照做，这就有点强人所难了。她是一个衣服纽扣超过三颗都嫌麻烦的人，还拿风油精喷标签，还静待五分钟，这种搞法，简直可以把人搞疯。

经过一番抗议和协商，双方最终达成一致，标签可以不撕，但不能随便乱扔，必须带回家由他统一处理。

有次网购后，她忘了这项家规，撕了包装后顺手扔进垃圾箱。当他得知，硬是要她去指认现场，重新做了除签处理方才作罢。

其实这些还不算啥，只能算是毛毛细雨，更令她感到诧异和不可理解的是——

邻居家一个大爷因病并发症去世，大爷的后人看起来都很淡定，他倒急得食不甘味夜不能寐。

为啥？邻居大爷的突然离世，让他联想起他爸的房屋产权问题。

他爸年纪不算很大，身体也还算硬朗，膝下有一子二女。他说生命无常，只在一个呼吸间，万一哪天像邻居大爷那样抛下一切去了天上，地下的房子想必会有产权之忧。

据他了解，老人留下的房产，若无遗嘱，按相关法律规定，所有继承人皆有份额，无论是子还是女，就算其中有人放弃继承，也需一起去签署放弃继承协议，待拿到公证书后，才能到不动产登记机构办理继承过户。

即便这一切进展顺利，仍存在一个问题。

被继承的房屋，若非自住或出租，而是出售，那么就需缴纳高昂的税费。

为避免这些麻烦，他想到的解决方案是，趁老人还健在，将其名下的房产过户到自己名下。

就在邻居大爷去世后三天，他终于做通父母的工作，在一个暴雨如注的下午办理了房产过户手续。

还有一件事，令她想起来啼笑皆非。

有一天，她在工作中遇到棘手的问题，正发愁不知如何解决，他的信息适时而来：老婆，加油！

她当时是多么兴奋呵，心想，终于被他鼓励了一回，这是多么难得的事。此信号的发出，是否意味着从今往后，两人的关系将步入一个新的境界？

然而，当她满面春风回到家，听到动静的他从厨房里快步走出，手里还拿着一块滴水的破抹布，带着肉眼可见的怀疑问："油加了吗？"

她一听，像只呆鹅般，原地愣住。

"如我所料，即便已经提醒，你还是忘了，对吧？"他将垂落的抹布往手心一捏，说，"油价今晚上调，车子油箱都快见底了。"

生活兴许有点闷，喜欢开个小玩笑。她撒开双脚，独自虚跑一段，转瞬又打回原点。

在让她失望这件事情上，他几乎从未让她失望过。

当然，在让他怀疑这件事情上，她几乎也从未让他怀疑过。

和他在一起生活，虽然可以少操很多心，可她却总有一种隐隐的不安感。这种不安主要源于他对她的不信任，因为他的不信任，她无法预知未来会发生什么。

10

"已经过了这么久，照说应该升级完了吧？"她将抱在怀里的大嘴猴靠垫放在一边，抬眼问他。

"没有。"他从大腿根抽出手机，匆匆瞥了眼说，"还有10%。"

过了几分钟，她又催促道："你再看看，现在肯定好了，我还有事要处理。"

他只好又从大腿根抽出手机，仔细看了一眼后，才迟疑着递了过去。

为防他临时变卦，她火速接过手机，带着一丝不满，起身走进卧室，仔细查看有无未接来电和信息，当发现什么也没有时，这才舒了一口气。

如此看来，"向警官"到底因为做贼心虚，没敢对她施以报复。而那八万元人品测试借款，已在洗澡前转给了钱丰，但目前还没收到他的回复。没收到回复也好，真收到说不定还被邱天给截胡了，不知又会闹出什么幺蛾子。

有没有必要打电话确认一下呢？她思来想去，还是觉得不打为好。如果因此惊动邱天，免不了又是一场"内战"。

审视自己的婚姻状态，多数情况居于劣势。眼下，她急需一件事证明自己，从而撕掉被贴在身上的标签，颠覆他对自己的认知。

就拿这起案件来说，不仅凭慧眼识破了骗局，还靠胆略戏要了骗子，完全可以列入家庭大事记，成为一件能长久拿出来炫耀的事。既然意义如此重大，切不可藏着掖着，一定要让他知道。问题是，如何让他知道呢？总不能原原本本讲述一遍吧？那未免太缺乏新意，既然决定要写小说，就不能太老实。当然，这句话也是那位作家朋友说的。

想到这儿，她拉上窗帘，却未摁开 LED 吸顶灯。她认为太过强烈的灯光会扼制灵感产生，反之，恰到好处的黑暗能给予她某种能量。

她在卧室有限的空间来回踱步，从窗口到门口，又从门口到窗口，如此循环往复，踱着踱着，一条妙计穿过黑暗，似闪电般袭来，令她兴奋难抑，全身血液都在沸腾。

于是，她离开黑黢黢的卧室，重新回到客厅。客厅的创意大吊灯明亮刺眼，她用眼角余光飞快地瞥了一眼邱天，他已没看电视，正低头看一本书，样子很是投入。

她先是将口罩撕得嗤嗤作响，然后将一串钥匙摊在手心不住翻转，就连一双软底摇摇鞋都被她穿出了本不该有的动静，现在就差一个开门关门的动作。

按照事先计划，如果被发现，这场戏就接着往下演。如果没被发现，那就顺应天意，去院子溜达一圈，顺便看看流浪猫，再灰溜溜回家。

她刻意制造的声响有了回应。

"你现在出去干什么？"他抬起头，紧蹙双眉，用一种不可思议的眼神打量着，"穿着睡衣就往外跑？"

她垂首凝目，感觉胸前渐变色印字"大家都来看吖"像长了眼睛，合起伙来嘲笑她。

"忘了换。"她小声咕哝着，一抹尬色悄然浮上面颊，又用意念快速将其驱逐。

"你出去干什么？"他敛起剑眉，再次问道。

她微微眨了下眼睛，眼眸里充满狡黠的意味，沉吟片刻方道："报案。"

"你说什么？"他的眼角透出一丝异样。

她一字一顿地说道："我要去派出所报案。"

"什么？"他猛地站起身，书掉地下也没顾上捡，神色紧张地追问道，"你为什么报案？"

"你先做好心理准备。"她说，"不然，我不敢说，怕你承受不了。"

"说吧。"他直直地注视着她。

"我今天被诈骗了八万。"说完，偷偷观察他的反应，想象他躁怒的样子，一种莫名的快感在体内升腾，这是她想要的效果。

然而，他的情绪虽有起伏，却并不陡峭。这让她颇感意外，甚为不解，并及时进行了反思。

难道是表情没拿捏好，不小心搞穿帮了？细思确实太过平静和轻飘，不像一个被诈者应有的状态。

她想再重新演绎一次，尽量将细节部分处理好，可这个想法似乎有点滑稽，毕竟这不是彩排。

"你不用去派出所报案，没这个必要。"他说，"不要随便浪费警力资源。"

剧情完全偏离预想轨道，原本想先刺激下他，杀杀他的气焰，然后再来个反转，将反诈战绩道出，结果怎就成这样了？

她不甘心，吸足一口空气，旋即作出调整，装出一副焦炙委屈的样子说："不是，我被诈骗了八万啊，这个数字也不算小是吧，怎会没必要报案？怎叫浪费警力资源？"

可说着说着，原本坚硬的底气，不知怎么又衰微下去。

"行了，别再演了，都演一天了。"他说，"觉得很好玩是吗？上瘾了是吧？"

她停下一切动作，惶惑的目光落在他脸上，似有万千疑问，却又不知从何问起。

"740740。"说时，他一侧嘴角上扬，竟然毫无征兆地笑了。

这一笑，她心里更是疑窦丛生。

他敛起笑意，想了想说："这样，你给钱丰打个电话。"

她压住持续生长的疑惑、紧张和慌乱，强装淡定勉强吐出几个字："为什么给他打电话？"

他说："我们请他吃个饭。"

"请他吃饭？"她彻底蒙了，充满疑惧地问，"为什么？"

"你说为什么？"他的反问暴露出惯有的锐利与强势。

她的唇肌痉挛了一下，一副欲言又止的样子。也许沉默不语是最好的回应，且看他作何解释。

为了缓解紧张，她去冰箱里拿酸奶喝。

可是，当她边吸吮边回转身时，发现沙发上是空的。刚还坐在那说话呢，怎会突然不见，难道去了卫生间？她找遍家里的角角落落，连可以藏人的衣柜也找了，就是不见他半个影子。

给他打电话，语音提示关机。她侧耳细听，屋里无任何响动。诡异的是，连壁钟转动时的咔咔声也停止，整个家阒寂无声。

她捂住怦怦乱跳的心口，强忍惧意，轻一声重一声地喊，邱天，邱天！

就在此时，防盗门在一声嘎吱后，砰地一响，吓得她心尖儿猛地一颤，感觉要跳出来。这声音像极影视剧里监狱门闭合的声音，走道幽长光线昏暗，紧接着是鞋底踩地的啪嗒啪嗒声，这声音如此熟悉，如此清晰，离她愈来愈近，近到呼吸开始急促。紧接着，诡异的事发生了——

窗外，灯火璀璨的夜色里，惊现一群酷似蝙蝠的蝠蜂。没错，就是电影《死寂逃亡》中的异形怪兽"蝠蜂"。它们目标明确，黑压压地飞过来，不停地朝窗户撞击，朝同一个地方撞击，眼看玻璃窗就要被撞破，就要飞进屋子。

"夏萤，快，快点把窗户堵上！"邱天隐在暗处大声叫喊。

她闭上眼睛，捂住耳朵，躲在窗帘后，假装没有听见。

"夏萤,夏萤！你又犯迷糊了是吗？"他眸光惊怒,继续叫喊,"赶紧堵窗户啊！"

她尽管也害怕，可就是不愿相信："我不堵，就是不堵，窗户这么坚硬，蝙蜂飞不进来的。"

越来越多的蝙蜂俯冲过来，更加凶狠地撞击窗户，窗户撞破了一个口，口子越来越大，终于飞进来一只，又飞进来一只……

她用窗帘裹住自己，紧紧地裹住，裹了一层又一层，露出眼睛，躲在暗角处，窥视着窗帘外的世界。

蝙蜂所到之处，一片狼藉。日光灯眨了几下眼，重重哼了声就熄了，整个屋子霎时漆黑一片。

一缕光突然投射过来，是探照灯发出的光亮，紧接着所有的蜡烛被点亮，飞进来的蝙蜂发出尖厉的叫声，在屋子里盘旋不止。

这时，更诡异的画面出现了——

精灵王子莱戈拉斯现身屋内，卸下背后的长弓，滑弓入手，指尖捏着箭矢，目不转睛地盯着目标物。

啪的一声，蝙蜂应声倒地，一只，两只。其余蝙蜂见此，哗啦啦全飞走了。

整个世界复归安宁。莱戈拉斯摇身一变，幻化成坐在沙发上看书的邱天。她惊愕地看着眼前的变化，嗫嚅地问："你……你刚才去哪儿了？"

"我一直都坐在这里。"他奇怪地看着她说，"给钱丰打电话了吗？不管怎么说，他帮了你不是吗？"

"向警官是谁？"她不答反问，满脸疑惑地瞪视着他，心想这定是他布的一个局，可其间疑点重重。

"你不要管他是谁。"他正色道，"他的出现，是为了帮你，或者说拯救你，明白吗？另外，重要的事再说一遍，记得给钱丰打电话。"

说完，他带上书起身走进书房，门嘎啦一声合上，所有疑惑随之被隔绝在外。

她独自站在灯光明亮的客厅，仰起头望着蝙蜂曾飞过的地方，恍然看见创意大吊灯幻变成一张网罩于头顶。这时，壁钟的咔咔声重新响起。

原载《飞天》2024年第3期

她试着放下戒备心

将自己的目光向上移

移向墙上那面宽大的

浴镜……

镜子里

只有一张不再紧致

饱满的脸

这张脸写着平静和松弛

她在镜子里

1

野奢酒店呈葱绿色，蘑菇造型，木石结构，蹲于林木翁郁的半山腰，散溢出一种蓄意隐遁的气息。夜幕四合、灯光亮起时，透过枝叶掩映的雕花仿古窗，可见七八个衣衫薄透的男女围坐成圈。头戴折纸济公帽、手持嫩柳枝的女生扮演法官。每当她发出指令，会板正面孔、抬高下颌、拖长声音，而其余人等，则随着她的指令，双眼在闭睁之间来回切换。闭时，静如塞外冰河。睁开，又仿若村野鸭塘。

"靠，真他妈见鬼，连续五次抽到平民。"穿烟灰色 T 恤的男生无比嫌弃地将卡牌扔在茶几上，再将双手向后抱头，颓然地倒向椅背，像只漏气的橡皮球，紧接着他又长吁一口气，"难道是被平民附体？"

"哎呀，都快帅到要吸氧了，你还叹气？跟你说，叹气伤肝，肝郁气滞易生结节。"剪了韩式齐刘海的女生嗤嗤笑着说，"当平民还不好啊，啥心不用操，选择站边就行，我想抽还抽不到呢，都快被杀手和警察搞疯了。"

不说还好。经韩式齐刘海这么一安慰，烟灰色 T 恤将一口怨气叹得更为浓郁悠长。

"弱者思维。"戴沉香手串的男生哂笑道，"妥妥的菜鸟。"

韩式齐刘海正欲怼回去，法官将嫩绿枝朝外一甩，拖着瘆人的长音发出指令："天——黑——了，大——家——请——闭——眼……"

就在大家的双眼处于将闭未闭之时，烫炸毛头的男生嘟哝道："身份都暴露了，还玩个毛线。"

"那就不玩呗！"烟灰色 T 恤精神一振，顺势从椅背上直起身板说，"要不，咱们改玩真心话大冒险如何？"

大家互相观望，谁也不抢先表态，深知"真心"是种冒险，搞不好就会引火烧身。

见无人响应，烟灰色 T 恤索性站起身，用夸张手势积极配合着笑意充盈的脸："这样，玩到转钟请你们吃烧烤，生蚝鱿鱼蛏子扇贝随意点，我房间还有三箱夺命大乌苏和两箱格瓦斯，一会儿我全搬过来……反正明天也没课，今晚就敞开了喝，喝他个痛快淋漓、一醉方休，你们说中不？要得不？"

"哇呜，简直不要太惊喜！"

"经班委认证，你是全班最豪最靓的仔！"

"突然发现，你是继颜真卿、辛弃疾之后，又一个文武双全的人。"

"文是啥？武又是啥？"大家齐声追问。

"文能写电影剧本。武，武，武能搬啤酒饮料。"

"哈哈哈……哈哈哈……"大家笑作一团，生生将室内撑爆，从罅隙溢出窗外，搅乱铁板一块的夜色。

坐在门边的嘉荣，就是在此时放下卡牌，从床上抓起手机、房卡悄悄溜出房间的。其实，她早就有点如坐针毡，只是碍于时机未曾离开。那款拥有上亿用户的女性专属 App 预测今日姨妈将至，不知是心理作用还是生理反应，她总是感觉体内有股热流朝下奔涌，加之今儿一大早，她的右眼皮连跳三下，也就是医学上所称的眼睑痉挛。小时候，她常听人说，左眼跳财，右眼跳灾，左吉右灾，莫非今日有"凶事"发生？

当她忐忑不安地走在寂静、昏暗的走道上时，却不料沉香手串竟尾随而出，追着她的背影喊："仙草，仙草，别一去不回啊，等你哟……"

嘉荣驻足踅身，见他眼神炽热，荷尔蒙恣意翻涌，就差在双肩安一扇翎羽就地开屏，她不置可否地挤出一丝笑，用"嗯嗯"作出回应，然后折身拾步匆促离去。

她并不反感他喊"仙草"。"嘉荣"两字源自《山海经》里记载的一种仙草，而《山海经》是她喜欢的一本上古奇书。当然，她也不反感他戴沉香手串，文艺男青年嘛，戴个手串实在不算啥，班上非主流装扮的男生多了去了，一眼扫过去，戴鼻钉、留长须、扎脏辫、穿乞丐裤的，甚至还有扮演二次元动漫角色的，就连给他们讲中外电影史的老教授，总是着一袭天青色长衫踱进教室。起初，她还有些恍惚，以为是幻觉使然，得以偶遇在咸亨酒店吃茴香豆的孔乙己。

令她感到费解的是，这位来自凉都六盘水的男生，裸眼视力 1.5，已逾平均值，却偏要在罗马鼻上架一副平光镜，难道是为了扮酷？此举无异于画蛇添足，完全没必要。不是戴了沉香手串吗？有一个重点还不够，非得整两个凑一双？有好几次，她差点径直道出：嗨，沉香手串，你又没近视，戴眼镜干吗，能摘下不戴吗？

但最终还是忍住了，感觉不管如何措辞，听起来都含有否定成分，还透着矫情，不仅是对审美力的质疑，更是一种缺乏修养的冒犯。搞艺术创作的人都不笨，且多是敏感体质。她蓦然忆起英年早逝的丈夫，一个视登山和阅读为生命要义的男人，某天夜里躺在床上，用手指抚弄着她的嘴唇说：你呀你，要学会管住自己的嘴，说话是件很容易的事，闭嘴却是很难控制的，当你不知道一句话该说还是不该说，闭嘴才是最好的表达。

如若往里细究，她也并非真的反感沉香手串戴平光镜，而是对"镜子"这一物件心生惧意，然而惧意并非与生俱来，起初甚至还有一种天然、疯狂的喜欢。自从诡异之事接连发生后，不管什么类型的镜子，但凡看见就会引起不适，但她不愿将此种不适归入"镜子恐惧症"，毕竟尚未听说谁对镜子过敏。自打获知这世上存在娃娃恐惧症、巨物恐惧症、出门恐惧症、广场恐惧症、灰尘恐惧症、电话恐惧症等稀奇古怪的恐惧症，甚至有人还有下船恐惧症，比如电影《海上钢琴师》中的男主人公1900。于是，她便在心里给自己贴上标签，并不断强化这一症状。当她面对这世上一面面镜子时，尤其是能清晰照出人像的镜子，反应就会来得更为强烈，她恍惚看见镜中有人影在晃，那当然不是她自己，而是一个五官模糊、面色苍白的女人，有时还发出瘆人的声音，像是哭，又像是笑，时哭时笑。倘若将之归于幻视、幻听，这一症状已伴随她多年。除此之外，还出现入睡困难、多梦、早醒等睡眠障碍。

她曾想过去精神卫生中心看看，想知道自己到底怎么了，究竟是何原因引起的？可又担心那一纸量表将她彻底击垮，然后被片片所控，产生各种副作用，终生无法停药，使自己陷入更为糟糕的境地。

2

这是在山城开办的一期编导培训班，时长一年半，班上五十余名学员来自全国各地，学员身份多为导演、演员、编辑和编剧。

嘉荣是地方剧院一名职业编剧，为剧团写戏十余年，作品多如仲夏夜繁星，拿奖拿到双手发软，被圈内人士戏称为"劳模嘉"。经她写就的一部部戏，成活率极高，通过舞台、银幕、荧屏、刊物，感动了无数受众。可是，她的事业有多么成功，家庭就有多么不幸。

两年前的夏天，她的丈夫在一场登山运动中突发晕厥，救护车赶到时已无生命体征。有人说是心梗，有人说是脑梗，也不知到底是哪里梗，总之就是梗了，都差不多的。还有另外的传言，说导致她丈夫意外离世的其实并不是心梗或脑梗，而是倒地时一块扎中心口的尖玻璃镜。除此之外，知情人士还透露了一些更为细节的信息：一同登山的山友中有位是医生，会做高质量心肺复苏，现场还有人提供了除颤仪，可就因为这块尖玻璃镜，导致紧急施救无效，她的丈夫最终不幸去世。

这块尖玻璃镜，自此便深深地扎在嘉荣心里，但凡想起就会隐隐作痛，痛到她时常产生某种联想。联想充满诡异色彩，使她不敢深入下去，总在半路惊慌而逃。

房间灯被嘉荣全部按开，就连浴室幕帘灯也未放过，也许明亮能带给她些许心安与慰藉。她的额头此刻舒展了许多，暗想 App 预测实在精准，粉色图标也温馨可爱，还好适时离开，不然就尴尬了。将自己收拾爽利后，她克服心理障碍，鼓起巨大的勇气，端详起镜中的自己：一张不再年轻、饱满的脸上，连水分都不愿多作停留，处处是干燥留下的痕迹，眼角细纹稍不控管就乱横，法令纹也想冒出来凑热闹，好在精致的五官在进行奋力拯救，让一切看起来还不算太糟糕，用韩式齐刘海的原话来说：知足吧，美女，这颜值至少可以打败全国 90% 的同龄人。

想到这儿，她的唇角不觉上扬，眼里柔波微漾。俗世女子，谁又能抗拒如此夸赞？就在她耽于这份虚荣时，手机蓦地"嘀"了一声，她的身子不禁打了个激灵。不知是何原因，也不知从何时起，每当她投入地想抑或做某件事情时，若有外来之声毫无防备地响起，拳头大小的心脏就有跳出胸腔之险，整个身体也会随之剧烈抖动。丈夫还在世时，有次她正在炒菜，他冷不丁出现在厨房门口，耸动着鼻子问：炒啥这么香？她吓得着实不轻，锅铲哐当落地，锅也险些翻倒。他笑她心里有鬼，她无力辩解，为此深感苦恼。

是谁发的信息呢？她喃喃自语道，其实心里已然猜到，为了验证猜想的正确性，她点开一看：左等不来，右等不来，一分一秒都难挨。

她想了想，反正也睡不着，便回了沉香手串一句"马上到"，然后从盥洗台上抽出补水喷雾朝脸上胡乱喷了喷，紧接着又打开气垫霜朝脸上随意按了按。就在她即将离开卫生间时，"訇咚——"一声巨响，她的心脏险些跳出胸腔，与此同时传来"哗哗哗……"的流水声。

她按住怦怦乱跳的心，循着水流声蹲身查看，发现盥洗台下方，一块黑色条形砖匍匐在地，而水正是从此处流出。由于反应太过强烈，手上的气垫霜惊落在地，当她捡起这盒新购不久价格超贵的气垫霜时，发现内嵌小镜已碎，粉扑也已脏污，自然免不了心疼肉痛，可眼看就要水漫金山，便也顾不了许多，赶紧给前台打电话，告知此事的急迫性。

当维修人员赶到后，嘉荣作了番描述和交代，便带着一颗惊魂未定的心仓皇逃离现场。

"嘉荣啊嘉荣，你终于来了！有人已丢了三魂七魄。"韩式齐刘海昂起头，戏谑道，"再不来，那可是要出人命的。"

嘉荣笑了笑，回应道："嘁，还能再夸张点么？"

沉香手串也笑，且一个劲儿地转手上的沉香手串，硬是将它转得晕头转向。

"嘉荣，轮到你说了。"烟灰色 T 恤站起身，从身后拎起一瓶格瓦斯递了过去。

沉香手串停止转手串，挪了挪身，给嘉荣腾出一个位置。

"说啥呢？"嘉荣坐定后，就去拧饮料瓶盖，使劲也未拧开，眉头不觉蹙了起来。沉香手串一把拿过饮料，轻拧即开。嘉荣也不客气，接过就开喝，显然已习惯了这份关照。

韩式齐刘海随即又打趣道："绝世暖男在此，眼里全是活儿。"说完，瞄了眼沉香手串，将大拇指朝上顶了又顶。

沉香手串只笑不语，他认为此时最好的回应就是不回应。

"说啥都行。比如说，你最喜欢班上哪个男生？或者说，你认为班上哪个男生最帅？哪个男生最有才华？如果再嫁，你认为在座的谁是最理想的结婚对象？"烟灰色 T 恤一口气抛出数个问题。大家皆凝神聚气，眼珠子瞪得溜圆，以饱满的情绪静候嘉荣作答。

嚯，全是坑，每道都是送命题。嘉荣暗忖，可不能往里跳，定要管住自己的嘴，但又不能太扫大家兴，这下如何是好呢？她顿了顿，岔开话题说："我刚才进来时，好像听见你们在讲湘西赶尸和独龙族文面的事。这样，我也给你们讲一个故事，一个关于镜子的故事。"

回答完全偏离预想轨道，大家瞬间失了兴致，昂起的头纷纷软塌下来，如同日落西山低垂花盘的向日葵。

"关于镜子？"沉香手串生怕话落地下沾了灰，赶紧伸出双手稳稳接住，并表现出对此话题颇感兴趣，而后下意识地将平光镜朝鼻梁上方推了推。

"是的，关于镜子。"嘉荣顿时来了底气，她坐正身子，郑重其事地说，"讲这个故事之前，我想先声明一点，这是一个发生在我身上的真实故事，我无意于虚构一些故弄玄虚的场景，只想原原本本地把它讲述出来。之所以讲这个故事，实不相瞒，我被镜子给缠住了，想让你们帮我分析下是咋回事儿，如果能提供具体解决方案那就再好不过，也不怕你们笑话，为此，我曾想过去六角亭……"

"六角亭是啥？"有人窃声问。

"江城精神病医院的代名词。"有人压声答。

经嘉荣这么一渲染，大家的好奇心终被诱发，软塌下来的头又纷纷昂扬起来。

她清了清嗓门，喝了两小口格瓦斯，正式开始讲述——

"就在刚才，我房间的地砖倒了，水哗的一下流了出来，也许你们觉得这不足为奇，可以归结为装修质量问题，抑或年久失修。但是，我的镜子摔碎了。也许，你们还是觉得这也不足为奇，是我自己不小心。问题是，参加这次培训之前，我的汽车后视镜无端出现裂痕。紧接着，车窗玻璃升降器又坏了……这么说吧，近几年，类似事件接二连三发生，全和镜子有关。还有一件事，我其实不想说，可憋在心里实在太难受。"说到这里，嘉荣停顿下来。

"说吧，没关系的。"烟灰色 T 恤说，"不管你说什么，我们都不会向外扩散。"

"是的，就不让它出这个门。"有人随即应和道。

沉香手串见门虚掩着，连忙起身关严实，并在嘉荣肩头拍了拍。

"好吧，我说。"她深吸一口气，用一种还算平缓的语调说道，"我丈夫英年早逝，你们可能已经听说，但早逝原因想必不知，他是两年前在一场登山运动中出的意外，脑梗是导致他死亡的因素，但不是直接原因。倒地时，一块像冰凌柱一样的尖玻璃偏巧扎中心口……其实，在他登山的前一晚，我就有一种不祥的预感，挂得好好的结婚照，突然从墙上摔落，玻璃碎了一地。我几次三番阻止，可他就是不听，说已经和朋友约定，怎能爽约？别说家里结婚照摔了，就算天上下刀子也要赴约，还说我年纪轻轻咋就长了个迷信脑，等他登山回来要用特别的方法给我消毒，可他再也没有回来……"说到这里，嘉荣终于有些绷不住了，她顺手拿起茶几上一瓶撬开的夺命大乌苏猛灌一口，过了好一会儿才问，"你们说，这到底是咋回事儿？镜子，玻璃，他妈的，一直缠着我，如影随形，霉运不断，不知啥时才是个头……"

房间陷入一阵阒静，唯有山林深处草虫鸣。

3

"奥地利著名精神学家阿尔弗雷德·阿德勒，"烟灰色 T 恤率先打破阒静，用目光环视全场说，"咱们这一屋子都是文化人，应该都听说过老阿是吧。心理学三巨头之一。对，没错，曾追随弗洛伊德探讨神经症问题，同时也是精神分析学派内部第一个反对弗洛伊德的心理学体系的心理学家。"

"靠，说重点，尽量减少不必要的铺垫。"炸毛头显然有些炸毛了，他站起身，佯装离开。

"拜托，炸毛老弟，拿出点耐心好不？"烟灰色 T 恤瞥了炸毛头一眼，接着说道，"就是这位敢于挑战权威的老阿，讲过这么一句话，当然你们可能也都知道，那就是：幸运的人一生都被童年治愈，不幸的人一生都在治愈童年。嘉荣，如果没有猜错，你是不是小时候经历过啥事，而且这件事还和镜子息息相关？"

嘉荣心里悚然一惊，将一绺碎发绾至耳后，沉思了一小会，方才说道："被你不幸言中，在我小时候，的确发生了一件和镜子相关的事，我从未对别人讲过，但现在我想讲给你们听——"

在我十一二岁时，我妈辞去小镇麻油厂香喷喷的工作，用一辆铃铛还响的自行车载着头扎纱巾的我，摇摇晃晃地把我送到乡下外婆家，然后牵着总是流鼻涕的弟弟去广东投奔我爸。

毕竟是嫡亲闺女，我妈临走前也有不舍，抹着眼泪千叮万嘱，让我好生念书，和新同学处理好关系，不要惹是生非，要乖巧懂事，听外婆话，等她在那边安顿好，就回来接我过去。

我当时嘴里吹着泡泡糖，手里还捏着一板薄荷糖，嫌我妈太磨叽，用闲着的那只手朝外扇风说，妈，快走吧，再不走就赶不上公共汽车了。

我妈捏了捏我肉乎乎的小脸蛋说，你这死丫头，真是没心没肺！

我捂住被捏红的脸，心想有啥好难过，又不是把我送人，只是暂时借住而已，而且还是与我有血亲的外婆，难不成还会虐待我？呃，只要零花钱给到位，其他都不是事儿。再说，没有我妈的管束，那日子该是多么惬意啊，就像一只出了笼的小鸟，从此便拥有了蓝天和自由。

那个春天的上午，布谷鸟在窗外一声声地叫着"布谷……布谷"，班主任则举着课本在教室里摇头晃脑地念：李白乘舟将欲行，忽闻岸上踏歌声。桃花潭水深千尺，不及汪伦送我情。

我用指尖轻叩桌面，有了！少顷，将写有"桃花、桃潭、桃水"三个名字的纸条扔给我的两个死党，并附上一句：我们仨的化名，你们先选，剩下的给我。

她俩分别将桃花和桃水选走，我别无选择，只能是桃潭。桃潭就桃潭，潭多有包容性，任尔花容月貌、水碧山青，不过是花自飘零水自流，唯潭恒久远，花也好，水也罢，潭皆能装载。

课间十分钟，我们仨手牵手跑到池塘边的合欢树下，举右手握拳，郑重许下誓言：我们虽然无缘同年同月生，但愿同年同月死。以后，我们有福同享，有难同当。

义结金兰仪式完毕，我们将铮铮誓言写在各自带锁的日记本上。如此，我们的小群体就更加坚不可摧，惹得不少同学艳羡眼红，在背地里称我们为"三人帮"。

全班那么多同学，我们仨之所以能玩到一起，除了总有说不完的话，还有一个共同点，那就是都爱臭美，臭美到啥程度呢？这么说吧，但凡能照出人影的地方，我们定会驻足停留，就连路边的小水洼也不放过。

有一次，桃水想去看暗恋已久的男生练武，又不好意思独自前往，便拉着我和桃花一道去，还说在那里练武的男生个个帅，不去会后悔终生。我俩就这样被她给诱惑了，一路上欢歌笑语、追跑打闹，其场景诚如歌里所唱：小鸟在前面带路，风儿吹向我们，我们像春天一样，来到花园里，来到草地上……

当我们行至半路时，发现路中间有一水坑，水质清澈见底，我们连忙跑过去当镜子照，谁知一辆电麻木突然开过来。这下可好，桃水的白色蛋糕裙瞬间被溅上一朵朵水墨梅花，我和桃花的马裤上也或多或少沾了点污渍，不过好在没有我们暗恋的男生练武。桃水脸都气乌了，将开电麻木的老汉骂了个狗血淋头。她急得不住跳脚，大声嚷嚷，这形象咋见人啊？为了给暗恋的男生留个好印象，硬要返回家换衣裳，我们拗不过她。后来，当我们紧赶慢赶赶到练武场时，连半个帅哥的影子也没瞧见，只好踢着地下的石子败兴而归。

也就是那天，我和桃花留宿桃水家。

桃水家的楼房临街而建，三间三层，结构规整，外墙还贴了白玉般的瓷砖，在整条槐花街算是最气派的。更重要的是，这些白玉般的瓷砖可印出人影儿来，我和桃花经常在瓷砖面前踱来踱去，以此满足自己的照镜欲。用现在的话来说，自恋到极致，是一种病。

桃水家的房屋地段好。二楼留给自己住，三楼堆放杂物，一楼则出租给一个做美发生意的帅小伙，帅小伙长得酷似香港"四大天王"中的黎明，我们私下里称他为"山寨黎明"。他的发型是三七分，总是那么蓬松有型。我们一致认为他肯定天天洗和吹，不然这个效果出不来。反正他就是搞洗剪吹的，有条件打理头发。不像咱们，只能靠自然风干。再说，他将自己拾掇帅了，才更有说服力嘛。

他不仅人长得帅，还挺擅长经营，懂得多元化发展，除了主业洗剪吹，还搞起了副业，兼卖一些小饰品，像耳环、发卡、头花、手链什么的。别说，这些小东西还挺招小女孩和年轻媳妇喜欢。就拿我和桃花来说，有事没事总爱打这儿经过，心想买不起看下总可以吧，反正这是桃水家的房子，那桃水就算是他的少东家，桃水是谁？开玩笑，那可是和咱们在池塘边的合欢树下拜了把子的金兰之交啊，净净誓言都写在日记本上了。再说了，桃水的爸妈还怪喜欢咱俩的，每次来玩都是笑脸相迎，偶尔还会递过来一根顶花带刺的黄瓜，或是一个红透了的西红柿。不管咱们如何疯闹，从来没说半句难听话。所以，对于横穿美发室这件事，我们还是有几分底气的。

不过，我们的目的并不单纯。除了看饰品，还有照镜子，可谓一举两得。距摆放饰品的玻璃柜台不远，放置着一面椭圆形落地镜。这镜子邪乎得很，就像被施了魔法，不论是啥体形，胖也好矮也罢，只要往那儿一站，哇，秒变高挑苗条小美女，就像用现今的美颜相机点了瘦身拉了长腿，真是越看越好看，越看越欢喜，恨不能携镜而行，与镜同枕共眠。

后来才知，哪有什么魔法，不过是斜放而已。即便知道这不是真实的自己，我们仨也拒绝怀疑，习惯去装迷糊。如同洗澡时，身上若有香皂残余未冲干净，用手一摸，会自然而然想：咦，皮肤变光滑了！

有天，山寨黎明进了一批新货，五颜六色美极了，货柜都被填满，玻璃门都快关不住了。一枚金色蝴蝶发卡从众多饰品中脱颖而出，成功捕获住我们的视线。看啊，仔细看啊，蝴蝶发卡展翅欲飞，翅膀上镶了钻，闪闪发亮，栩栩如生。我们仨像蚂蟥般趴在透明玻璃柜上，良久不愿离去，无奈囊中羞涩，只能过过眼瘾。桃花却像犯了花痴，说了句令人惊诧的话：如果戴上这枚蝴蝶发卡，是不是就会有男生喜欢？我和桃水相视一笑：有这可能。

4

留宿桃水家的那天夜里，我们仨躺在二楼的木板床上，诉说着小女生的秘密，你一言我一语，聊至深夜还不愿入睡。后来，应声渐渐稀疏，随之传来桃水均匀的呼吸声，我和桃花也就不再出声。

不知过了多久，就在我迷迷糊糊快要入梦时，和我睡一头的桃花突然转过脸，摇了摇我的肩，用毛茸茸的声音说，潭，陪我到楼下去唱歌吧？我闭着眼嘟囔道，半夜三更唱啥歌啊。桃花贴着我的耳朵说，哎呀，不是那个唱歌，是那个。我这才反应过来，打着呵欠说，上床前不是去过吗？咋又要去，你这膀胱不会坏了吧。桃花在我的胳膊上掐了一下，压着声音说，你这乌鸦嘴，我喝水多好吧。说完，她又挠我的胳肢窝。我忍住痒，就是不笑，一笑可就输了。我想起厕所墙角有张巨型蜘蛛网，网上粘了数不清的昆虫尸首，一不小心就会敷一满脸。最要命的是，一只多眼老蜘蛛总在它织的网上来回巡逻，随时等着猎物自投罗网，我可不想与它深夜会晤。

桃花见我没有起来的意思，又凑近了些，几乎是趴在我身上了，她呼出的温热气息拂过我面颊，麻酥酥的。她用一种撒娇的语气说，潭,你就陪我去一下嘛,我怕黑。我的心渐渐软下来,但还是懒得动。桃花又说,潭,你知道吗,你是班上最聪明最漂亮的女生,好多同学都这么说,全班至少有一半男生喜欢你。

听桃花这么一说,我立刻就不淡定了,偷着乐呵起来。嗐,瞧我这没出息的样儿,忍住了痒,却未能忍住夸,好奇地追问,那还有一半呢?她脱口而出,还有一半,还有一半正在喜欢你的路上啊。话音落毕,我用脚尖点了点她,走,下楼!

我俩摸黑下床,轻手轻脚地穿好鞋,一前一后向楼下走去,生怕惊醒了桃水和她爸妈。

当我们走到一楼拐角处时,桃花却不往厕所方向走,而是攥着我的手向另一边的美发室走去。我赶紧跟桃花说,错了,走错了,厕所在那边。桃花将食指放在凸起的嘴心"嘘"了一下,我们去看看玻璃柜中的饰品好不好?我一听,顿时来了精神,说好啊好啊,正合我意。

我俩摸黑走到美发室,也不敢开灯,好在那晚月光够亮,加上视力也够好,终于摸到玻璃柜旁,我们半蹲着身子,睁大眼睛注视着里面的饰品,头花、飘带、手链、耳环、纱巾……哇,还有那枚金色的蝴蝶发卡,它安然地躺在里面,尚未被人买走,太好了!我们越看越兴奋,也越看越紧张,有些蠢蠢欲动,我们试着推了推柜门,天哪,没想到竟然推开了,山寨黎明没给柜门上锁!这个发现令我俩狂喜不已,我们同时将手伸了进去,想要拿出蝴蝶发卡近距离观赏。

可就在这时,"噼啪"一声巨响,撕破了黑夜的静寂,我和桃花完全吓傻了,心儿狂跳不止,一时六神无主。原来,那面具有魔力的椭圆形落地镜倒地碎裂了。紧接着,楼上传来几声咳嗽。

这可如何是好?待我们反应过来时,连忙拔腿向楼上逃去。到了二楼，我和桃花别说窃窃私语，连大气也不敢出，像两只待宰的羔羊乖乖地躺在木板床上。就这样，我在紧张和慌乱中挨着时间，听墙上的时钟"咔咔、咔咔"地响。

一阵此起彼伏的鸡叫声过后，天渐渐现出青白色，一楼的卷闸门带着刺耳的金属摩擦声，不耐烦地向上升去，紧接着是一阵杂沓的脚步声。此时，桃水已不在床上，我和桃花既不好意思赖床，也不敢下楼去找她玩，便起身蜷缩在楼梯转角处探听楼下动静。

天哪，这是怎么回事儿？！山寨黎明很快就嚷嚷起来。桃水妈说，昨晚是听见有什么东西碎裂的声音。桃水爸紧跟一句，我也听见了，不知道是怎么一回事儿。桃水气呼呼地说，你们说话看我干什么，又不是我干的。

山寨黎明冷笑道，以为我心里没数吗，我的发卡少了一只。

桃水说，你们怎么还看我？我昨晚又没下楼，你们问桃潭和桃花啊，她们好像下来过。桃水妈说，那你去楼上喊她们下楼。

当桃水"嚓嚓嚓"上楼的声音传来时，我和桃花直起身向后退了几步。桃水看见我俩，先是怔了怔，有话在舌尖滚，可最终啥也没说，只是叹了口气，然后转身将我俩"押解"下楼。

当我俩走到美发室时，大人们的目光在我和桃花脸上来回睃，我感觉自己的脸快要烫熟了，恨不能用洛阳铲挖个洞原地消失。

妈的，偷了蝴蝶发卡也就罢了，干吗还毁我的镜子，这是谁干的？心肠太坏了！山寨黎明的话，一句一刀，专往心上扎。

我眼皮低垂，暗自叫屈：谁偷你的臭发卡，我连蝴蝶的翅膀都没摸到。

见我俩都默不作声，桃水妈近前几步，你们快说啊，这到底是怎么一回事？桃水爸又跟了一句，是啊，快说，说了就没事了。

山寨黎明进而威胁道，这事不给我说清楚，你俩今天谁也别想回家。

我偷瞥了眼桃花，发现她正好也在偷瞥我，我只好撤回视线，继续低垂着头。

再不出声，就将你们交给班主任，告诉校长，开大会通报批评，让全校师生都知道你俩干的好事！山寨黎明步步紧逼，把我俩逼得无路可逃，原以为他长这么帅，我们还这么小，兴许会网开一面，谁知如此狠绝……再看他那三七分发型，哪里蓬松有型啊，分明就是一团乌云，一坨牛屎。

哎哟，可千万别，这样影响多不好，弄不好会记录在案，成为一辈子的污点。桃水妈赶紧出来打圆场，孩子们，你们赶紧说啊，再不说事情可就闹大了。

叔叔，我……我真的没偷你的发卡。桃花终于沉不住气了，结结巴巴地说，昨晚，我……我和潭上厕所，找不到开关，走错了方向，不知谁不小心踢到穿衣镜，后来镜子就倒了，碎了，我们……我们真的不是故意的。

起初，我并未听出什么，可仔细一回味，顿感大事不妙。呵，真没看出来，桃花撒谎都不带打草稿的，一下子就将自己撇干净了。你想啊，当时就我俩，她说没偷，难不成是我偷的？天地可鉴，亮汪汪的月亮也可鉴，我可是连蝴蝶的翅膀都没摸着啊。

一想到这儿，我忽地抬起头，发现大人的目光转向了我，我着急忙慌地为自己辩护道，叔叔，我也没偷发卡，再说我也不喜欢发卡，我头发这么短，也不用戴发卡。不过，不过我发现桃花还挺喜欢的，要不是她喊我上厕所，我压根就不可能下楼。

那还真是出了稀奇，见鬼了还，你们都说没偷，难道它会长翅膀自己飞走？

蝴蝶发卡本来就有翅膀。我暗自嘀咕道。

叔叔，对天发誓，我真的没偷。桃花眼里噙着泪，委屈巴巴地说。

叔叔，我也没偷，我也可以对天发誓。我唯恐话说慢了，引起大家怀疑。看见桃花扮可怜状，我毫不掩饰自己的鄙夷之情。倏尔，一件沉寂已久的往事随之浮现——

有一天，向来大大咧咧的桃水一反常态，小心翼翼地将我拉到一个没人的地方说，槐花村在疯传一件我家的事，问我是否知道。我问啥事？她说我妈之所以辞掉麻油厂的工作，是因为我爸在外面跟一个女人打皮绊，我妈此去是为了照着我爸，夺回属于自己的主权……又因为我妈重男轻女，所以带走流鼻涕的弟弟撂下我，可能再也不会回来接我。

我问这是哪个死八婆在瞎造谣？追问老半天，桃水才支支吾吾地说，是桃花听她妈说的，当然她妈也有可能是听别人说的。

当时我也没太在意，更没找桃花问个究竟，毕竟这谣也不是她造的，再说我们仨当时正打得火热呢，我可不想因为此事影响咱俩的关系。可这会儿越想心里越不是滋味，一股邪念顿时涌上心头，我冲着桃花说，你说上厕所，可又不上，原来是为了偷发卡。既然偷了，就承认呀，给叔叔道个歉，叔叔人帅心好，肯定会原谅你的。

我……我没偷！谁偷谁遭天打雷劈！桃花的脸涨得通红，眼圈也红了，都快哭了。

算了，算了，发卡的事就算了，我自认倒霉好吧。山寨黎明说，但镜子的钱你们必须得赔，这可不是一般的镜子，这比一般的镜子要好，当然也要贵一些。如果赔了，自然好说话，我不去学校告发就是。如果不赔，哼，那就休怪我不讲情面，你们就等着瞧吧！

为了缓解内心的不安和紧张，我抠着手上的倒刺，桃花则低头望着自己的脚尖，好像脚尖能开出一朵花。

别以为不说话就没事。山寨黎明像下了个重大的决心似的说，我现在也不管你们到底是谁撞碎了镜子，你们一人赔偿一半，三天之内如果收不到赔偿金，我直接去学校找校长！

会赔的，会赔的，别把孩子们吓着了。桃水妈说，两家的大人我都认识，都是讲道理的人，我碰到他们也帮着说说，这会就先让孩子们回家吧？

山寨黎明总算满意了。他点了点头，然后潇洒地转过身，将一台吹风机插上电，在头顶上吹得呼呼作响。

彼时的我，透过透明饰品柜，看见他的三七分渐渐蓬松起来，变得越来越有型，越来越飘逸，可以去做洗发水广告了。

5

回到外婆家，我垫着小板凳，从五斗柜上搬出曾装有饼干的铁皮盒，用劲掰开已然生锈的盒盖，掏出我妈临走前塞给我的零花钱，将卷边的纸币一张张抻平，然后细心地数了起来。当我减掉赔偿的钱，发现所剩无几时，心里难受至极。此前，还计划着买连环画、泡泡糖、干脆面、明星海报、单放机……总之需要花钱的地方多了去了。这下可好，全泡汤了！唉，也不知我妈啥时给我汇钱，那时通信也不像现在这么发达，根本没法联系我妈，只能被动等待。都怪桃花，烂桃花，死桃花，都是她惹的祸，如果不是她求我陪她去唱歌，我就不会下楼，不下楼，就没有后来这些事。她偷发卡，我赔钱，这算哪门子事？不能想，完全不能想，越想越窝火，越想越憋屈，我的头简直快炸了！

第三天下午，在桃水和她爸妈的见证下，我将一半赔偿金递给了山寨黎明。我发现他接钱的一刹那，脸上现出一丝不易觉察的微笑。就在我了却了这件糟心事，准备和桃水去河边摘桑葚、野刺莓时，看见桃花爸戴着一顶破草帽、挑着两个空箩筐大汗淋漓地走了进来。当他弓着背将肩上的扁担搁在箩筐上时，我无意中瞥见他那双脱了胶的解放鞋上，沾满了湿泥、草叶和昆虫尸首，我心里莫名泛起一丝心酸，它让我想起某种生存的状态，但这种情绪并未持续多久，很快就被另外的情绪给肢解、粉碎、驱逐。紧接着，桃花爸从松垮的裤袋里掏出几张皱巴巴的纸币，然后拱起双手递给山寨黎明说，孩子不懂事，让您家添堵了，大人不计小人过啊，这钱您家点点，看对不对？山寨黎明脸上早已堆满笑容，说，哎呀，小事一桩，小事一桩，小孩子嘛，总有一点淘气的，还劳烦您亲自跑一趟，这多不好意思啊。不用点，不用点，错不了。

有趣的是，当山寨黎明迭声说"不用点"时，我发现他还是悄悄地点了。

自从"镜子事件"发生以后，我和桃花几乎就不说话了。走在路上，总是远远地就避开了，如果实在避不开，不得不迎面相逢，我就假装揉眼睛、绾头发、扣纽扣。总之，为此创造了一系列应对举措。与此同时，我和桃水打得更加火热。我天天缠着她，总是跑到她家去玩，其目的就是为了孤立桃花，不给她们交好的机会。

为了让桃水坚定地和我站在一个阵营，我用外婆家的细米换剁馍、梨子给她吃。不怕你们笑话，我甚至把外婆家的土鸡蛋偷出来送给她，弄得我外婆逢人就叹气说家里母鸡不下蛋了，然后一气之下拔毛烧开水，将不下蛋的老母鸡给一锅炖了。后来没鸡蛋可偷，细米也不多，我就昧着良心夸桃水妈眼睛大睫毛翘，长得像港台女明星。别说，这招还挺管用，桃水妈后来总夸我嘴甜，让桃水多跟我学着点。

就这样，经过这一番费心操作，曾名震全班的"三人帮"，就这样分崩离析，悄然演变成一部少年版"三国"。

有天上早自习，我准备扔纸条给不远处的桃水，约她放学后去草地用香附草钓西瓜虫。我一个劲儿地朝桃水使眼色，两颗眼珠子都快鼓凸了，可她就是捕捉不到，许是又在想暗恋的男生吧。就在我收回目光时，无意中瞥见桃花额头上有道疤，就像一条褐色毛毛虫。尽管这条"毛毛虫"有厚刘海作掩护，可还是未能逃过我的法眼。

那天，我和桃水在草地上趴了半晌，也未能钓出西瓜虫，只好怅然地手牵手往回走。不过，那天的我还是有收获的，西瓜虫并未白钓。话说山寨黎明的美发室，同时也是一个"情报交换站"，不管谁走进或是离开，总会输入和输出一些什么。在整个槐花村，桃水家可谓集天时地利人和三大优势于一身，毫不夸张地说，就没有桃水妈不知道的事儿。这就意味着，桃水的信息远比我要灵通。其实，那天的我，只是轻描淡写地说了句，桃花额头上有道疤，都没问为什么有道疤，桃水就叽叽叽地一五一十全说了。

跟你说，桃潭，桃花额头上的疤，是她爸用竹鞭抽的，那天她爸喝了酒，样子可凶了，边抽边骂：搞邪了，还翻翘了你，小小年纪不学好，小时偷针长大偷金，老子今天非抽死你不可，看你以后还敢不敢偷，再偷老子剁了你的手……

听桃水说完这些，我心里有种莫名的不安和难受，但一想到桃花说自己没偷，就像吞了一只苍蝇般恶心。

不久之后，我们迎来小升初考试，紧接着便是人生中最为漫长的一个暑假。就在我和桃水满世界疯玩、玩得昏天黑地时，我妈烫着波浪卷，穿着红套裙、细高跟衣锦还乡了。

夜里，我睡得迷迷糊糊，隐约听见外婆问我妈，那个事解决好了没有？我妈说，解决好了，给了那女的一笔钱。外婆叹了口气说，破财免灾。这世上，就没有不偷腥的猫。你呀，要想开点，也要看紧点，以后没啥大事就别回来，我的身体还硬朗……

原来，那些谣言都是真的，想到我爸他……泪水便不由得从眼眶里滑落，落在绣有"花好月圆"图案的橘红枕巾上。也就是从那晚开始，我感觉自己的内心发生了某种变化，具体是什么，也说不上来，总之就是和以前有些不一样了。

天亮后，我还未来得及和桃水告别，我妈就匆匆地把我带走了。从此，开启了一段全新的生活。随着时间的更迭，槐花村于我愈来愈模糊，也愈来愈遥远。起初，我和桃水还有信件往来，再后来渐渐稀疏，直至音讯全无。但关于"我们仨"的记忆，仍时不时地在夜里扑向我。

6

许多年以后，外婆去世，我们全家从广东赶回来奔丧。回到久违的槐花村，有种恍若隔世之感，既亲切又陌生。送外婆上山后，我和弟弟去街上买桶装纯净水，当然他早已不流鼻涕，已长成一米八大高个了。途经桃水家时，看见门口坐着一个女人，正低头玩着手机，手机外放声音很大，制造出抖音惯有的噪声。我驻足凝视，却只能看清她额前的几根白发。迟疑了一小会儿，我近前几步，终于确定就是她，正犹豫是喊她本名还是桃水，她却意外地抬起头来，只在我脸上盯看了数秒，她便拍着大腿喊出声：桃潭，你这死丫头，可算回来了！

我的内心百感交集，距离上次不辞而别，我们的重逢已相隔近二十年。它既非热辣滚烫，亦非冷淡生疏，而是悠然地游走于中间地带，如同昨天刚见过，今儿在街上又碰到，于是很自然地寒暄起来。

桃水说，她结了又离了，现在常住娘家，说是娘家，其实爸妈已去世，前年出的车祸。桃水还说，有个男的正在追她，甜言蜜语张口就来，就是不怎么舍得花钱……她还没考虑好是否接受，越是二婚越要慎重，越不能将就，重要的是不能被白嫖……

桃水变化并不大，还是和过去一样直率，我不想接此话茬，和她去探讨金钱与感情的关系。我笑了笑，算是对她这番言论的回应。而后，我朝屋里望了望说，山寨黎明还在搞洗剪吹吗？桃水先是怔了怔，继而扑哧一笑说，亏你还记得他，什么山寨黎明呀，他现在已长成胖总管啦，身上的肥肉能炸丸，头发白了一大半，中间荒成了地中海，走到大街上你指定认不出……我家的房子啊，早就不出租喽，收不了多少租金不说，还容易把房子搞坏。反正啊，这条街是越来越萧条，越来越冷清了，再也不复以前的热闹，年轻人大多搬到镇上、县里去了，这里很快就要拆迁喽，听说要修高速公路辅路。对了，我前些日子经过桃花家，发现她家已经拆迁了，听说她弟得了不少赔偿款。

那你看见桃花了吗？我终于还是没忍住，问出了口。

桃花啊。桃水说，断联了，离最后一次见面差不多有十年了。那次见面，好像是一个什么节，和你一样，也是来街上买东西，我们站在路边聊了好半天。你可能知道，我记得以前在信里告诉过你，她小学毕业就辍学了，她爸死活不让她再念，要她在家喂猪、放牛、照顾弟弟，还是挺可惜的，她当时成绩那么好，小升初全乡第二，和你考得一样好，你是第一，但你转学了，她就成第一了。后来发生的事，你可能不清楚，她十八岁时就嫁人了，听说是为了彩礼，又因为被贴了"小偷"的标签，名声坏了。她爸硬是逼她嫁给外地一个开砖窑厂的，那男人个子生得矮小，长得又黢黑。刚开始对她还好，砖窑厂也红火过一阵，后来国家为了保护耕地和环境，禁止使用红砖建房，她男人的砖窑厂被勒令关停。再后来呢，不知怎么就染上了毒瘾，有次毒瘾发作，将她打流了产，从此丧失生育能力，她男人就这样进了戒毒所。再后来，我就没见过桃花了。有人说她在北京当保姆，有人说她进了深圳电子厂，还有人说她被骗到缅北，早已客死他乡。唉，谁知道呢。总之下落不明、生死不知。噢，我差点忘了，那次见面，她反复跟我说一句话，说那天晚上她真的没偷发卡，只是拿出来看了一眼，好像也没有碰到镜子啊。她还说真的很想你，很怀念以前那些时光，做梦总梦见你……

听到这儿，我的脸色骤变，为了掩饰这份不自然，我扭头对不远处的弟弟说，你先去超市等我。

好在桃水没有盯着我看，她一边扒拉手机一边说，跟你说件有趣的事吧，有一年，我家堂屋搞地面翻新，你猜你看见了啥？

古董吗？我脸上那抹尴色瞬间被拯救。

桃水笑着摇了摇头。

藏宝图？

桃水又笑着摇了摇头。

祖国山河一片红？

桃水不笑，也不摇头了。她叹了一口气道：你真是一个财迷啊！不过，如果真是这些该多好，我就秒变富婆了，再也不用在棉纱厂三班倒挣这辛苦钱，搞得肺上到处是结节，都磨玻璃状了，好在都很小，不碍事。

那到底是什么宝贝呢？我催促道，再不说，我找我弟去了，他估计等得不耐烦了。

好吧，不跟你卖关子，我发现堂屋供桌底下，有个像拳头一样大小的老鼠洞。

切，当是什么稀罕物呢，我很是不屑地说道，不过是一个老鼠洞而已，在那个年代，谁家屋里没有老鼠洞呢，我记得外婆家就有大大小小好几个，老鼠们总在洞里肆意穿梭，发出吱吱吱的叫声，睡觉时老是被吵醒。

你歪着脑袋想啊，肯定不止一个老鼠洞这么简单，是吧？桃水斜睨了我一眼，洞里除了有碎布、棉絮、食物残渣，还有一样东西。

什么东西？

蝴——蝶——发——卡。桃水一字一顿地说道。

霎时，我感觉自己的头好似被什么东西钝击了一下，耳鸣般嗡嗡地响。

蝴蝶发卡。桃水继续说道，那枚金色的蝴蝶发卡，你还有印象吗？

当然，印象深刻。我迅速调整好自己说，小时候，我们仨曾像蚂蟥般趴在柜台上看，嗯，那……那这枚发卡还在吗？

留它干啥，上面沾满灰尘，脏兮兮的。颜色褪了，钻掉了，翅膀也折了，难看死了。桃水说，当时我就把它扔垃圾桶了。

都怪老鼠。我小声嘟囔着，都是老鼠惹的祸。

你说啥？桃水问。

哦，没，没什么。我说，这天快要下雨了，我去找我弟了，咱们有空再聊。

讲到这里时，嘉荣翕动鼻翼，调整了下坐姿说："我的故事讲完了。"

"桃潭，不，嘉荣。"韩式齐刘海吐了吐舌说，"讲完了是吧？"

"是的，讲完了。"嘉荣说，"自从那年与桃水重逢后，镜子的霉运就一直缠绕着我，无以摆脱。所以，我想请你们帮我出主意，怎样才能从镜子的反噬中逃离。"

"嘉荣，如果没有说错的话，那面具有美颜功效的镜子，是你在慌乱中不小心撞碎的，是吗？"良久没有说话的烟灰色 T 恤捏着下巴问道。

一时满屋静默，谁也未敢轻言，大家的目光全聚焦在嘉荣脸上。

嘉荣点了点头说："是的。"

"那么，我再大胆地猜测下，'桃花是小偷'这一恶名，也是你散播出去的，是吗？"

"是的。"

"自从见了桃水，了解了事情真相，你认为桃花的不幸，皆因你的一句谎言而间接造成的是吗？"

"是的。"

"所以，你认为这些年，所有与镜子相关的事件，都是上天对你的惩罚，这些事一直折磨着你，让你苦不堪言、难获安宁，进而出现睡眠障碍等精神症状，是吗？"

"我想，可能是的吧。"

"那么，事情就简单了。嘉荣，你现在需要做的是忏悔，是救赎。"烟灰色 T 恤颇为严肃地说。

"找个教堂吗？"炸毛头为了刷存在感，突然插进一句自认为颇具幽默效果的话，却不想引起大家一致反感。

"一个人能把自己埋藏多年的隐私讲出来，是需要巨大的勇气的，我佩服你的勇气，嘉荣。"沉香手串说，"这是对我们一屋人的信任，莫大的信任。今天是一个结束，也是一个开始，我相信你一定能摆脱镜子的纠缠……"

嘉荣喉头一哽，一股暖流自心底涌起。

"嘉荣，别忘了，你可是知名编剧啊，难道你就从来没想过将这件事写成剧本？你其实可以在剧本里还桃花一个幸福美满的人生。"韩式齐刘海激动地说，"就像根据麦克尤恩同名小说改编的电影《赎罪》中的布莱欧妮一样，将自己所犯的过错写成小说，从而弥补谎言并澄清事实，以此寻求宽恕和救赎。剧本名字我都替你想好了，就叫《她在镜子里》，如何？"

嘉荣思忖片刻，正欲回应，女法官却遽然抢过话头说："不是吧，你们真的认为一个剧本，就能弥补谎言造成的伤害吗？于桃花而言，她的生活，她的人生，并未发生任何变化，她对这些一无所知，冤案并未昭雪，真相并未大白于天下，真正的赎罪只有通过为自己的行为负责，并寻求被伤害者的原谅才能得以实现，而不是仅凭一个剧本就能完成的。"

女法官的话掷地有声，将今晚的"真心话大冒险"推向另一个高潮。一时间，引发大家热烈讨论——

"也就是说，想要真正弥补，首先是要找到桃花。"韩式齐刘海说。

"咋找？不是说桃花下落不明、生死不知吗？"炸毛头说。

"在通信如此发达的年代，如果真的存心想找一个人，那她几乎是无处可逃。"女法官说。

烟灰色 T 恤为了活跃气氛，蓦然环视全场说："那么，谁能陪嘉荣一起去找桃花呢？请举手示意！"

说完，他的眼神中透露出狡黠的光芒，唇角微勾，朝某个方向斜睨一眼。

"我能！"沉香手串将手举过头顶说，"我把平光镜摘了陪嘉荣去，不扮酷了。"

此语一出，惹得众人一阵爆笑，烟灰色 T 恤更是笑出了新高度。

就在这时，突然传来"咚咚咚"急促的敲门声。大家止住笑，惊愕地望向门口。

离门最近的沉香手串迟疑着打开门，一个尖厉沉实的声音顿时像铁球般砸了进来——

"大半夜的，吵什么吵！一群夜猫子，还让不让人睡觉了？！"

原来是宿管。大家虚惊一场，纷纷将心放回原处。

此声一出，大家顿觉扫兴，也就四散开去，各回各屋了。

回到自己房间的嘉荣，插上卡，径直走向卫生间，发现坏损设备已然修好，连地上的垃圾也被清理干净，仿佛此前发生的一切是梦境。她试着放下戒备心，将自己的目光向上移，移向墙上那面宽大的浴室镜……镜子里，只有一张不再紧致、饱满的脸，这张脸写着平静和松弛。

原载《西部》2025 年第 1 期头题

小……
化了淡……
扎了羊马……
穿一件
杏色棉麻连衣……
手里捧着一……
新剪的月季……
就像从画……
走出来的人……
粉橘色花……
团团簇……
鲜嫩欲……

树上长着馒头

1

从巴黎豪府移居欢乐公寓已有五个年头。傍晚时分，余晖洒在斑驳的水泥墙上，就像披了一件梦幻的外衣。站在小连家紧闭的赭色铁门前，简凤心里泛起莫名的感慨。她右移数步，弯下略显粗壮的腰身，捉住水缸里长了黄褐斑的葫芦瓢，咕咚一声朝下舀去，而后均匀浇洒在几盆花草根部。

昨天傍晚，前天傍晚，大前天傍晚，再向前推，接连许多个傍晚，简凤总是在固定时间重复这些动作，不知不觉已形成肌肉记忆。她知道，水是花草的命脉。也知道，这些花草都很寻常普通，就算枯死也没啥要紧，再买几盆就是，反正也不贵，可应人事小，误人事大。

那天，临出远门前，小连将这事托付给她。当时，站在客厅的小连，化了淡妆，扎了半马尾，穿一件杏色棉麻连衣裙，手里捧着一束新剪的月季花，就像从画里走出来的人儿。粉橘色花朵团团簇簇、鲜嫩欲滴，花茎上的刺已被剔除干净，墨绿色表皮看不出伤损痕迹。其实，就算小连没登门相托，她也会这么做。人就住在隔壁，不过是几瓢水的事，有啥不愿意呢？何况小连和她一样，都是……唉，想到这儿，简凤不禁叹了一口气，逼使自己不往窄处想，思绪随即拐了弯，转向宽阔明亮处。

这次出门，啥时回呢？接过月季花，简凤翕动着鼻翼问。

小连眉眼弯弯，俏皮地回答，等树上长出馒头。话音稍落，漆黑的眼眸闪动着一丝浅碎亮光，而眼睑处的浮肿则似凸起的微型沙丘。

简凤短暂地愣了愣，陡然想起什么，点头和哦声同步进行，并在心里掐算起归期。

确定每盆花草喝饱了水，重新舒枝展叶，简凤才将葫芦瓢放回水缸。她缓缓直起腰身，反手在后背上捶了几下，继而拿目光扫了一眼四周，与高大的广玉兰树对视一眼，方才抬起脚步朝隔壁自己家走去。

说是自己家，终归缺乏底气支撑。实际上，这是妹妹简凰的家。掐头去尾地算，她已经在这里住了五年，五年就这么住过来了。许多个不眠之夜，她平躺在床上，望着天花板，脑子里常会闪出一幅奇异的画面：巴黎豪府，那个久未居住的家，幻变成一座巨型墓穴，在某个隐秘边角，湿润的泥土上，长出青草、苔藓、蘑菇和蕨类植物，蚯蚓从土里拱出头，植物在风中摇曳，雾气弥漫开来，一个熟悉的声音穿越迷障，一声又一声轻唤：凤——儿，凤——儿……

时间的车轮需要退至五年前。那时，老曲还在国企任总经理，不过已进入退休倒计时。妻子简凤呢，对事业向来没啥想法，也厌倦了职场的钩心斗角，为了更好地照顾老曲和这个家，早在三十大几岁就办了"病退"手续。自此，她洗手作羹汤、挽袖搓麻将，把生活过成了自己想要的模样。

老曲虽说是单位的实权派，手里管着上千号人，却是个洁身自好之人，从无绯色艳事缠身。除了必要的应酬，几乎不在外用膳。每逢节假日，还会亲自下厨炒几道家常菜，好不好吃倒在其次，主要是为了给简凤腾出点活动时间，免得她做饭、打牌两头挂。要是哪天坐久了颈椎、腰椎疼，老曲还会献上按摩特技，直到她症状缓解喊停为止。

料理家事之余，除了搓麻将，简凤还爱刷抖音，这应该是大多数中老年妇女的生活标配。她常常刷得哈哈大笑，连网友的评论也会引得她爆笑不止。她边笑边对老曲说，笑不活了，笑不活了，总有一天，哈哈，我会笑死在抖音里。

有年冬夜，寒风奏乐、飞雪吻窗，巴黎豪府联排别墅里，新中式吊灯古典柔和，大型百合竹雅致清新。简凤和老曲相对而坐，在同一个橡木桶里泡着脚。别小瞧泡脚这件事，它可是检验夫妻感情是否深厚的一项重要指标。但凡关系差一点，就算没有鸡眼、脚气、胼胝、跖疣这些皮肤病变，仅想想那双臭脚，就会嫌弃得直翻白眼。

温水持续滋润着脚背、腿肚，毛孔渐渐舒张开来，血液循环随之加速。真舒服啊！简凤不禁闭起双眼，那张国泰民安的脸上浮现出满足的笑容。

欸，欸，别睡着了！老曲见简凤如此惬意，遂逗趣道，老简，今天有没刷到啥搞笑视频？简凤睁开眼，正色道，改口，叫凤儿。老曲笑着重问一遍，凤儿，今天有没刷到啥搞笑视频？简凤这才满意，那必须有啊，不过呢，视频倒是一般，但评论绝对给力。老曲用眼神示意，那还等什么，快快说来！简凤将一缕碎发绾至耳后说，一个抖音博主讲，在经济下行期，有个媒体机构，针对上千人搞了项调查——当消费降级后，大家首先不买的东西是什么？此问题一经抛出，评论区瞬间炸锅，引发广泛热议，回帖多达 10 万余条，连长期潜水的人都未能憋住，纷纷露头发言。

有人说，我不买面膜。有人说，我不点奶茶。有人说，我不购新衣。还有人说，我不点外卖、不下馆子、不换手机、戒烟戒酒……在一众回复中，有条回复堪称神评论，直接爆火出圈。说到这里时，简凤故意停顿，满脸坏笑地问，欸，老曲，你猜是啥？老曲凝神聚气，左猜右猜愣是不沾边。简凤戏谑道，猜功没提升，架势倒是扮得足，就知你猜不出。老曲佯装生气，嘟哝道，明知猜不出，那你还让我猜。简凤说，猜猜更健康啊。

好，健康，猜猜更健康，不是，这话听起来咋像什么广告来着。老曲说，到底啥回复？你倒是说啊，这节奏慢的，快把人急死。

听好了，那条神评论就是——我老公现在又开始碰我了。说完，简凤忍着笑意，偷偷拿眼观察老曲的反应。

别看老曲平时在单位一副不苟言笑、一本正经的样子，这会儿笑得比简凤还邪。笑完，还不忘给出评价，这回复绝，太绝了！难怪火出圈。

讲完这个段子，简凤心里可得劲了。也是，她有资格得劲。尽管都这把年纪了，已然进入绝经期，全身上下松松垮垮、干涩少水的，可老曲依然待她如初，隔一阵就握雨携云、颠鸾倒凤。

对于这些隐私，简凤从未与老闺蜜们分享过，倒不是羞于启齿，人上了这个岁数，还有啥事说不出口呢，而是一旦说出口，这世间又会多几个怨妇，兴许还会遭人妒忌，带来隐形之灾。那抖音里的心理博士不是说了吗，比较是偷走幸福的小偷。

简凤有个高中女同学，老公大她将近一轮，四十岁上下时，那方面就不听使唤了，四处求医问药无果。如果女同学对此没啥需求也还好，问题是她的欲望相当旺盛，咋办才好？总不能为此去离婚，更不可能外找，这日子过得就有点憋屈、苦闷了。后来，一个一起跳广场舞的民间高人告诉她，改吃素吧，吃素能降低欲望。她还真就照此做了，至于有无效果，只有她本人知道。反正，她已吃了十年素食，吃得面色都有些发青，快赶上广化寺的慧真师父。

一次闺蜜聚会，这位高中女同学，小心翼翼地向简凤打探，你们那方面情况咋样？简凤咬定一个说法不放松，嗨，啥年纪了，黄土都埋了半截，哪还有那个想法哟。

当水温快要变凉时，老曲用脚拇指顶了顶简凤的脚尖说，老简，不，凤儿，你昨晚睡觉打呼噜了，还说梦话哩！简凤惊了一下，啊，不会吧，看来真的是老了，松弛了。那你记得我说啥了吗？老曲说，墨尔本，你断断续续说了一晚上，有一次居然还飚出英语：Melbourne，不过，你说的英语有股子大葱肉末味儿。说完，老曲还来了个模仿秀。简凤被逗得哈哈大笑，笑完一脸认真地说，如果下次再说梦话，你记得把它录下来。

老曲面犯难色，嘟囔道，这哪来得及啊，难度系数太高了。简凤想想也是，便说，梦话来不及，那就录呼噜，我不管，反正要录一个，不能都不录。老曲说，好，录，录，录，早知不跟你说的，这还摊上一个事了，好歹也是一个单位的领导啊，你让我干啥不好，偏要录呼噜，你也真是会想。如果哪天我先你一步离开，看你咋办哟？

呸，呸，呸！简凤生气地说，不许你说这种鬼话，不吉利，快给我呸回去！就算人难免一死，那肯定是我走在你前面，别想抛下我不管。

为了冲淡这个话题带来的晦气，简凤给老曲讲了件趣事。

她说，有天早晨去菜市场，一个摊主热情招呼说，大姐，今天要点啥？她本想买两只鸽子，配上黄芪、党参、红枣炖个汤，给老曲换换口味。结果呢，说出口的却是来两只墨尔本。此语一出，直接将那摊主搞蒙圈，还以为是啥罕见品种，抱歉地说，实在不好意思，没有墨尔本啊，隔壁海鲜摊有墨斗鱼。

俗话说，日有所思，夜有所梦。你这是太想咱们的宝贝女儿了。老曲说，凤儿，等我正式退休，领到人生中第一笔退休金时，咱们就飞往墨尔本去看女儿。简凤补充道，还有咱们的洋女婿。老曲将脚从橡木桶里抽离出来说，对对对，补充得好，还是丈母娘疼女婿啊！

2

也许正应了弗兰克尔的那句话，过度渴望使其所希望的事情变得不可能。

就在夫妻俩办好护照和签证，各项准备工作差不多已就绪，还差几天老曲就能领到人生中第一笔退休金时，他却在一场饭局中猝然离世。

简凤头顶的天空轰然坍塌，将她砸向无底深渊，她的世界变得黢黑一片。她从未想过老曲会走在她的前面，也无法接受年年体检身体各项指标无明显异常，只是多喝了两杯酒的老曲怎就与她永别了呢？如果说她曾拥有一切，那么现在老天将一切悉数收走。

死寂的黑暗笼罩着整个屋子，死寂的黑暗使屋子里沉默的物件更加沉默。

客厅、饭厅、厨房、卧室……家里处处是老曲的影子，走到哪儿都会浮现他的面容。一种巨大的空虚和绝望像潮水般袭来。为了和老曲贴得近一点儿，感受他残存的气息，简凤没有烧毁老曲的遗物，她舍不得，不放手，她想抓住这些，抓住这些就等同于抓住了老曲，她穿他穿过的拖鞋、背心，甚至内裤，她用他喝过的杯子、睡过的枕头，夜里常将遗照取下抱在怀里喃喃自语：老曲，你带我走吧，我不想活了，你不在，我活着又有什么意思呢。

那些日子，简凤在悲伤的泥沼中越陷越深，整个人形同枯槁，瞬间衰老。妹妹简凰虽时常过来陪伴，却无力将她从悲伤的泥沼中拉出。忽一日，简凰用纸巾擦拭着简凤眼角溢出的泪水说，姐，你不能再这样下去，你要爱惜自己的身体啊，你才五十多岁，以后的日子还长着呢，每天这样消沉，思思在墨尔本也不安心啊，她还指望你以后给她带孩子呢。再说，姐夫他在天有灵，也不愿看见你如此糟践自己，他肯定希望你过得好一点是不是……姐，今天你就听我一句劝，离开巴黎豪府，离开这个伤心地，跟我去欢乐公寓住，虽然条件没这里好，但换个环境生活，肯定会对你有益……我每天做饭给你吃，你啥活也不用干，每天打打麻将、逗逗你侄孙就好，晚饭后咱俩一起去河边遛弯、跳广场舞，你想干啥我都陪你，好吗，姐？简凤积蓄在眼角的泪水溢了出来，她红着眼，哽着喉咙，艰难地点了点头。

老曲的"五七"过后，简凰再次上门来接。离开巴黎豪府前夕，简凤用湿巾纸轻轻擦拭着遗照，哽咽着说：老曲啊，你在家看好门，我去简凰那里住一阵，不能陪你了……油盐酱醋米油面厨房里都有，冰箱里还有冻好的饺子和包面，饿了你就自己弄着吃，渴了就泡茶喝，茶在老地方放着……你喜欢的普洱熟茶，我托人在云南原产地买了十饼，够你喝一阵子了……需要什么，你就托个梦给我……老东西，你在那边要照顾好自己，别舍不得花钱，不要降低生活品质，我会给你烧很多很多钱的……

巴黎豪府相距欢乐公寓约莫十公里。巴黎豪府在新城区，是这座城市的富人聚集地。欢乐公寓在老城区，烟火气息浓郁，是原酱品厂所在地，主要生产辣椒酱、萝卜干、白花菜、酱豆等酱品。

二十世纪九十年代中期，受市场大环境冲击，产销萎缩，效益下滑，终致停产倒闭，下岗工人只能自谋出路。而今，酱品厂只剩一栋孤零零的旧宿舍楼，其余地方卖给开发商拆除重建。旧宿舍楼共三层，呈一字型排列，连廊结构，体貌较小，并不引人注意，被旁边新建的商品房所俯视。原居此地的职工相继搬离，而今仅剩五六户留居这里。

简凰老公曾是酱品厂会计，下岗后转行开出租车。这栋旧宿舍楼，夫妻俩共拥有两套房。一楼一套，三楼一套。两套面积都小，但一楼比三楼略大。三楼房子常年外租，租金虽说不高，但总能解决点实际问题。

简凤搬来之前，房子停止出租。为使姐姐住得舒心，简凰扫房掸尘、除旧布新，整个面貌有了很大改观。面积虽说不大，但该有的全都有，一个人住绰绰有余。

搬来的第一夜，简凤潦草地冲了澡，也懒得践行护肤步骤，就将身体交给了床，将眼睛交给了天花板。以前睡觉，尤其是和老曲做床上运动时，她不爱开灯，床头氛围灯也不行。而今，她彻底颠覆固习，灯一旦打开，夜里就不关了，也许亮着的灯能给她带来些许安全感和心理慰藉吧。

为转移简凤的注意力，简凰隔三岔五约局"砌长城"。随着时间的推移，简凤的心情有所改善。于她而言，白天时间还好打发，到了夜深人静时，一种沁入骨髓的孤独就会猛地袭上心头，像虫子一样一口一口啃噬肌肤。以前有老曲陪伴，挨着枕头就能睡着，可现在即便电视放到闪雪花，手机刷抖音刷到发烫、关机，也难以进入睡眠。她绝望地想，睡不着就睡不着，随它去吧。就算睡着又能怎么样呢？一觉醒来，所念之人，还不是天上人间、阴阳两隔。

简凤初次见到邻居小连，是在三楼的露台上。当时，小连刚从外面回来，手里还拖着拉杆行李箱，滑轮在地下滚动的咯噔咯噔声引起她注意。小连穿一件亮色长袖雪纺连衣裙，身材纤细，头发乌黑，发量多，脸看起来很小，可能只有一个男人的巴掌大，不过这样的脸通常都很上镜。再看，发现她脖子上还系着一条彩色小方巾。

简凤甚感诧异，眼下可是三伏天，穿长袖连衣裙已算离谱，脖子上还缠丝巾，就离谱得有点过分了，不热吗？这时，小连似乎觉察到有目光投来，便微笑着迎了上去，一笑凹出一对梨涡，甜美气息推开阻力，在暑气里荡漾开来。简凤来不及撤回视线，就这样猝不及防，回以局促一笑。小连并不着急进屋，而是将行李箱放在门边，走到一口水缸边舀水浇花。两个人第一次交集再无其他，就这么简单、清淡收尾。

数周后的某天上午，简凤拎了一挂香蕉去小连家。也许是生活太闲，闲着闲着，就想就近找个聊天搭子。再说，香蕉烂起来着实快，她也实在吃不过来，送给邻居总归有丝人情。

敲开门，进了屋子，近距离看见小连，发现她眼睑处略微有些浮肿。简凤想，许是昨夜没休息好、喝了大量水，抑或哭过。对此，她深有体会。老实说，小连家收拾得很干净，布置得也很温馨。茶几上有鲜花，墙上有十字绣。十字绣不是常见的万马奔腾，亦非万紫千红，而是一棵树，这棵树有点眼熟，好像在哪儿见过。画右侧留白处绣着一行粗体小楷：心如花木，花如馒头。挂画下方靠墙的小方桌上，放置着尚未绣完的半成品，还有一台黑边电子秤。简凤随口一问，好小的秤，这是干啥用的？小连笑吟吟地答，用来称食物的，我不能让自己长胖。

简凤暗忖，这小女子瘦得像根绿豆芽，风一吹好像就会折断，却还要节食减肥，居然连食物秤都用上了。现实中，只有女明星才会对自己这么狠吧，可小连毕竟不是明星。简凤又想，女为悦己者容。

在欢乐公寓住了这么些日子,也没看见她老公啊,这是为谁而容呢?说起来也怪异,这段时间,小连每周都有几天起得特别早,开门关门尽管声音不大,可两家挨得实在太近,当开门的嘎吱声和关门的嘭啪声响起,简凤心里都会悚然一惊,不禁想:这么早出门,是去买菜吗?就算是去买菜,也不用起这么早吧,天还没亮透呢,欢乐公寓距菜场也不远,哪怕像鸭子那样慢慢走,最多十来分钟就到。可小连每次出去,总要到中午才回,就算买一条街也早该回来了。

更令简凤感到诧异的是,小连家大概六十平方米,除了一厅一卫一厨两卧之外,竟然还设有一间书房。书架上摆满了书,以文学类、生活类、社科类书籍为主。简凤暗自感叹,真是麻雀虽小,五脏俱全啊。

简凤在屋子里站不多时,一股怪味就直往鼻腔里钻,难以描述是啥气味,比较接近酸腐味、臭水沟味,实在说不准,总之不好闻,也从未闻过。可以确定的是,这味是从一间紧闭的卧室里散发出来的。她很好奇,想弄清楚,但总不能自己去拧门把手,更不能直接去问,这点边界感还是有的。

反正也闲,索性多唠几句,兴许这谜团就破解了。可是,小连的眼神左躲右闪的,好像有啥急事要办,全无深聊留客之意。简凤也不是没有眼色的人,便寻了借口走出屋子。

3

第二天中午,在简凰那里吃过午饭,简凤去门房取快递。她将置物架翻遍了,也没瞧见自己的包裹,火气噌的一下上来了。几天前,她曾和快递员沟通过,以后有快递直接放丰巢,放门房不好找。快递小哥在电话里委屈巴巴地说,我放丰巢,你们要我放门房。我放门房，你们又要我放丰巢，我不知道放哪里才好。这样，如果实在找不到，就打我电话，我过来帮你找。

简凤正犹豫是继续找，还是给快递小哥打电话。这时，门房保安和一住户的对话传入耳中：……呦嗬，王师傅，在吃香蕉啊，这生活过得还挺滋润咧！保安堆着笑脸说，哎哟喂，一个月就那么点碎银子，我哪吃得起，不配吃哟，这还是楼上那个啥昨天给的。

起初，简凤也没把这对话当回事儿，可她无意中瞥见装香蕉的塑料袋，上面有个特殊印记，她可以百分百确定，这正是昨天提到小连家的香蕉。找了半天快递没找着，本就窝着一肚子火，又遇上这档子事，好比火上浇了一勺油。她索性不找了，沉着脸朝外走去。才走几步，保安就追在后面喊，欸，简大姐——简大姐！你的快递！

简凤没好气地接过快递，心想这人眼袋都快掉腮帮子上了，看着也不比我小，喊个鬼的大姐，大姐。她瞪了眼保安手里的半截香蕉，连声假意的谢字也未道下，掉头就走。保安满脸失落，望着未吃完的香蕉，寻思啥意思嘛，难道我这个当保安的，还真不配吃香蕉？这么一想，旋即哑然失笑，摇了摇头，接着吃起来。

小连啊小连，你这是瞧不上香蕉，还是反感我这个住在妹妹家的邻居？是，香蕉相比其他水果，是要便宜一些，但它可是个好东西。远的先不说，就说简凰家的小外孙，也就是我姨侄孙儿，刚学走路那会儿，还没断母乳，两周没拉臭臭，一家人慌了手脚，抱到省儿童医院去看，又是抽血，又是灌肠，前前后后花费几千元不说，问题是娃儿遭罪，结果啥也没查出，就这么回来了。后来，喂他吃了半截香蕉，便便一下就通畅了，几千块没解决的问题几块钱搞定。你说，香蕉是不是一个好东西？如果不好，你看奥运会上的国乒运动员，中场休息补充能量吃的可全是香蕉啊！为啥是香蕉而不是其他呢？因为吃香蕉方便呀，香蕉可以迅速增强肌肉耐力，香蕉中的钾元素有助于平衡体内电解质，帮助运动员在比赛中保持更好的体能……好，如果不是因为香蕉，那就是反感我这个人。反感我这个人什么呢？我这个人什么让你反感呢？反感我是个寄人篱下的外来者？反感我打麻将吵到你休息？可你一大早开门关门也挺吵啊，我说啥了我……我……我老公没了，我都成寡妇了，我妹接我来住关你啥事，我年纪比你大那么多，都屈尊亲自登门送水果了，还要我怎样呢？你，你居然不把我送的香蕉当回事儿！

简凤一路分析可能出现的情况。她越想越多，就像拧开的水龙头，源源不断地往外流，根本停不下来。自打老曲离世后，她的性情变得异常敏感和脆弱，很容易因为一点鸡毛蒜皮的小事，陷入无休止的精神内耗中。有时，当她平静下来，能慢慢调整好。有时，她怎么也走不出来，就像走进一个死胡同。不管咋说，自"香蕉事件"后，简凤的皮肉里就像扎进一根柞刺。

几天后，她和小连在楼梯间相遇，小连像啥事儿也没发生过，亲热地喊她凤姐。简凤先是一愣，继而不冷不热地"嗯"了声，算是对这个招呼的回应。

随着日子的叠加，简凤越发强烈地意识到，打麻将好比给身体注入麻醉剂，可以让人暂时忘却悲痛，当药效在体内消失，一切回归正轨，被压制的悲伤情绪，以及潜伏在内心深处的孤独、空虚就会卷土重来，渗透在本就大窟小眼的日子里，尤其是被黑色涂抹过的漫漫长夜，如此反复循环，漫无边际。

有天夜里，不知何时下起细雨，深夜又转为中雨。简凤闭着眼，躺在床上数羊，一只羊，两只羊，三只羊……当她数到第九十九只羊时，隔壁突然传来撕心裂肺的哭声，将她的羊儿悉数惊跑。啥情况？简凤心有不安，各种猜测轮番上阵，也曾想过要不要过去瞧瞧，但转念一想还是算了，何必多管闲事，没准是小连两口子吵架，这再正常不过。不管咋说，有人吵总归是件好事。不像自己，命苦，夜里连个拌嘴的人也没有，只能对着空气和照片说话。再说了，自己内心的伤痛尚未愈合，哪有心情管别人家地上是否有鸡毛呢，何况"香蕉事件"所生成的心理肿瘤尚未消散。

简凤想，应该是小连丈夫回家了。简凰曾说过，小连丈夫在外面打工，主要是给几台挖掘机送油，休息时间和大多数人不同，一般只在雨天休息。如此说来，这个逻辑关系是成立的。那么，按照常理来说，小别胜新婚，何况小连和她丈夫都还年轻，长久未见的夫妻俩夜里会做什么，这是不用费脑细胞就能想到的事。可是，小连却在夜里哭了，而且还哭得那么伤心，那么大声，连哗哗的雨声都盖不住。那么，有没可能与小连的一连串怪异之举有关呢？她的行踪一直很可疑，有时出去半天才回来，有时好几天，甚至几周不见人影，也不知在外面搞些什么名堂，让人摸不清底细。

到了后半夜，中雨又转为暴雨，噼里啪啦，终于覆盖住哭声。

天快亮时，雨声渐渐减弱，简凤依稀听见隔壁有人说话，好像还有一阵杂沓的脚步声，再后来什么声音也没听见，她也实在困乏了，两眼一阖，睡着了。

当她醒来后，发现隔壁异乎寻常的安静，门也关得严严实实。

不知过了几天，隔壁再次传来开门的嘎吱声和关门的嘭啪声，简凤感觉一切又恢复如常。

这天下午，不知是感冒，还是别的什么，简凤感觉头重脚轻，全身无力，只能卧床休息。简凰找来体温计一测，高烧39度，着急忙慌地跑了十余家药店，别说退烧药，就连感冒药也买不到，不得已在社区群里求助。半小时过去，群里无一人回应，好不容易有条信息蹦出，还是一个熊猫流泪、两手一摊的表情包。

看见姐姐脸红喘粗气、剧烈咳嗽的虚弱样儿，简凰心里难受至极，却又束手无策。就在姐妹俩不抱任何希望，准备硬扛过去时，门铃声骤然响起。简凰开门一看，是戴着口罩的小连。她气喘吁吁地说，我刚回到家，才看见群里信息，这几粒退烧药给凤姐急用，还有一盒连花清瘟，听说效果还不错。

……

吃了退烧药，身上出了点毛毛汗，天擦黑时又喝了点粥，简凤感觉舒服了不少，也有力气说话了。

……对了，简凰说，姐，你有没注意到小连家门口那口缸？简凤说，搬来第一天就看见了。简凰说，关于这口缸，还有个故事哩，不过我也是听说的。当年酱品厂倒闭时，为了发泄心中的不满和愤怒，下岗职工像司马光一样，搬起石头就去砸缸，一时间缸破水流，酱菜满地，酸气熏天。受到大家的影响，小连的丈夫也要砸缸，他说再不砸就没了，石头已经搬了起来，正准备往外砸。这时，小连紧紧抱住他，用最温柔的语气说最狠的话，亲爱的，冷静点好不好，砸缸有用吗？要是有用，妈的，今天豁出去了，和你一起砸，砸它个稀巴烂，砸它个惊天动地，把整个厂砸光光！

后来，在小连的极力劝阻下，她丈夫放下石头，不仅没砸缸，还采纳了她的建议，将这口大缸搬上三楼，放在自家门口。没想到小连在缸里种出了荷花，还长出了莲藕，这个小连，别说，还真有点意思。

那你见过她老公吗？我在这里住了这么久，奇怪，一次也没见过，小连总是一个人在家。

当然见过啊，他和你妹夫以前毕竟是同事。不过，自从他外出打工后，见得也很少了，要赚钱养家嘛，哪能总回家呢。

也是。简凤咳嗽了两声，喝了口简凰递来的茶。稍微顿了顿，好奇地问，那他们有孩子吗？

至于孩子，简凰叹了口气说，她以前怀过孕，已有七个多月，再过两个月孩子就要生了，有天突然肚子疼，紧接着下身出血，去医院一检查，胎儿已死在腹中，引产出来后，孩子啥都长全乎了，还是个带把的，头发也好，像缎子，乌黑发亮，唉，可惜了。

怎会胎死腹中呢？后来没再要吗？简凤眉头紧蹙，不解中夹杂着同情。

谁知道呢。简凰说，好像小连患了啥病，具体啥病不清楚。这些年，她老公在外打工回来少，她也不跟大家说什么，总是行色匆匆，所以我们也不是太了解。

4

一周后，简凤身体基本康复，只是略微有点咳嗽。上午八时许，趁气温尚未升高，姐妹俩在街边吃了碗糊汤粉泡油条，顺道去社区咨询免费"两癌"(宫颈癌和乳腺癌)筛查。令她们万万没有想到的是，正是这份无意之举，在工作人员那儿听闻了一桩噩耗——

小连的丈夫在一个半月前去世，享年49岁。

那天，她的丈夫吃过午饭，准备眯个午觉，老板打来电话，让他快去工地给挖掘机送油。

在下午阳光的怒射下，他开的小型面包车行驶在沥青路上。这条路修好将近五年，因为来往车辆稀少，整条路未安装红绿灯。当车开到一个十字路口左转时，也许是被白灿灿的烈阳晃眯了眼，与另一辆直行未减速的小轿车撞在一起……听到"嘣——"的一声巨响后，在附近干农活的村民大叫不好，纷纷丢了农具，朝路口狂奔而去——

面包车和小轿车全都侧翻在地，开小轿车的是一个年轻小伙，他的胳膊、腿和脸擦破了点皮，自己爬了起来。而开面包车的是一个中年男子，不知是车子太破旧，还是安全带出了问题，人被甩出车外，车压在人身上……村民们见此，当即拨打120和110，并费力地将人从车下抬出。可是，当120赶到时，这位中年男子，即小连的丈夫已无生命体征……村民们向稍后赶来的交警描述：这起车祸太惨了，惨不忍睹啊，好好的一个男将，半边脑袋就这么撞没了，牙齿咬得紧紧的，该是多么痛啊……鲜血流了一地，路面都染红了……地下到处是汽车碎片、玻璃碴，车上装的油桶滚出去老远……

怎会发生这样的事，怎会发生这样的事哟？唉……姐妹俩相视一眼，唏嘘不止。

从社区回家的路上，简凤暗自向前推算，不由得联想起那个雨夜传来的恸哭声，而后她又陡然想起几日后小连送来的药，心口窝一阵阵发酸，痛……

此后，简凤一改此前的淡漠，总是有意无意地靠近小连，找机会和她唠上几句。

一天向晚时分，热气还未散去，小连举着木质顶叉，站在门口收衣服。当宽松的长袖顺着胳膊往下滑落时，恰巧被路过的简凤瞥见。她着实吓了一跳，即便用"毛骨悚然"这个成语来形容也丝毫不为过。可以这么说，她活到这把年纪，还从未见过如此可怕的胳膊，只见整条细胳膊上的血管高高凸起，硬硬邦邦，扭曲变形，盘根错节，就像千年老树树根裸露于地表之上……那层薄薄的皮肤，仿佛随时都有可能被血管抵穿，显得岌岌可危。

小连。简凤强压惊惧，声音里裹满关心，你的胳膊怎么啦？

小连垂下手，将衣袖往下拉了拉，说，没事儿，凤姐，别怕，血液透析是这样的。

简凤对血液透析并不陌生，也知道它是尿毒症患者延长生命的一种方式。多年前,她的嫡亲表哥,就是因为此病离世的。说起来,这事儿还挺邪乎,表哥起初只是头晕头痛,以为只是简单的血脂问题,结果去医院一检查,直接确诊为尿毒症。医生建议住院透析治疗。表哥听了眼前一阵发黑,差点晕厥过去。回到家后,精神完全垮掉,一次透析也没来得及做,当天夜里就因并发症而去世。

简凤怎么也没想到,小连竟患此重症。她暗忖,除了身材瘦削,眼睑偶尔浮肿,未发现啥异常啊。中医说,肾藏精,其华在发。肝藏血,发为血之余。也就是说,肝肾同源,发之荣枯与肝肾关系最为密切。可小连头发那么好,乌黑发亮,且发量惊人,谁又能想到她的肾脏已衰竭呢。

通过简凤的微表情和肢体动作,小连能感知她释放的善意,反倒安慰起她来,哎呀,凤姐,你别把透析想得那么可怕,其实没啥的,就当是每周上了三次班,每次只用上半天,这个班还挺轻松的,我啥也不用做,躺床上睡一觉就能回家。

简凤知道,透析这事儿,并不像小连嘴上说得这么轻松。她曾在抖音里刷到过,尿毒症是世界十大绝症之一,它是慢性肾脏病发展到终末期,肾脏失去排出毒素和水分功能,导致代谢产物和毒性物质在体内大量聚集,只能用机器替代肾脏,将血液从患者体内引出,通过透析器弥散、对流、吸附等方式清除毒素,再将干净血液送回人体。

试想这个过程,心理素质但凡差一点,就会出现各种状况,透析所带来的痛苦是一般人无法承受的。简凤蓦地想起表哥,心中不免又是一阵叹惜。

凤姐,跟你说,有的人可以透几十年,甚至还有人成功摆脱了透析。不管咋说,这病总比癌症好是吧?

简凤勉强点了点头,紧绷的面部表情稍微舒展了一些。

小连继续说道，凤姐，有个叫史铁生的作家，不知你听说过没有？简凤一脸茫然地摇了摇头。小连接着说，就是写《我与地坛》的。简凤又摇了摇头，但很快又点了点头说，哦，我想起来了，有一年老曲带我去地坛玩，记得园子里有很多古树，我们走在林间小道上时，老曲说，这条路，史铁生的轮椅曾经碾轧过。我问史铁生是谁，他说坐在轮椅上的巨人作家。

是的，是的。小连激动地说，就是他！21 岁因病瘫痪坐上轮椅，41 岁患上尿毒症……说到这儿，小连停顿了一下说，凤姐，和史铁生相比，我是不是还算幸运？至少，我的双腿可以自由行走啊，虽说不能远行，但两天以内的旅游还是可以安排的。

说到旅游，简凤蓦然忆起第一次见到小连的情景，便随口问了句，那次你是不是去哪儿旅游了呀？

小连微微颦起了眉头，回忆了一小会儿说，那次啊，那次是我第一次透析，刚从外地住院回来。

……我记得你脖子上系着一条彩色丝巾，好美！简凤说，完全看不出是住院回来。还有，你回到家也不着急进屋，第一件事居然是给花草浇水。

凤姐，你观察得还挺仔细哈。小连嘻嘻笑着说，是不是觉得我这人不仅怪，还爱臭美呀？大热天的，脖子上系啥丝巾哟。

简凤也忍不住笑了，笑容中带着一丝薄薄的羞愧。

似乎会读心术，不待简凤问，小连主动释疑道，第一次透析，颈内静脉是临时插管的首选位置，那里血管比较直和粗大，血流量比较充分，系丝巾是为遮挡和保护这条生命通道，当然也有臭美的意思哈。

小连这么一说，立刻缓解了简凤脸上的羞愧。

后来因为要长期透析。小连说，就改在手臂上，颈部通道也就废弃了。不过，如果手臂血管堵塞，又急于透析，还会再次选择颈部通道。

这时，简凤像是想起什么，突然问道，你是不是不能吃香蕉？

是啊。小连回答说，我喜欢吃香蕉，可香蕉含钾太高，一根香蕉的含钾量约256毫克，吃了会导致血钾水平升高，引起心律不齐等严重并发症，甚至危及生命。

哦，原来如此……简凤喃喃自语道，你这也不能吃，那也不能吃，连根香蕉都不敢吃，水也不敢大口大口地喝，真是遭孽，这哪受得了啊。

小连扑哧一笑，受得了的，又不是所有东西都不能吃，能选择的食物还是挺多的。不能吃香蕉，可以吃苹果啊。至于喝水，不能大口大口喝，那就小口小口抿喽，再说饭菜中也含有水分啊，放心，渴不死我的。

简凤听了有些发酸，一时竟不知如何接话，她呆呆地望着小连，望着在最幽暗的深渊中生活的小连，望着那时常肿胀却总是闪着笑意的双眼。

这时，一阵风吹来，楼下的广玉兰树叶簌簌作响，几只麻雀相约吹着口哨，从头顶的天空振翅掠过。

小连和简凤几乎同时朝空中望去。稍顷，小连收回视线，看了下手机时间，嘻嘻笑着说，凤姐，还有没想问的呀？如果没有，我去做热敷的哈，治疗时间快到了。

没有，没有。简凤摇着手，迭声说道，你快去，快去。需要我帮忙吗？

正是这一天，简凤走进了那间紧闭的卧室，并目睹了热敷流程——

热敷之前，先将中药上锅蒸半小时，蒸好后放在床上铺好的热敷带上，人平躺上去在腰间缠好，再将治疗仪电源打开，二十分钟后治疗结束。热敷用过的中药，晾干后用来泡脚。简凤想，这真是一个烦琐的过程，本来每周三次透析已经够麻烦了，没想到每天早晚还要用中药敷背。那天，小连还说，我担心这味熏到别人，总是将门关着。

自此，缠绕在简凤心间的谜团，就这样逐一解开。

5

半年后的一天，小连正在书房看书，发现手臂血管变硬，用手一摸，脉搏跳动明显减缓。其实，这样的情况不是第一次出现，经验告诉她，如果不及时干预，整个血管将会堵塞，随时丧失生命。好在，黄金抢救时间有六小时，时间等于生命。她赶紧放下书，压住慌张，先联系网约车，再挂医院专家号。

她跑赢了时间，又一次将自己从死亡线上拽回。

在省医院做完血管扩张手术回来后，小连整个人看上去瘦了一圈，脸上挂不住肉，眼睛也有些浮肿，显得甚是憔悴和虚弱。

简凤见了，心疼地拉着她的手说，小连，你这个病需要花很多钱。要不，咱们申请众筹吧？不管咋说，总能筹到一点是不是，虽说解决不了根本问题，但解决一点是一点。这样，由我来发起，你不用管，将资料传给我就行。

简凤没有想到的是，小连不带丝毫犹豫，当即婉拒道，凤姐，我知道你对我好，但我真的不想给大伙儿添麻烦，毕竟每个人挣钱都不容易。就算容易，谁家没有几个穷亲戚需要帮衬呢？说到这儿，小连在简凤的胳膊上轻轻捏了捏，凤姐，快别担心我啦，社区给我办了低保，透析报销比例还是挺大的，我生活上节约点，是可以维持下去的。

简凤想说，可是，你没有收入来源，就靠那并不算多的赔偿金，既要生活还要治病，又能维持多久呢？眼下，银行存款利息一降再降，这日子怎么……话到嘴边，她突然意识到此话不妥，自己又不能捐个百万十万，说这些有何用，这不是赤裸裸地贩卖焦虑吗？

简凤实在不敢想象，若是换作自己，遭遇如此困境，又该如何面对？抑郁、焦虑，还是直接跳楼？似乎都有可能。好在，她的退休金、这些年的积蓄，再加上老曲的公积金、养老金个人账户部分和利息，确保了她晚年生活无忧，同时也具备抵御重大风险的能力。

简凤曾认真地想过，贫穷、瘦弱的小连，身上巨大的能量究竟从何而来？也许源自她看过的书，以及她曾拥有、感受到的爱。当然，这具承载着病痛的身体，或许同时蕴藏着某种天赋，这种天赋叫坚强，叫乐观，叫勇气，叫热爱。

不久前，简凤在小连的书架上看见过一本书，书名叫《了不起的盖茨比》，几乎不阅读文学书籍的她，自然不知这本书写的是啥，以为标题中的"盖茨比"，与一个叫"比尔·盖茨"的人存在某种关联，也懒得去了解和求证。这个盖茨比如何了不起她不清楚，但她知道，她的邻居小连是真的了不起。

见简凤神思恍惚，半天没回应。小连清了下嗓子，抿了下嘴唇说，凤姐，我知道，你同情我，可怜我，觉得我命苦，不幸，从外地远嫁过来，娘家无力帮衬……早年失去孩子，中年失去丈夫，自己又是重病在身，不能工作，没有收入，没有退休金。但你不知道的是，这天下比我命苦的女人多的是，就说我一个肾友，和你差不多大，五十大几岁，她老公天天打牌喝酒，有钱也不给她治病，甚至还骂她是病秧子、晦气鬼、扫把星，活着浪费空气，死了浪费土地……为了让女儿回家有声妈喊，有口热菜热饭吃，她在医院当护工，用赚的钱给自己治病……凤姐，我丈夫虽然不在了，可我一点儿也不觉得自己可怜。你知道吗？我二十四岁与他打工相识，那时他明知我有慢性肾炎，依然选择与我结婚。后来我们的孩子没了，我无法再孕，他顶住各方压力未与我离婚，而且一直打工挣钱为我治病……他装空调、跑外卖、给挖机送油……什么赚钱干什么……他现在虽然不在了，可是……可是他用生命换来的赔偿金还在给我续命啊……

真是不容易。听到这儿，简凤喉头梗塞了，眼圈泛红，她强忍住泪水，暗忖：同为女性，小连就像楼下那株大树，虽然经历了恶劣天气的种种摧残，却没有让自己倒下，而是顽强地活着，活着的每一天，小连都在跟疾病搏斗，跟命运抗争。她的身上，有种向死而生的勇气和生命力。而这，正是自己所缺乏的。

有个问题在简凤心里盘旋已久，在某种力量的推动下，终于在此刻问出声：小连，那次我发高烧，我真的不知道你丈夫在不久前离世，也不知道你刚从医院透析回来，当时疫情形势那么严峻，到处买不到退烧和感冒药，药在当时那么重要，尤其是对像你这样的透析患者，你咋愿意拿出来给我呢？那时我们也不是很熟啊。

小连没料到简凤会如此问，她迟疑片刻，回答道：凤姐，不瞒你说，那段时间确实很难，医院顶住巨大压力，没有关停透析室，在两个月未发工资的情况下，肾病内科没有一个医生、护士请假，一个萝卜一个坑。如果是普通病人或许问题不大，可我们是尿毒症透析病人啊，一旦关停透析室，我们这群"肾宝宝"可能全都会死。对于我来说，活一天是一天，活一天就算赚到一天，送点药给你救急，又算什么呢？不值一提的，不必记挂在心上。

简凤努力控制着自己的面部表情，可那已然松垂的苹果肌，还是不受控地细微抽搐了几下，而深藏于胸腔中的心脏，早已"嘭嘭嘭"剧烈震颤。

这次交集，两个女人彻底打开心扉，用真诚和真情这两味药，融化了堵在通道内的血栓，开始构建更深层次的情感链接。

冬天气温低，去医院透析路上冷，简凤会买一些暖宝宝送给小连。小连也不忸怩，开开心心、大大方方收下，当着简凤的面拆开，掀开厚外套，腹部贴一个，后背贴一个，感觉舒服极了，哪儿都冒暖气。隔不了几日，小连会以美食或鲜花回赠。同样，简凤也不忸怩，也是开开心心、大大方方收下。这份美意没有负担，像山林间的新鲜空气，在两个失去丈夫的女人中间自然流淌、传递。

6

初夏的某天清晨，简凤洗漱完毕，换了白色练功服，径直走到露台上，准备练练八段锦。简凰总说，练这个好，可以促进血液循环，增强新陈代谢。简凤才做两节，肩颈就有些酸痛。

就在这会儿，纱门吱呀响了一声，简凤循声望去，小连着一件藏青色马面裙轻盈走出，手里还捏着一把大剪刀。简凤近前几步，瞧见小连在门口的大缸边端详了一小会儿，而后从中挑了一片荷叶剪断，又用缝衣针扎了些孔。简凤好奇地问，小连，你这是干啥呢？小连闪动着双眸，狡黠地说，暂时保密。说完，笑着冲她眨了眨眼，继而闪身退回屋内。简凤本想跟进去瞧个究竟，想想还是不打搅为好，要尊重她的"隐私"，便继续练着八段锦。

约莫过了两小时，一股荷香混合着麦香从小连家飘出，悠悠然钻入简凤鼻腔，使得她顿感精神一振，这香味实在太治愈了！几分钟后，小连用瓷盘端来两个热腾腾的白馒头。

简凤清晰记得，那天，当小连端来馒头时，还将她拉到与露台齐高的广玉兰树前欣喜地说，凤姐，快看，馒头！

馒头不是在盘子里吗，咋让我朝树上看？还以为小连变魔术呢。简凤满脸疑惑地问，在哪呢？哪有馒头啊？

就是那里啊，那根枝丫上，叶子中间，看。小连用手指着说。

简凤顺着小连手指的方向看去，在那宽厚阔大的绿叶间，藏着一朵白色花苞。别说，乍一看，还真的挺像一个白馒头，她咋从没注意到呢，并且直到现在她才知，楼下这棵大树原来叫广玉兰。更有意思的是，这就是墙上那幅十字绣品"心如花木，花如馒头"的创作灵感来源，难怪当时看着有些眼熟。

吃了小连的白面馒头，简凤夜里感慨万千。自从移居欢乐公寓后，她几乎没有正儿八经地做过一餐饭，多半时间是在简凰那里胡乱吃一口。有时简凰不在家，需要自己解决生活问题时，她也顶多就是下碗面条，面条里除了水就是面，除了面就是水，没啥勾人食欲的内容。

在简凤的世界里，时间从来不是问题，当然厨艺也不是问题，可她完全丧失了这份兴致。想老曲还在世时，她是多么愿意在吃方面花心思啊，像虫草花炖石斑、红酒烩牛肉、椒盐皮皮虾、黄豆焖蹄花，都不过是寻常操作，就算是一盘简单至极的上海青，待炒熟出锅后，也要摆出一幅金玉满堂的造型。

有天，简凤忽生兴致，让小连教她做一道创意菜。去之前，她是这么寻思的，在妹妹简凰这里住了这么久，自己总要表达一下心意才好，哪怕是做几道菜。

小连爽快地答应了，说那就来一道荷花酥，正好荷花开了。说完，转身从缸里摘下一朵荷花，一片片撕下来，用清水洗净，再取出酥肉专用粉，在碗中打两个鸡蛋，放入少许盐，调成糊状，再加适量食盐搅拌均匀，放入荷花裹上面糊，油温六成热下锅炸，炸至两面金黄酥脆出锅。

顺着这股兴致，在这个夏天，她们还用荷叶粉蒸土豆、排骨、豆角，并用鲜荷花炒土鸡蛋、瘦肉丝、河虾仁。可以说，她们把荷花、荷叶的作用发挥到了极致。

到了秋冬之交，当荷花谢、荷叶枯时，她们就用缸里产的莲藕，合着猪肉馅，做成藕丸、藕夹。

可是，这样的生活，随着小连出远门而出现停顿。

回到家中，看见瓶中的月季有些打蔫，简凤舍不得扔，往里加注了清水。

小连不在的这段时间，除了完成她托付的事儿，用缸中之水给花花草草浇水，简凤还在学英语、学开车。学英语，当然是为了去墨尔本看女儿和女婿。老曲活着时，还说她的英语发音有一股大葱肉末味，有次在梦中居然还用英语喊出声。想到这儿，一丝笑意不禁浮上脸庞。学开车呢，是因为她想挑战自己的不可能，可以随时去自己想去的地方。

有天夜里，明月挂在树梢，简凤和小连坐在露台上喝茶闲聊。小连说，这世上，父母也好，伴侣也好，子女也好，不管是谁，都只能陪你走一段路，能陪你走到生命最后的，永远都是你自己。所以，不管什么时候，将自己往全能型方向培养准不会错。

也许正是这句话，坚定了简凤学英语、学开车和学其他东西的想法。而且，有一件她自己想来都觉得不可思议的事，她现在想老曲的频率不像以前那么多了，就算想起也不像以前那么痛苦，她感觉自己已接受了这个事实，并学会了与这份失去共处。

春天快步入尾声时，简凤掐算了一下时间，估摸着小连差不多快回来，便给她发了条微信：小连，树上的馒头已长好，又香又白又大，快从山东回来看哟！

简凤本以为采用这样的语言风格来表达，小连会开心地来个秒回，她依稀听见从千里之外传来的咯咯笑声。

可是，两天过去，没有回音。打了电话，也未接。简凤不免担心起来，不会出啥事吧？这次症状相比以前更严重和复杂，听说肌酐高达 1119umol/L、β2 微球蛋白测定值为 24mg/L，而且还有心衰症状，加上又是去了千里之外的外省……想至此，她闭上眼睛，双手合十，迭声默念：阿弥陀佛，阿弥陀佛……

念着念着，她略感胸闷，便走出屋子，趴在露台上，将目光聚焦于广玉兰树梢。说起来，这是她第一次细细端详树上的花，以往只是浅浅扫视。那年初夏，小连送来荷叶馒头，并指着树上的"馒头"给她看时，她也只是礼貌性地瞥了一眼。

眼前，这些白色花朵可真大啊，它们姿态各异、花开正盛……全开似荷花，半开似鸽子。而含苞待放呢，当然像极了馒头，像刚出笼的馒头卧于枝叶间，白白净净、胖胖嘟嘟……简凤伸出手，向枝叶靠近，向馒头靠近，就差两厘米，如果手再长一点，一定可以触摸到它。

简凤带着一丝不甘，将手在空中转了个圈。正在这时，铃声一震，她赶紧点开来看：……凤姐，经过几个月的治疗，我的肌酐、血压几项升高的指标已经下降不少，特别是心衰症状已得到控制。凤姐，再跟你说件高兴的事儿，我昨天又做了一个手术。

听到这里，简凤心里不由一怔，这小女子是咋了，住院太久，迷糊了吧？做了一个手术啊，又不是研发了一道新菜，咋还高兴上了呢？

简凤带着疑惑，继续贴耳细听：……我的主治大夫夸我了，说我心态好，要是患者都有这样的心态，我们的治疗将会变得轻松和简单许多……医院经过研究，一致同意将唯一一个免费置换人工血管的名额给我，其实我以前就想做这个手术，可是费用有点高……凤姐，再观察几天，如果平稳，我就可以办出院手续回家了……凤姐，我的花花草草都还健在吧？

放心，我在，花在！一盆盆精神得很，活蹦乱跳的。简凤欢快地回应道。她很清楚人工血管对于小连的意义，小连的血管太细，透析一段时间后，就会因狭窄而堵塞，堵塞了就没法透析，没法透析就需要做血管扩张手术，从而让血液得以正常流动。可是，即便做了血管扩张手术，也只能维持几个月。也就是说，这样的手术，小连每年要做好几次，而且说不准啥时会堵，一堵就要火速奔向技术更成熟的省城大医院。如果人工血管置换成功，就可以维持好几年，不用频繁扩张血管。

想到这儿，简凤赶紧补发一条语音：小连，吉人自有天相，我相信一切都会好起来的……哪天回家告知一声哦，我开车去车站接你。

发完语音，简凤抬头望了眼藏在绿叶间的馒头，有个计划如血液在体内热烈流淌——我要卖掉巴黎豪府的连排别墅，用这笔钱买下欢乐公寓的家，再用剩下的钱给小连托底，我想让小连活下去，活久一点……我还想给她换肾。

2024 年 10 月写于雁园

我循声望去

一个衣着考究

风韵犹存的

短发女人

看着分外眼熟

可一时竟想不起

是谁

行行小帅哥

我是你的芳香姐啊

我们曾在一间办公室

工作过啊

芳香姐

真的是芳香姐啊

我定睛细看

惊喜万分

风流云散

1

公司成立三周年晚宴上，我端着一杯 84 年拉菲接过合伙人马润远的话头，老兄，和你一样，我也曾在机关里混过啊！马润远一副被惊到的样子，扬起语调说，是吗？咋从未听你小子提起过，隐藏得真够深的。听起来，你这一个"啊"字，似乎有种百感交集的味道，如果没有猜错，其间定有故事，要不要趁着酒兴儿掏出来晾晾？

不得不承认，马兄的话，如同一把锁，"叮"的一声打开久藏于匣中的往事。下面的故事，一部分是我对马润远讲述的，另一部分则纯粹是自我回忆，它们互为补充，共同成就一个故事的完整性。

在我以前工作的机关单位，芳香姐可以说是一个特别的存在。机关里无人不知，芳香姐爱美成痴，美衣如山，是个行走的衣服架，能驾驭不同风格的服装，像什么撕裂风、通勤风、OL 风、百搭风……而且，她走路时还总带着一溜风，风里含着沁人心脾的香。

记得那天，芳香姐的着装风格是这样的——一袭裸色深 V 鱼尾裙，脚踩八厘米细高跟，性感指数至少是四星半。当时，我特意瞟了眼电脑右下角，16:50，离下班尚早，芳香姐左手拎着包，右手捏着手机，脸上漾满笑意，对我说，行行，今天的发型很潮哦！

我忍不住笑了笑，我这人就是这样，总是不经夸，一夸脸上就乐开花。芳香姐又挨近了些，对我小声耳语道，行行小帅哥，帮姐一个忙，政务平台如有重要文件记得处理下，还有商秘网上的紧急通知，用户名和密码你知道的，我临时有点事先撤了。

我心领神会地点点头，并朝芳香姐做了个 OK 手势。

芳香姐冲我眨眼一笑，将一根网红棒棒糖放在我手心，然后有些着急地从我办公桌旁扭过，留下一个曼妙的背影。待她走远，我夸张地嗅了嗅鼻子说，芳香姐真香啊，香如其名，香出了天际！

话音刚落，坐我对面的管姐突然从电脑后探过头，朝门口斜瞟一眼，撇着一张暗红的大嘴嘀咕道，小江，那可真是被你说对了，半瓶子香水都倒出来了，能不香吗？你以为她是乾隆的香妃啊，自带体香，能将蝴蝶引来？

我被这么一怼，默叹一口气，莫非我的随口之言触怒到管姐？也没说啥呀，一句实话而已，没法接下茬了，只好低头干活。

小江，你知道她用的是啥香水不？管姐大概意识到自己出语太坚硬，将天给活活聊死了，试图用这句话挽救道。

我偏过被芳香姐赞誉过的头，自嘲地说，管姐，您可真是太会问了，像我这样的蒜头鼻，上面还粘着星星点点的芝麻粒，哪闻得出香水的品牌呢？能分辨出六神牌花露水、水仙牌风油精、龙虎牌清凉油，就算是超水平发挥了，您说……

迪奥"真我心悦"，一定是！不是我将"王"字倒着写！管姐挑着浓墨的粗眉，硬生生地掐断我的话。

我来不及感伤，立马接过管姐的话，故意拖长语调说，管——姐，你姓"管"，不姓"王"，"王"字倒写还是"王"啊。

管姐的黄眼珠鼓得圆圆的，就像在扮金鱼，我说过我姓"王"不姓"管"吗？

我说好吧，管姐，您确实没说过，是我多嘴找抽。

管姐说，小江，你今天说话有点怪哦。

我说是吗？管姐，兴许是昨晚重庆怪味胡豆吃得有点多。

管姐喊了一声，站起身，将发酵后的淘米水倒进电脑旁的绿萝，又将一片发黄的吊兰叶掐断扔进垃圾桶，看样子是在做下班前的准备工作。

管姐能说出芳香姐所用的香水品牌，我一点儿也不感到惊奇，也丝毫不怀疑它的正确性。管姐这人，对待工作虽不怎么上心，可不得不承认，在某些方面，她有着异于他人的敏锐和能力。她不仅能闻出香水的品牌、品出咖啡的优劣，还能说出草木的科属、动物的习性。甚至，她还知晓很多同事背后不可告人的隐私。比如，谁做了试管婴儿，谁因为什么原因离了婚，谁和谁之间有猫腻……可以说，收集和扩散这些隐私成为她日常工作生活的一部分，这些隐私如同一包包兴奋剂，刺激着她的大脑皮层，活跃着她的中枢神经。

欸，小江，发现没？芳香今天下班比平时要早很多耶，穿的衣服也比平时要性感。呵，还有鞋子，你说她高得都快要杵上天了，还有必要穿这么高的跟吗？管姐随手抄起一把松土铲，凑到我跟前说，这么早下班，依我看，一反常态，必有蹊跷，不信咱们明天瞧！

我叹了口气，点击保存，退出正校对着的会议通知，心想女人啊女人。

欸，小江，发表下看法呗，年纪轻轻的，胡子都没长硬，别老唉声叹气啊，跟你说，男叹官司女叹情。

我正酝酿措辞，以便应对管姐，手机铃声恰巧响起，适时地阻断了这场口舌之战，电话是妻子从广州打来的，问我昨晚为啥不回微信，让她像地窖里的红薯——"莣"等。

因我未吐半言只语，一种颗粒无收的失落感清晰地呈现在管姐脸上，她磨蹭半天未走，意欲继续刺探情报。可见我说话拖沓，毫无斩断话头之意，只好扔下松土铲，将格纹包往肩上一挎，趿拉着坡跟凉拖，哒哒哒地下班走了。

2

眼见管姐已走，我顿时松了口气，跟妻子耐心地解释说，有个同事即将调离本单位，昨晚几个哥们儿聚一块儿喝大了，手机又调成了振动。

妻子说，你总是有理由，就当你所说属实，那今天总看见了吧？为啥不回复？

我干咳了几声，赔着笑意，老婆，呵呵，你有所不知，今天的事这么多，一件接一件，连轴辘转，一忙就将这事给搞忘了。

妻子步步紧逼，那好，我现在再郑重地问你一遍，你到底考虑好了没有？

我望着电脑上不停扭动的梦幻曲线三维屏保，装作疲累地打了一个呵欠，什么考虑好了啊？

妻子气得吐血，江欲行，你掉到油桶里了么？现在说话越来越皮了，完全没个正形，我恨不得拿白猫洗洁精喷你，少给我揣着明白装糊涂！

如果可以选，还是用立白牌洗洁精吧。我继续耍着嘴皮。

你！江欲行！可真行！妻子气得只会用短句了，说！考虑好没？什么时候？

感觉被逼至墙角，退无可退，我只好打着哈哈说，老婆，我是逗你玩的，求你再给我点时间呗，让我好好想想，毕竟这不是小事，想好了再答复你行不？别生气，生气容易长皱纹，长痘痘，就不美了。

妻子实际上是个温和的人，也还善解人意。可是，我的拖延大法，彻底地将她激怒了。江欲行，你就是一个糊涂虫！对自己的人生毫无规划，明明揣着一手好牌，结果被自己打得稀烂！你说，你这样拖下去有意思吗？你现在这个鬼样子，还像个男人吗？再这样瞎混下去，你迟早会废掉的！半年之内，再不做决定，我……我们就……大路朝天，各走一边！妻子说到这里，戛然而止。

我的心紧缩成一团，像掉进冰窟窿。妻子忍了这么久，终于说出这句话，我知道她迟早会说出口，可真的亲耳听见，还是非常难受，好在她留有余地，没有直接说出"离婚"两个字，不然我会更加难受。这是她给我下的最后通牒，她认为我现在从事的工作随便一个高中生就可以搞定，杀鸡何须用牛刀，好歹也是读过研的人啊，就不能勇敢地走出去，使用好自己的文凭，发挥好自己的优势吗？在这样的环境下工作真的有意思吗？长此以往，残存的热情和梦想会被磨蚀殆尽。

或许吧。可是，我还有热情，还有梦想吗？它们在哪里？妻子这么一说，也确实没多大意思，可是我不甘心啊，我在等一个……唉，算了，不说也罢。妻子说得没错，我的确越来越不像个男人。

说说我所处的环境吧。我们机关里有"两多"，一是文件材料多，二是女同志多。每天上班，总能听见她们扯是非聊八卦忙私事，就像单位是剧场，又或者是疗养生息的地方。身处这样的环境，想不沾染点女人气似乎很难。她们呢，基本上也没把我当男人看，能聊的不能聊的，不会因为我在场而选择回避。就说几天前吧，我正在电脑上敲一个通知，芳香姐从 WC 急匆匆走过来，问管姐带"炸药包"了吗？快，江湖救急！管姐瞬间蒙掉，问"炸药包"是个什么鬼东西？芳香姐用眼角末梢飞快地扫了我一眼，笑着说，就是姨妈

121

巾啦。管姐恍然大悟，嘴张成 O 形，侧身拉开抽屉，有些不情愿地从"炸药包"里抽出一片递了过去。待芳香姐再次去 WC 解决个人问题时，管姐小声嘀咕道：发现她最近老是往卫生间跑，就说昨天上午吧，差不多一小时一趟，这是喝了多少升水啊？该不会得了啥炎症吧？癞头长毛——奇了怪哈，她老公疲劳驾驶，高速路上车祸而亡，还撞死一对夫妻，留下一个上小学的儿，真是造了孽啊……她也没再婚，既无夫妻生活，咋有炎症？难道……

管姐真是闲得长蘑菇，成天就爱琢磨这些事，让我说啥好呢。

3

说起来，管姐、芳香姐和我本不在一间办公室，那还是从老办公楼搬迁至新办公楼不久，新闻媒体接连曝光了多起违规使用办公用房典型案例，不少单位的负责人纷纷受到处分，一场全国范围内的楼堂馆所清理整顿行动开始了。管姐、芳香姐和我，就是在这样的背景下调在一起成为搭档的。

搬来那天是周末，阳光暖暖地从窗口照进来，不知是否和天气有关，我们的顶头上司桑主任心情颇佳，端着晃着半杯水的阔口杯，慢悠悠地踱着方步走进来，全场扫描了一遍，旋即哈哈笑着说，你们这间办公室好啊！有句话怎么说来着，对，老中青搭配，干活才不累。瞧，既有杂家担当管如玉，又有颜值担当艾芳香，还有学历担当江欲行。嗯，好，极好！

桑主任这么一夸，我们三个人的脸上霎时堆满了笑容，不约而同要去给桑主任的阔口杯续水。那时的我们又怎会想到，后来会发生那么大的变故呢。

现在，必须说下芳香姐和管姐之间的关系。她们之间的磕磕碰碰,似乎由来已久。如若稍加延展,大约可以拍成一部现代版宫斗剧。

当公车改革制度尚未全面推行时,我们曾享受过一段时间有大巴车接送上下班的隐性福利。那天早晨,芳香姐和管姐先后上了车,管姐有无话找话之嫌疑,一会儿说天气,一会儿说燃气,聊天热度颇高,却得不到同等回应。坐在身旁的芳香姐,当时大概有啥心事,一副心不在焉的样子。快到单位时,才仔细望了眼管姐,发现她发型有变,说,你今天看起来很精神啊!管姐眼眸里涌上一抹亮光,似乎期待已久。紧接着,芳香姐又说,你的头发平时看起来比较稀薄,还夹杂着少许白发,今天发量增多,白头发也不见了,是戴的假发吧?全车人的注意力齐刷刷转向管姐。管姐被人揭了短板,面子上挂不住,冲着芳香姐大声嚷,你个小婆娘,别以为我不知道,你身上也没有多少东西是真的,你的眼睛明明单得像吴倩莲,偏偏割成翁美玲。你还接头发、开眼角、去眼袋,将满脸黑痣搞得一颗不剩。你说,你身上有多少东西是真的?弄虚作假的小×人、骚狐狸!

也许是管姐对芳香姐成见太深,积蓄到一个爆发点,不然又怎会如此这般。当时,车上的同事都以为芳香姐会狠狠回怼,可是没有,她只是微笑着说:哇,管如玉,我可真是服了你,你是情报局密派的卧底吗?信息掌握得还蛮全蛮准嘞。是啊,我全身上下都是假的,我有说过是真的吗?假的又怎样?我喜欢啊!关你什么事呢?

艾芳香,你个厚脸皮,腹黑女!你给我等着,今后有你好看的!管姐撂下一句话,气咻咻地甩门而去。

这点小风波,在管姐和芳香姐多年的同事生涯中,也许不算什么,充其量只是浪花一小朵。就在我渐渐忘却此事时,有天在机关食堂吃晚饭,当时人不多,旁边坐一女同事,吃粉蒸肉也堵不住她的嘴,莫非是我自带听众气质?她先唧唧呱呱八卦完同事间的是是非非,然后突然提及管姐与芳香姐的"大巴车之战",当时她也是现场目击证人。她说，艾芳香这妞可真能忍，要是我，还和管如玉那老破片废什么话呀，呼的一掌将她拍在墙上，抠都抠不下来。

我打趣说，车上哪有墙你拍啊？

同事咯咯笑着说，那就拍到车玻璃上粘着咯。

我说那该需要多牢的黏性才挂得住啊，你呀你，真是耍猴儿不怕人多，看热闹不嫌事大。

女同事说，江欲行啊江欲行，你太不懂一个吃瓜群众的心理了，一场好戏才刚刚开幕，就这样草草收场，没劲透顶！

我惊愕地看了眼女同事，不知说什么好，就什么也不再说，低头闷闷地扒拉着餐盘里的饭。暗想，这妮子虽然模样周正，也不是一盏省油的灯啊。

4

次日，是二十四节气中的大暑，从理论上来讲，一年中最热的一天。太阳刚一露脸，我就来到办公室，进门第一件事当然是开空调，打算趁管姐和芳香姐没来之前将昨天未做完的事情处理掉，这效率低得呀。要不然，等她们一来，办公室立马就会变成茶话室，哪里能静心干活，只能将耳朵和时间交付出去，听她们八卦了。

校对到最后一段时，眼看就要结束，管姐声势浩大地走了进来，手上抱着个大包裹，喘着气，边走边说，这班上得真累，每天坐得腰酸背疼，这按摩器也不知有没有效果，不过速度倒是挺快，前天刚在京东拍下，昨天就收到货。我等会儿试用下，看效果究竟如何，是否和宣传的一样，不行俺就差评，退货没商量！

管姐将包裹放在桌上，然后转头问，小江，你的剪刀呢？快借我用下，我的剪刀又不知被谁拿走了！也不作个声，这有些人啊，看着眼是眼，鼻是鼻的，其实素质差得要命！你说用就用呗，用完了你要还啊，这是最基本的道理，小学生都懂，唉，真是没得整！

耳边就像有一群蜜蜂在嗡嗡飞，我从抽屉里拿出剪刀递给管姐，管姐一边拆着包装一边说，哎，小江，你的腰椎和颈椎还好吧？我说还好还好。管姐又说，你现在毕竟年轻，等过几年就知道了，一定要引起注意啊，少坐多活动。我说好，好，以后注意。

刚说完，正准备点击保存，然后打印出来呈桑主任阅示——这事不能再拖了，昨天就开始搞起——谁知，电脑突然黑屏，气得我险些要骂人。起初，我以为停电了，去看电梯，发现指示灯亮着，咋回事？返回办公室，管姐一脸无辜地对我说，小江，我刚才插按摩器的时候，不小心将电源线碰了一下，然后就停电了，你看是不是这个原因？

我心想，那还用说，肯定是！再次走出办公室，打开走廊上的隐形门，检查起电路，发现的确是跳闸了。打开电脑，耐着性子，在管姐按摩器发出的嗡嗡声以及间或传来的"好舒服"的赞叹声中重新修改未保存的部分。

我将打印好的通知呈给桑主任阅示。临末，桑主任将老花镜朝鼻梁上推了推，然后和颜悦色地对我说，小江啊，你的事，我最近又跟人事科和分管领导沟通汇报了，应该问题不大，你就安心工作吧。

我听了备感温暖，连说感谢桑主任关心与厚爱！

桑主任点了点头，看了下时间，将桌上的材料理了理，说，好，你去忙吧！我马上要出去开个会。

回到办公室，人还未站稳，管姐的声音连珠炮般响起，哎呀，完了完了，小江，快，快，你快过来帮我看看哟，这电脑出邪气了！不知咋搞的，你说我改前面的东西，后面的东西咋没有了呢？

我走过去对管姐说，您可能按了 Insert 键。

管姐一脸茫然地说，可我没有按它啊！我真的什么都没有动！我发誓。

看着管姐一脸无辜的样子，我笑着说没事，然后很快帮她弄好。

哇，真的好了！咱们的小江就是牛！不管什么问题到你手上，分分钟搞定。

管姐，求您别夸了，我的脸都快红到耳根上了，这是电脑操作的基本常识啊。说这话时，我不禁想，同样是这个小问题，管姐已经找过我不下五次，她的智商可能要充值了。

管姐的脸色突然变得有些难看，小江，你这是在暗讽我是电脑白痴吗？

小的不敢，小的没吃熊心豹子胆，没钱买，是管姐想象力太丰富。我赶紧说道。

管姐扑哧一笑，瞧把你吓的，谢了啊。忽而话锋一转，小江，你看都这个点了，芳香还没来上班呢。

我说，她家里可能有啥事吧。

就像不小心按了弹簧，将管姐的声音忽地弹了起来。她家里能有啥事？她既没老公，也没孩子，娘家又在外省，能有啥事？不过，总看见她周末带一个小男孩玩，听说是她的资助对象。嘁，看她每天打扮得花里胡哨的样子，就那点死工资，自己都不够花，还资助别人，真是好笑，她有这么高尚么？谁知那孩子和她是啥关系，说不定就是她在外面……

这时，门吱呀一响，管姐突然收住话尾，将脸深埋在电脑屏幕前。芳香姐推门而入，也不知听见我们的议论没有。我笑着打了声招呼，芳香姐也冲我笑笑，然后坐在自己的位置上划拉起手机，好像有啥心事。

我的微信嘀了一声，居然是管姐的。她说，小江，快看，惊天大发现啊，芳香今天穿的衣服和昨天是一样的！

我回复说，是吗？没注意呢。然后偷偷瞄了眼芳香姐，发现她确实没换衣服，还是昨天那件裸色鱼尾裙，不禁心生疑惑：芳香姐爱美成痴，这在机关是出了名的，就算是寒冬腊月，也保持着每日换装的习惯，何况现在是炎炎盛夏，在外随便晃一圈就汗流浃背、酸臭难闻，其他人尚且要换，何况芳香姐呢。总之，不换衣服有违常理。

管姐的信息又来了：是吧？

我说是。

小江，那你问下她，为啥没换衣服？管姐的微信很快就发过来了，原来她打字的速度也可以这么快，平时在键盘上敲个会议通知啥的，像捉虱子似的，总以打字慢为由让我代劳。

我问下她？我嘴里刚喝的一口猫屎咖啡差点喷到电脑显示屏上。这怎么好问呢？难度系数好比针挑土、水推沙啊。我敲完这几个字，正准备点发送，想了想，又在文末加了一个捂脸的表情图。

哎呀，你巧妙地问问嘛！说不定她就告诉你了，你平时不是挺能说的吗？管姐回了我一个眨眼的图标。

可是管姐，我有一事不明，您为啥不直接问呢？我不由得坏笑起来，并附了一个龇牙的表情。

哎呀，我和她之间有那么点小矛盾，这个你是知道的呀，你问要好些，你们关系好嘛！问吧，问吧！管姐这次给我连发了握手、拥抱、玫瑰三个图标，阵容空前豪华。

我回复道，那好吧，我问问。

现在想来，那天真是鬼使神差，如此荒谬之事，我竟然答应了。

接下来，是怎么问的问题。芳香姐，你今天怎么没换衣服呢？芳香姐，你今天的衣服和昨天的一样啊！当然，不能如此直白，太缺乏艺术性了，好歹也在机关混了几年。管姐说要问得巧妙，这个建议自然不错，我们的思想终于在此达成一致。我玩转着手里的中性笔，认真地酝酿了一番，觉得这事得分步骤来，然后察言观色、见机行事。我首先高甜度地喊了声芳香姐。

芳香姐侧过头，微微一笑，问，啥事？

嗯，态度尚好，有戏！接着来。芳香姐，你知道吗？你刚才迈着优雅的步伐款款走进来时，我眼前乍然一亮，甚至有片刻的恍惚，就像是在做梦，梦见自己置身于金鹰电视艺术节的颁奖现场，你就是传说中的金鹰女神啊！我假装吞咽了一下唾液，说，金鹰女神啊，这条鱼尾裙既知性又性感，被你穿出了女王的高级范，你的颜值拉高了咱们科室的平均值！你是咱们机关一道独一无二的风景线啊！

说完，感觉自己起了一身的鸡皮疙瘩，但为了弄清所谓的事实真相，我也是豁出去了。

如果说芳香姐此前的笑带着一种收缩感，那么此刻就完全漾开了。她说，行行小帅哥，听你说话，就像看了一篇优美的散文，就像行走在四月温软的春风里，其实你还可以接着说下去的，不用担心我会起鸡皮疙瘩。

芳香姐这么一说，倒把我给搞蒙圈了，一时竟有些词穷，于是飞速酝酿该如何切入正题。

正在这时，芳香姐一句话解围，她说，这条裙子昨天也穿过呀，咋没听见你夸呢？

啊，是吗？看着是有点面熟，芳香姐有两条长得一模一样的裙子吗？说完，我斜眼瞟了眼管姐，发现她虽然盯着电脑屏幕，耳朵却挺挺地支棱着听我们说话。

相同的裙子我怎会买两条？昨天穿的也是这条，好吗！芳香姐说。

我脱口而出，芳香姐，天气这么热，你咋一条裙子穿两天呢？说完，我恨不得拿块脏抹布堵自己的嘴，绕了一个大圈圈，还是回到原点，我就这么直白、缺乏艺术性地问了！

因为昨晚没回家，所以没换衣服啊！芳香姐回答得好坦白，她的坦白让我感动得想哭。我想问到这里就可以鸣金收兵了，于是开始扯其他，芳香姐，今年公休打算去哪玩呀？

这时，管姐的视线像箭一样射过来。很快，我又收到她的微信：小江，咱不能前功尽弃呀！不问则已，问就问清楚嘛，为什么没有回家呢？干什么去了？加油，小江，继续问！

我怀疑那天的江欲行被管如玉用巫术催眠了。

芳香姐，咋没回家呢？是砌了通宵的长城？还是玩了整夜的狼人杀？如此不怀好意地问，感觉自己真是太残忍。

行行小帅哥，你啥时看见我搓麻将玩游戏了，它们认识我，我还不认识它们呢。

那是因为什么呢？我穷追不舍地问。

因为……芳香姐说到这里，突然停顿下来，看起自己的手机短信，我趁机瞥了眼管姐，发现她也正好望向我，目光相接，她的眼里写满了激动与期待，并暗中朝我竖起大拇指。

你对这件事咋这么有兴趣呢？芳香姐回完信息，放下手机，接着说，那好吧，告诉你也无妨，因为……因为昨晚要陪伴一个心爱的小帅哥呀，今早都没时间回家换衣服呢，直接就来上班了。

说这话时，我发现芳香姐红润饱满的脸上涌起无边无际的幸福，这是我从不曾见过的表情，像画一样长久定格在我的心里。

管姐的微信，终于安静下来。

5

一晃就是三个月。双十一过后没几天，管姐又在办公室八卦，她说，分局谁谁谁，结婚好几年，就是生不出孩子。照说这也不稀奇，现在生不出孩子的年轻夫妻多了去了，问题是他们去医院检查了都没毛病啊，后来你猜怎么着，就是做了一件事，突然就怀上了。

我忍了好半天，最后还是忍不住发问，他们怎么怀上的？

说了你也不信，就是听一个算命先生的话，去某寺庙送子观音像前烧了三炷高香，并往功德箱里放了些香火钱，当月就怀上了，全家高兴得恨不得敲锣打鼓，公告天下。

有这么神奇？我将正在学习的文件最小化，以便投入地听管姐说。

不信你问啊，机关很多人都知道这事的啊。跟你说，还有更神奇的呢，你说好不容易得来孩子，接下来一家三口该过着幸福快乐的日子吧，嘿，邪不邪啊，离婚了！你说这是为啥呢？

这，我哪知道呢，我又不是活菩萨。

可以用你研究生的大脑，对这个真实的案例，进行一番分析啊。

我……

恰巧，一条微信语音适时响起，是妻子的。我插上耳机，低头听起来：老公，我双十一买了一件衣服，试穿了下，不合适，退货了。如果不退，也能将就着穿，可穿在身上，心情定然不好，不穿又觉得浪费。不如退掉，再选择合适的。

不得不承认，妻子远比我有胆识和魄力。当然不是因为这件事。她清楚自己想要什么，也了解我在犹豫什么。我知道，她表面上和我说买退之事，实则另有所指。果然，第二条语音才是重点。听我一个同学说，单位调整优化的大幕可能要拉开了，也许是近二十年来调整幅度最深刻、涉及岗位最广泛、职能优化力度最大的一次。听说你们单位也要合并！跟你说的事考虑好了吗？

本来还好好的，可听见"合并"二字，我突然就爆了，冲着手机嚷起来：合什么合，这种说法都传了四五年了，合了吗？有些人就爱瞎传，唯恐天下不乱！

妻子噤声了，不再有语音和文字传来。

我放下手机，点燃一根烟，狠吸了几口。无意间抬头，发现管姐正拿眼瞪我，只好将烟掷于灭烟沙盘。调整好情绪，准备去桑主任办公室坐坐，问问上次说的事情进行到哪一步了。

根据最新岗位优化调整工作要求，结合个人履职情况，本人已符合职级晋升相关标准。但此类调整需严格遵循组织程序，通过部门职能评估与集体研究决策方能落实。桑主任上次说本次职级评定进展顺利，还需等待最终审批结果，如果真如妻子所说，正式文件尚未下发前，一切仍存在变数，那我的事岂不是有点悬。刚走到门口，突然想起桑主任前天就去省里开会了，还要过几天才能回。

万万没有想到，没过多久，妻子的话应验了！调整优化的大幕在单位拉开。见此消息，感觉一记闷棍敲在我头上。那些日子，单位的气氛空前凝重，大家脸上写满焦虑和不安。有人担心职位不保，有人担心工资下调、晋升无望、岗位调动等。调整前，两个独立的部门，有两套独立管理团队。调整后，两套管理团队并为一套，那么必然会出现一个现象：原来两个单位的负责人，有一位将改任副职。而原两科室合并后，其中一位负责人也将改任副职。再说一般工作人员，以前在原单位有希望提拔，合并后，人员数量骤增，但职数并未增加，这可能需要很长一段时间来消化。

我的睡眠质量一直不错，可是那晚，却失眠了。脑海里乱糟糟的，感觉有一群怪兽涌进，它们疯狂奔跑，互相撕咬，鲜血淋漓。

天亮了，头痛欲裂，从床头柜上摸到手机，一条信息迫不及待地跳出来：小江，告诉你一个不幸的消息，我们的桑主任薨了！

我打了个哈欠，揉了揉太阳穴，说，管姐，一大清早，别开这种玩笑啊，让人瘆得慌，你这是看宫斗剧留下的后遗症吧？

嘁，谁和你开玩笑，桑主任真的薨了！爱信不信！这消息都炸开锅了，他昨晚从办公楼顶跳了下去……

我的心里涌起无边的酸楚，为桑主任，也为自己。想起并不久远的某个午后，我和他曾并肩站在楼顶晒太阳，那时他的眼里聚着光，一副雄心壮志冲云天的模样，左手叉腰，右手指向远处群山，颇有领导风范，说，小江，只有站得高，才能看得远，最美风景在顶峰啊！

当时的我，怎会想到，不过半月，他会从这里一跃而下。

6

有些事，想快，很慢。有些事，想慢，很快。三个月后，管姐调到离家较近的一个分局，据说七分钟就可以走到单位，按了指纹就可以溜出去逛街。后来听说，在研究人事问题时，她曾数次去领导办公室上演"苦情戏"，眼泪掉了将近几十毫升，可以用大号农夫山泉瓶子来装，说自己腰椎不行颈椎不好，心脏有毛病血压有问题，对于人员调整，只有一个要求，不求其他，但求事少离家近。

芳香姐呢，则调到镇上去了，那是新设的一个分局，需要从机关分流几个人过去。局领导在征求意见时，每个人都提了自己的要求，都说只要不去镇上，在市里哪个局都行。唯独芳香姐说，无任何要求，一切服从组织安排。起初，局党组在研究人事问题时，也不想将一个单身女同志调到镇上，可定谁去呢？快退休的老同志？还是新进的公务员？关键之时，有人在背后参了芳香姐一本……

这些事，都是我离开机关之后听同事说的。准确来讲，应该是前同事。

人生无常，总有变数。我们这些曾在一个机关里混过的人，就这样风流云散。

那年，参加完桑主任的葬礼，有种前途无望、心灰意冷的感觉，于是办了辞职手续，与妻子相会于广州，也算是圆了她的一个心愿。到广州后，我拾起以前所学的专业，应聘到一家世界 500 强上市公司。两年之后在工作中遇到马润远，二人一拍即合，纷纷辞职，加上妻子的鼎力相助，一起创办了现在的旅游文化公司。虽说个中有太多艰难，比在机关混着不知辛苦多少倍，可因为有同样的热情和信念，我真切体会到工作带来的乐趣和成就感，也就咬牙挺了过来。

当然，如果不是机构改革，我可能难以抉择。也许现在的我，还在某间办公室出通知、聊八卦……我端着高脚杯，自嘲地笑了笑，在马润远的杯子上咣当一碰。

马润远将手搭在我肩上，说：一座城市的倾覆，成就了范柳原和白流苏的传世爱情。一个单位的改革，成就了江欲行和马润远的联袂创业。来，老弟，今儿个痛快，咱啥也不说了，都在这杯酒里，就让我们愉快地把它干了！

老兄，只说一句，你不仅有经商头脑，还有文学情怀！我重着嗓门回应说干了，然后仰起脖子，一饮而尽。

7

倏忽之间又三年。那是金风送爽的秋天，我和合伙人马润远以及妻子回家乡考察投资一个旅游项目，在镇郊一座山庄吃午饭。刚落座于芬芳满溢的桂花树下，一个声音飘将过来：天呀，江欲行！真是人生何处不相逢啊！

我循声望去，一个衣着考究、风韵犹存的短发女人，看着分外眼熟，可一时竟想不起是谁。

行行小帅哥，我是你的芳香姐啊，我们曾在一间办公室工作过啊！

芳香姐，真的是芳香姐啊！我定睛细看，惊喜万分，猛地站起身，紧紧握住芳香姐伸过来的双手，激动地说，芳香姐，真的没想到，会在这里遇见你，我真是太高兴了……这么多年没见，你还是和以前一样美！岁月这把杀猪刀在你身上完全不起作用哈。不过呢，就是头发变短了。

唉，不行喽，人老了，你看，头发都白了一半。芳香姐笑着说，你看起来比过去沉稳了很多。

我说，不沉稳点，对不起自己的年龄啊！

不过……芳香姐眯着眼睛说，你这张嘴啊，还是和过去一样贫。

说着，我们都哈哈大笑起来。

芳香姐，你怎么在这里呢？寒暄过后，我还是忍不住问出声。

你辞职后没多久，我就调镇上了，后来办了提前退休手续，然后拿出所有积蓄开了这座飘香山庄。说到这里，芳香姐停顿了一会儿，眨了下眼，带着调皮的语调问，知道我为啥将山庄开在这里吗？

我下意识地挠了挠头，说，这比疯狂猜谜语还难啊。

那就不为难你咯。呵呵，因为我资助的孩子在镇上。说来，这孩子怪可怜的，爸妈跑长途运输在高速路上车祸身亡，跟着爷爷奶奶靠一点退休金过生活，不过现在好了，他可有出息了，考上了985，已经读大三了，跟我特别亲，喊我妈呢。说到这里，芳香姐的眼角突然变得湿润起来，鼻头也有些泛红。她强行收住欲滴的眼泪，哽咽着说，我老公去世早，我们没有孩子，就当是自己的孩子养了，也算是为我老公当年疲劳驾驶引发惨重车祸而赎罪……哈，说到这里，我突然想起一件事，有一年孩子高烧不退，他奶奶带他来市里看病，这老的老、小的小，我实在放心不下，就留在医院照护了一晚上。谢天谢地，第二天终于退烧，我才放心地去上班。噢，我突然想起来，那天，你小子还拐着弯问我，芳香姐，这大热天的，咋一条裙子穿两天啊！哈哈，说起来，就像是上辈子发生的事哟……

宛若一道惊雷骤然滚过我的心尖，千片万片，碎裂满地。就在芳香姐轻描淡写地追述往昔时，话里所隐藏的巨大信息量像汽车出风口喷出的热气，正一点点驱散被迷雾抑或冰霜覆盖已久的前挡风玻璃。

原载《长江文艺》2019 年第 4 期

"以后再慢慢跟你说呗，我的胃已经在造反了，咱们赶紧回家吧，咱妈的饭菜据说应该做好了。"田浩阳牵着云晓月的手，快步往家里走去。

锦缎布缎不断

1

来建筑设计院才 1 个小时，云晓月已接了不下 10 个来电。最近心情乱得像锅粥，经过几番调整，好不容易恢复了一点点，正趴在电脑前修改客户要的设计图，却不想让这波来电搅成了米糊糊。就说刚才那男的，粗门大嗓且不说，开口竟称她为"云小姐"。已明确说了房屋不出租，还在电话里嚼七嚼八，骂她是天上掉下来的神经病！不出租干吗在网上乱贴信息忽悠人？云晓月气得血液上涌，将手机当惊堂木在桌上"啪"地一拍，那男的方才噤声。

就在聚集于心的烦躁差不多可以论斤称的时候，该死的电话又不识相地响起，本来挺喜欢的手机铃声——奥利·莫尔斯唱的 *That girl*，今天听来却是如此刺耳烦心。云晓月迟疑着，接？不接？算了，还是接吧，万一是客户打来的呢？好吧，宁可错接一百，不可漏接一个。

"喂，请问是云女士吗？"

"是。"云晓月冷声而应，将火气尽量往下压。

"云女士，听说你的房屋出租，能约个时间看看吗？"

"不能！"听到租房两字，云晓月的火气又提上来了。

对方停顿数秒，本就不高的声音又矮了几截："房屋已经租出去了是吗？"

"不是！"被电话搅扰不休的云晓月就像一个火气筒，喷出的每个字都自带火药味。

"那为什么呢？"

"我从未在网上发布租房信息！"

"这就奇怪了，那是谁发的呢？"

"不知道，我也是一头雾水。"

"冒昧地问一句呵，"男人说，"你最近是不是得罪了什么人？"

"得罪人？没有！不可能！"说这话时，云晓月底气满满。

"建议你还是静下心，好好地想想，将范围扩大点。照常理来说，若没得罪人，谁会如此无聊？"男人说完，便挂了电话。

云晓月将手机放回办公桌，用右手支撑着额头，陷入了沉思，进而感到一丝恐慌，到底是咋回事？今天只是一个开始，也许接下来还有更多的电话打进来，想想真是心塞呵！在某个瞬间，也曾想过报警、换号。可是，这样也麻烦啊，不到万不得已，还是不要轻易采用。就说报警，还得去派出所做笔录，做了笔录又如何？警力是有限的，有限的警力只会抓大案要案，哪会对这等鸡毛蒜皮的小事上心，再说自己目前并无任何实质性的损失，只是租房电话多而已，怎么可能引起警方重视？好吧，还是不要给警方添麻烦了。云晓月如是想。

现在，得搞清楚是谁发的帖。唉，刚才忘了问一句，是在哪看见的。云晓月试着在百度上搜索起来。很快，一条信息赫然呈现在眼前，上面的每个字，皆让云晓月感到触目惊心。

让云晓月感到触目惊心的不是其他，而是信息的准确无误，特别是住址，已详细到几单元几楼几室。这种感觉，就像被人扒光了衣衫，无所遁形。会不会有人半夜敲门？或是破窗而入？手持锃亮的匕首，突然横在脖子上或是抵在心口处……危险的气息弥漫在四周，像一张无形的网，牢牢地将云晓月网住。

约莫一小时后，手机又响了，云晓月深吸一口气，没等对方开口，抢先说道："如果是租房，我想告诉您的是，我的房屋不出租！"

"我不租房，我要告你！等着上法庭吧你！"一个暗沉的男低音从电话里传出。

"你要告我？"云晓月内心一颤，心想真是屋漏偏逢连夜雨，船迟又遇打头风，今天是世界倒霉日么？起先是接二连三的租房电话，现在居然还被人莫名其妙地恐吓，接下来不知还会发生什么，我到底招谁惹谁了我，这完全是逼淑女变泼妇的节奏啊！

"没错！我就要告你！"暗沉的男低音变得凶狠起来。

"你为什么要告我？"云晓月的心里涌起一座活火山，随时都有可能喷发。

"你自己做了什么，心里难道不清楚吗？少在电话里给我装天真扮无辜！劝你别浪费时间瞎叨叨，赶紧躲屋里准备答辩陈词，免得到时在法庭上掉鳄鱼泪！"暗沉的男低音说完，猛地挂断电话，不给云晓月追问之机。

"我到底做什么了我？"云晓月将双手插在发丝中，按了按发紧的头皮，难道是？仿佛一道闪电骤然划过夜空，将某个不被注意的暗区照亮——

最近，云晓月的淘宝消息里曾弹出某商家的一句留言，要求她删掉差评。

云晓月当时正在气头上，怎会因为这条信息删掉差评，本来就是商家的错，将有问题的服装销售给她，而她只是做出了客观的评价，虽说言辞略显犀利，但也在情理之中啊，谁说只能给好评不能给差评？凭什么要求删除？

云晓月回复道：想要我删掉差评，除非江河倒流、日月无光！

真是油盐不进的"四季豆"！不删是吧？等着瞧！卖家撂下这句话，不再言语。

哼，谁怕谁！云晓月非但没删，反而写了一条言辞更为犀利的追评。

现在，缠绕在云晓月心头的迷雾渐渐散去，如果没有猜错，她认为事情的来龙去脉应该是这样的——

年前，她在网上给田浩阳的母亲买了一件锦缎棉袄，后来发现衣服质量有问题，一气之下写了差评，商家看了差评发来信息，要求她立即删除，她不仅没删，还写了追评。商家见商量、警告皆无效果，就将她的个人信息以租房形式贴于网上，发现即便如此，也没能让她删掉差评，于是打电话说要将她告上法庭。

这下终于捋清了！就像一汪深不可测的湖，变成一条清晰见底的溪，此前的恐惧正一点点消散，可心里的忧伤却愈聚愈厚。

如果不是因为这件锦缎棉袄，她和男友田浩阳可能已经订婚了，兴许此刻正在欢欢喜喜地筹备婚礼事宜。可如今，阳光暖男摇身变成冰山冷男，点开中华万年历一算，他已经三天三夜没有和她联系了，没有一个电话，没有一条语音，甚至没有一句留言，就像这世上没有她这个人的存在，就像所有的一切已清空为零，就像那些美好瞬间是虚假幻象。

想至此，云晓月鼻头一酸，眼眶泛红，那天的情景再次清晰地浮现在眼前。

2

农历腊月二十八，正值春运高峰，107 国道不堪重负，被各种车辆不停碾压。坐在副驾上的云晓月穿着一件纯白色羽绒服，偏过歪扎着的花苞头，咯咯笑着对身边的男友说："浩阳，这条路可真逗啊，你看，隔一段距离就有一块补丁，是不是很像七公的丐帮服？"

前面恰好是红灯，田浩阳拉上手刹，将挡位挂至空挡，忙不迭地回应道："像丐帮服倒是没错，但不一定像七公的啊，你这是看金庸剧留下的后遗症吧？"

云晓月杏眼微斜，像扯弹簧一样，把田浩阳的右耳拉得老长，噘着嘴，佯装生气道："好啊，这么快就开始唱反调，小心我拿打狗棍打你，然后逃之夭夭，让你再也找不到我！"

"帮主，一言不合就动武啊？还玩失联失踪。我好怕怕哦！求帮主饶恕！"田浩阳缩了缩脖子，做出一副可怜兮兮的样子。

云晓月松了手，扑哧一笑："念你开车不易，本帮主暂且饶你一命，以观后效。"

"好了，我的晓月大帮主，咱不闹了哈，路途还远，跟你说点正经的吧。107 国道呢，是贯通南北的公路交通大动脉，算是咱们国家最繁忙的国道，随着社会经济的繁荣与发展，这几年被各种重型货车压得坑洼密布，屡次修补又屡遭破损，导致它灰一块、白一块、黑一块，成为一条名副其实的补丁路，像极了你说的丐帮服。嗯，补充一下，七公的。"田浩阳眼眸里流淌着笑意，瞟了眼红绿灯，见还未变色，用宽大的右手触摸着女友可爱的花苞头。

"哎呀，别把我的花苞头弄乱了！为见你父母，天没亮就起床了，好不容易才梳成功的。你一定要说实话哦，我今天的发型是不是很……"云晓月娇嗔着,将田浩阳的手从头上拉下来握住。

没等云晓月说完,田浩阳突然将她一把揽过来,紧紧地扣在怀里,用自己的唇盖住她的……如果不是后面响起尖厉的喇叭声,他还会继续在她柔软、红润的唇上探索,吸吮。

田浩阳回正身体,将挡位挂向 D 挡,放下手刹,车子继续向前行驶。

"刚才的话还没说完呢。浩阳,我今天的发型是不是很仙?"云晓月笑眼弯弯,已经做好了接受男友盛赞的准备。

"真是的,接吻都堵不住你的嘴。"田浩阳故作严肃的脸藏不住眼角眉梢流转的笑意,"怎么说呢,很难看啊,不过特别适合你哟!"

"你……哼!皮又痒痒了是吧?"云晓月将嘴噘得老高,本想揍身边的男人一拳,见前方路况不佳,只得作罢。

"傻妞,逗你玩呢,还当真啦?"田浩阳腾出右手,忍不住笑出声,在云晓月的胳膊上轻轻捏了捏,然后又放回方向盘,哼唱起来:"你在我眼中是最美,每一个微笑都让我沉醉,你的坏,你的好,你发脾气时噘起的嘴……"

"虽然只唱了几句,可你的调已经围绕银河系跑了三个来回。"云晓月打趣道,偏过头,望向窗玻璃,抿着嘴笑。

窗玻璃上不知何时起了一层薄雾,云晓月伸出纤细的食指在侧窗玻璃上画了两颗交叉的心。

"人长得漂亮也就罢了,连画都画得这么好看,你让我怎么赞美你才好呢!"田浩阳继续逗着云晓月,"不过,心上怎么插根棒棒呢?"

"棒棒?"云晓月愣了半秒,待反应过来后,笑得花枝乱颤,"你把小爱神丘比特的神箭说成棒棒,小心他挥着翅膀来扇你。"

"好啊,来啊!正好来见证一下咱们甜蜜、伟大的爱情!顺便喝了喜酒再走，礼金就免了吧。"田浩阳在说笑逗乐中，轻轻按下除雾键。

我的心房像一只秋天的蜂箱，结满了厚厚的蜜。云晓月默念着这句话，只是忘了出处。

车窗玻璃很快就清晰了，路边高大的法国梧桐叶已然掉光，树杈上蹲着或大或小的鸟窝，河里的水浅浅地铺着，随时都有可能露底，远处景色朦胧一片，只有连绵青山现出隐约轮廓。

平日在路上遇见秒数偏长的红灯，田浩阳总会习惯性地哼叹一声，他希望一踩油门就能驶入传说中的绿波带，一路畅通无阻，直抵目的地。然而此时，他却说："晓月，我现在特希望路上的红灯多一点，秒数最好长一点，知道为什么吗？"

云晓月眨了眨眼，望着田浩阳棱角分明的侧脸，说："不知道。"

田浩阳左手扶着方向盘，右手握住云晓月细嫩白皙的左手，嬉笑间略显腼腆："因为可以干点小坏事呀！"

云晓月耳根泛红，伸手顺了顺额前的空气刘海，一时无语。

即便沉默不语，彼此也能安然静享写在眼神里的柔情蜜意。

短暂的沉默之后，云晓月的脸上突然现出几丝担忧，她侧过脸，轻声嘟哝道："浩阳，你说……你爸妈会喜欢我吗？"

"傻瓜，想什么呢，你这么好，他们没有理由不喜欢啊！我爸就不用说了。我妈呢，早就看过你相片了，说一看就知道是一个善良本分的姑娘，模样长得清秀，气质又干净，太招人疼了，让我今年吃年饭一定把你带回家，如果做不到，家法处置……"

"呃。"云晓月转忧为喜，说，"你妈真这么说吗？"

"那当然，骗你我就学猫叫。"车子越往前开，雾气越浓，田浩阳不禁放慢了车速，说，"知道你答应去，可把我爸妈高兴坏了，昨天就开始准备好吃的。"

"啊，都有啥，快说来听听呗，我最喜欢吃好吃的了！"云晓月一听到吃，眼睛都亮了。

"小馋猫，听好喽！有卤猪蹄、蒸排骨、炸藕丸、炖鸡汤……哎呀，好吃的东西多了去了，一时半会儿也说不完，到了你就知道了……跟你说，我妈的厨艺超赞，在十里八乡那是出了名的，请她帮忙的人从村头排到村尾，都快挤到秧田里去了……"

"哎呀呀，我的口水都快流出来啦！"云晓月笑着问，"还要多久才能到呢？"

"快了。如果不堵车，一个小时差不多就到了。"田浩阳说，"要不，晓月，你先眯会儿吧，快到时我再喊你，后座有毛毯，盖在身上会暖和些。"

云晓月打了一个呵欠，将座椅往后一仰，顺手拿过毛毯搭在胸前，合上双眼，感觉舒适无比，起初还想象着见到浩阳父母后的欢乐场景，后来不知怎么就迷迷糊糊睡着了。

3

云晓月醒来时，车子已驶入一个喧嚣的集镇。临街店铺林立、人流密集，各种声音交汇在一起，不绝于耳。她伸了伸懒腰，揉了揉惺忪的睡眼问："浩阳，这是哪呀？"

田浩阳正欲开口作答，手机乍然响起，是母亲打来的。

"喂，浩阳啊，你们到哪了？路上顺利吗？没堵车吧？"刚接通，母亲严桂花的声音连珠炮样响起。

"妈，我们已经到镇上了，还有十来分钟就到家。"田浩阳回答道，并望了眼云晓月。

"好的，不急啊，慢慢开，安全要紧。"严桂花说，"浩阳，那我开始炒菜了啊，这天冷的，炒早了一会儿就凉，必须掐着时间才行……"

几分钟后，一个直角左拐，车子转向一条水泥铺就、灌木旁逸的村道。路两边是不规则的方形荷田，枯萎的荷叶在荷梗的支撑下，有的望向天空，有的垂头而思，有的则干脆紧贴水面，不管以何种姿态呈现，皆在水里倒映成趣。

见此画面，云晓月不禁感慨："留得残荷听雨声！这冬季的荷田虽然残颓，却别有一番韵致啊！"

"说得极是！"田浩阳随即附和，转而又说，"到了夏天，满塘都是娇艳的荷花和甜蜜的莲蓬。夏风一吹，荷香阵阵，满村飘香。莲子粒粒饱满，嫩爽可口。跟你说，周边地区卖的莲子基本上都是我们这里产的呢。嗯，到时我再带你来玩，咱现摘现吃。呃，到那时，咱们已经洞房花烛了哈，应该是夫妻双双把家还才对。"

"想得倒挺美，婚期还未定呢。"

"我今天就和爸妈商量，争取在莲子成熟前举办婚礼。"

车子顺着水泥路左弯右拐进入村庄深处，在一栋高三层镶有朱红瓷砖的楼房前停下。

还未进屋，就闻到一股炖鸡汤的香味。云晓月不禁深吸一口气："哇，好香啊！"

听见汽车轰鸣声，田浩阳的父母穿着炊事罩衣从屋里笑着迎出来，母亲严桂花热情地捉住云晓月的手，从上瞅到下，眼都笑眯了："是晓月吧，长得真水灵啊！肚子饿了吗？还有几个菜，一会儿就炒好了啊。"说完，严桂花正欲转身进厨房忙活，突然像想起什么似的，将视线停落于云晓月白色的羽绒服上，眼眸里闪过一丝不易察觉的神色，嘴里有话想说，却又在说与不说间徘徊。

这时，田浩阳的父亲田地终于捡了一个空，不经意间缓释了严桂花内心的纠结。他望望晓月，又望望浩阳，关切地问："现在正是春运，路上没堵车吧？"

田浩阳说："还好，只是小堵了一会儿，好在今天出发得早。"

云晓月见严桂花的神色有些微变化，忙带着讨好之意说："阿姨，您做的菜可真香，在屋外就闻到了，我去厨房帮您忙吧，顺便学学手艺。"

田浩阳暗中竖起大拇指。

"不用不用，别把衣服弄脏了。"严桂花收回停在云晓月白色羽绒服上的视线，对儿子说，"浩阳，你招呼下晓月。"说完，折身进了厨房。

"晓月，来，尝尝我妈亲手做的炸薯片，还有豆皮，香甜又酥脆，味道超好！"田浩阳打开红通通写有"大吉大利""花开富贵"字样的糖果盒说道。

云晓月边吃薯片边观察男友的家，房屋坐北朝南，高大明亮，堂屋正墙挂着毛主席远望祖国锦绣山河的大幅画像，箱柜上摆放着观音菩萨像和一个金光闪闪的招财猫，朱红色圆柱形落地花盆上布满了黄色的福字，宽厚的绿叶像手一样托着三朵红艳艳的"鸿运当头"，各种家用电器和设备一应俱全，堂屋里有冰箱，卧室里有空调，卫生间有浴霸和电热水器，厨房里有煤气灶、抽油烟机、壁柜等。云晓月不禁感叹，若非亲眼所见，实难相信农村的经济条件已经这么好了，单从这点来看，和城里几无差距。

"晓月，走，我带你到村里四处转转，我们村现在变化可大了！"田浩阳说着，牵着云晓月的手向外走去，已经走到门外了，又冲着屋里喊了一嗓子："妈，我和晓月到外面走走，一会儿就回来！"

云晓月发现村里大多是楼房，很少见到那种灰墙黑瓦的平房，偶见几栋，皆是久未住人的荒宅。水泥路已通到每家每户，每家门前皆安装了路灯，配备了垃圾箱，垃圾有专人负责清理，每户每月只需交少量费用即可。

云晓月一路走，一路感慨。自从爷爷奶奶十几年前因病去世，她与乡村基本脱离了关系。记得小时候，每逢过年过节，父亲就会带她去乡下看望爷爷奶奶，起初她还觉得新鲜好玩，十分乐意前往，后来略微长大了些，就不太情愿去了，主要是农村太脏太乱太难走。晴天还好，下雨天简直没法下脚，不管往哪儿走，鞋底都会粘一层厚厚的湿泥巴，用力甩也甩不掉，在台阶上刮也刮不干净。晚上更是睡不踏实，那床铺也不知咋回事，凹凸不平的，都不能轻易乱动，搞不好就陷到洞里去了，还不时听见老鼠吱吱的叫声，幸好有蚊帐作掩护。

最令云晓月感到崩溃的是，有次半夜被老鼠打群架的声音惊醒，摸索着拉亮电灯一看，我的妈呀，发现头顶横梁上竟然盘着一条大青蛇，她顿时吓得魂飞魄散、哇哇大哭。奶奶闻声起床抱住她的头说，我的晓月，痛肉的娇娇哦，别怕别怕啊，这是家蛇，家蛇是好蛇，是不伤人的蛇，是吃老鼠的蛇。

可是，不管奶奶如何安慰，她仍心有余悸，再也不敢闭眼而睡，就这样睁着眼挨到天明。

云晓月回忆正酣，田浩阳突然捏了捏她的手指，指着一处被草木围袭的茅厕说："咯，你看，就快绝迹了。现如今，大多数村民已在自家屋里建了卫生间，虽说只能解决小号，可也是一个巨大的变化。最近我听说，政府将大刀阔斧对农村厕所进行一番改革，彻底解决化粪池问题。说实话，我非常期待这一天早日来临。只有这样，农村环境才会变得越来越好。我相信，像这样有碍村容村貌和环境卫生的建筑，会随着时间的转移而逐渐消亡。"

本来，田浩阳已将云晓月从回忆里唤醒。可是，他的一番话，又将云晓月送至回忆中。

其实，对云晓月来说，在乡村诸多的不适应中，最无法适应的还是如厕问题。在她的记忆里，厕所无门本就缺乏安全感，进去之后，还要忍受一连串恶心之事——绿头苍蝇嗡嗡乱飞，长角阴蚊见人就叮，软体蛆虫见屎就吃。毫不夸张地说，上一次厕所，无异于一次酷刑，以至于后来，每当父亲做她的思想工作，想带她去乡下看望爷爷奶奶时，她总是找各种理由推托不去。再后来，爷爷奶奶去世了，也就断了与乡村的关系。

"晓月，对于过去的乡村，你的大脑中可能还有残存的记忆碎片，但对现在的乡村可能就缺乏了解了。跟你说，现在农民种地，不仅不需要交公粮水费，而且还有补贴哦。另外，就说这些水田里生长的稻谷吧，已经摆脱了传统的人工收割方式，现在基本上都是使用机器收割，稻谷与谷秆当场分离，粮食在地里就能装入袋中。不像以前，要经过无数个工序才能达到，费时费力且不说，稍微慢一点，就会耽误农时，农作物是最讲季节性的。另外，如果需要碾米，再也不用挑到碾米厂去，只需打一个电话就行。如果家里没有养猪，不需留糠喂猪，那么将糠送给老板，如此连碾米的工钱都省了。"

"不来不知道，原来农村变化这么大！"云晓月兴奋地说。

"还有很多变化等着你去了解。"田浩阳趁四周无人，飞快地在云晓月的嘴上亲吻了一下，说，"就拿我们村来说，男人们多在外面打工，近的在镇上、县城、市里、省城，远的已经到了非洲、越南、柬埔寨、迪拜，你想象不到吧，今日的农民，已经走出了国门。可是，唉……"

"说得好好的，干吗要唉一声？"云晓月满脸疑惑地问。

"咋跟你说呢，虽说我们村现在变化挺大的，大多数家庭已脱贫致富，也是读过书见过世面的。可是，有些东西并未随着社会的发展、经济条件的改变而改变，有部分人仍然陷在过去的老传统里出不来，每一代人皆是如此，未真正理解却盲目固守，传统陋习和迷信思想已然根深蒂固，很难改变。也许，从我们这一代人开始，会有大的改观。"田浩阳注视着云晓月，说，"亲爱的，听明白了吗？"

"好像明白了。"云晓月见田浩阳画风突变，一时间难以适应。

"我说的可能比较抽象。"田浩阳指着前面坡上一片马尾松说，"看见这片树林了吗？"

云晓月点了点头。

田浩阳说："以前这片树林是现在的三倍。几年前，也是春节前夕，两个城里来的小毛孩在林子附近放野火，突然刮起大风，火借风势，越烧越旺，眼看就要烧到林子。村民发现火情后，谁也不去救火，而是手执簸箕、斗笠，扇风助火，吆喝呐喊，看着火势纵横蔓延。还有一些年老的村民，见到消防人员赶来灭火，居然组成人墙堵住车，死活不让进村，理由是怕给村庄带来灭顶之灾，认为红色消防车是不祥之物，如此影响了消防工作的开展，以致贻误救火时间，造成无法挽回的损失。"

"他们为什么要这样呢？"云晓月蹙着眉头，不解地问。

"我也曾问过，可他们含含糊糊说不清，只说祖祖辈辈都是这么做的，所以也只能这么做。"

"这些奇葩行为，真让人感到匪夷所思！"

"你是不知道，还有更奇葩的事呢，最后再跟你说一件。"田浩阳努着嘴，"晓月，看那家墙角种有枇杷树的人家。"

云晓月转头望去。

"这是贵福大伯家，他有一双儿女。儿子与他们住一起，女儿远嫁外省。有一年女儿和老公一起回娘家过年。大年三十晚上，一家人开开心心吃完年夜饭，贵福大伯突然支支吾吾对女儿说，你们还是到屋外去转转吧，等过了十二点再进屋。女儿说，爸，大过年的，您为什么要我们到屋外去呢？外面那么冷，您就不怕我们冻病了？贵福大伯说，出了嫁的女儿，三十晚上不能在娘家过年，你婆家离这儿远，我也不好意思让你现在回去，所以就委屈你们先在屋外转转，过了十二点再进来。女儿见父亲这么坚持，母亲和哥嫂也没松口，虽心有不悦，也不好说什么，只得依从。好不容易熬到十二点进屋，人也冻僵了，夫妻俩正准备洗了上床睡觉，谁知母亲又对女儿说，今晚你跟我睡，女婿跟你爸睡。还没等女儿问为什么，母亲就先说开了，你哥嫂在家，你们夫妻是不能同房睡的，不然就犯了大忌，会给我们全家带来霉运的，你看隔壁的……"

"这都什么年代了，咋还这么封建迷信？"云晓月听得目瞪口呆，说，"你看隔壁的什么？浩阳，接着说啊。"

"以后再慢慢跟你说呗，我的胃已经在造反了，咱们赶紧回家吧，咱妈的饭菜照说应该做好了。"田浩阳紧牵着云晓月的手，快步往家里走去。

4

田浩阳和云晓月回到家时，田地和严桂花正从厨房往八仙桌上端菜。

"爸、妈，我们回来了！"田浩阳欢快地大声喊道。

"正准备让你爸给你们打电话来着。"严桂花说，"你们挺会掐时间的嘛。浩阳，快去放鞭，鞭在大门口台阶上。"

田浩阳去门口放鞭时，云晓月向厨房紧步走去，她突然想起母亲昨晚在电话里的嘱咐：晓月啊，你已经是大姑娘了，在自己家里怎样都行，到别人家去了，该讲的规矩得讲，不然长辈会认为你缺乏教养。首先，嘴巴要甜，开口说话前先喊人，不能岔着嘴说话。还有，手脚要放勤快点，要有眼色，见事要主动做，不能给长辈留下一个懒惰的印象。

云晓月从厨房端了一盘清炒藕片往堂屋走去，严桂花见了，大叫一声："赶紧放回去，这个菜不能往桌上端！"

云晓月愣了，杵着未动，问："阿姨，藕片炒熟了，为什么不能端出去呢？"

"藕片有洞，祖宗不喜欢吃。"严桂花夺过云晓月手里的藕片，放回厨房。

"祖宗？"云晓月愣了一下，问，"阿姨，祖宗为什么因为藕片有洞就不喜欢吃呢？"

"唉，你这孩子，又不是几岁的细伢，哪来这么多为什么，怎么连这都不懂！"严桂花叹了口气说，"有洞就表示虚心虚意，祖宗当然不喜欢吃了。祖宗最喜欢吃的菜是豆腐，因为豆腐清清白白，实心实意，知道了吗？"

"知道了。"云晓月应声点头，然后将一盘小葱拌豆腐端上了桌。这时，她看见严桂花麻溜地往每个杯子里斟酒，随后又盛了八碗米饭放在桌上，紧接着将一把筷子插在凳子上装有米饭的碗里。

云晓月的好奇心又开始蠢蠢欲动，为啥这碗米饭不能放在桌子上？为啥一个碗里要插这么多双筷子？正准备开口问时，噼噼啪啪的鞭炮声骤然响起，惊得心里一乍一乍的，将欲问之言牢牢地封堵在唇齿之内。这时，她看见鞭炮屑和烟灰顺着风从门缝吹进堂屋，落在箱柜、桌上、碗里……云晓月下意识地捂住嘴鼻，可还是觉得呛得慌，想要躲避，却又无处可躲。严桂花跪在门后的墙角边，将一沓黄色冥纸解开，用打火机点燃，冥纸在铁制的撮箕里燃烧，她表情严肃，嘴里不时地叨咕着什么。云晓月竖起耳朵，勉强能听清："列祖列宗们，回来过年啰！钱收好了，泼泼辣辣地用，莫要舍不得，我们年年都会孝敬你们的……列祖列宗们，一年到头不容易，你们一定要吃好喝好，保佑您的后人们都平平安安、健健康康、顺顺利利，特别是保佑我儿田浩阳早日升职加薪、娶妻生子，一辈子快快乐乐、幸幸福福……"

待最后一张冥纸燃尽，严桂花有些费劲地站了起来，拍了几下腿肚，然后折身去了厨房。云晓月见此，赶紧走到墙角，拿起撮箕，往屋外走。

"放着！别动！"严桂花从厨房里快步走出，大声呵斥道，"你又要干什么？"

云晓月顿时傻眼了，没想到严桂花的反应会如此大，她赶紧放下手中的撮箕，嗫嚅着说："阿姨，我想帮您将它倒进垃圾箱里，待会儿风一吹，灰会吹到菜里去的。"

"哎呀，你可真是的，这不能倒，要倒也要等到晚上，祖宗们还没吃完饭啊！"严桂花将撮箕朝屋角挪了挪。然后，她提起开水瓶，绕着八仙桌朝地下倒了一圈茶，最后朝桌上吹了一口气，说："列祖列宗们，你们走好哇，明年还是回来团圆过年。"

田浩阳放完鞭从屋外走进来时，将一股浓烟也一并带了进来，正好听见母亲责备云晓月不该倒灰。他走到云晓月身边，拉着她的手说："列祖列宗已经吃完年饭离席了，现在该咱们吃喽。走，晓月，咱们去厨房端菜。"

待所有的菜端上桌后，田浩阳一会儿给云晓月夹菜，说："晓月，吃这个粉蒸排骨，这是我妈的拿手好菜，我们单位食堂师傅做的呀，比这个差远了，简直不是一个段位的。"一会儿又给母亲夹菜说："妈，您今天辛苦了，多吃点啊！"

"想吃妈做的菜啊，就常回家来，你看，要不是我一个劲地打电话催，你今天可能还没回。"严桂花嘴上这么说，心里却甜润润的。

这时，父亲田地也开口了："是啊，有空常回家看看。"

"爸，我敬您一杯。"田浩阳连忙起身敬酒。

望着日益成熟的儿子，田地心中顿觉欣慰极了，端起酒杯，仰起脖子，一饮而尽。

"阿姨，您做了一大桌可口的饭菜，真是太辛苦了！我以茶代酒，敬阿姨一杯。"云晓月站起身，走到严桂花身边。

"好，好，不辛苦，只要你们喜欢吃，我就高兴。"严桂花的脸上荡漾着一抹喜色。

如此，大家你一言我一语，说说笑笑，喝喝闹闹，约两小时光景，桌上的菜肴相继见底。

5

吃完午饭，待一切收拾停当，围坐在一起喝茶聊天。严桂花问了问云晓月家里的情况，云晓月皆礼貌作答。

见氛围越来越好，田浩阳心里忍不住偷着乐，这是他一直以来梦寐以求的场景。他眯着眼喝了一口解酒的浓茶，由于太过激动，茶水顺着嘴角流在脖颈、衣领上，也顾不得擦，突然站起身，一拍脑门说："哎呀，差点忘了！晓月，你不是说给我妈买了一件花棉袄吗？现在事都忙完了，快拿出来给我妈试试呀。"

"好嘞，我这就去拿！"云晓月兴奋地回应道，猛然一起身，差点被桌脚绊倒。

当云晓月将一件崭新的、绣着精美图案的锦缎棉袄从包装袋里取出时，田浩阳就像电视购物中打了鸡血的主持人那样在一旁夸张地描述道："哇，好高级的颜色，好精美的图案，好经典的款式！这件锦缎棉袄，简直就是为咱妈量身定做的！晓月，你太有眼光了！"

经田浩阳这么一渲染，云晓月将衣服捧到严桂花面前时，顿时信心倍增，以为会受到一番夸奖。可是令她意想不到的是，严桂花的脸就像七月的天空，刚才还晴空万里，转眼间就乌云密布，她用手挑着衣服说："我的个天老爷嘞，这衣服是缎子面料，缎子面料啊……"

"缎子面料怎么了？"田浩阳不解母亲为何如此大反应。

"缎子，谐音就是断子，过年送缎子，就是诅咒断子绝孙，这是犯了大忌啊！"

"阿姨，对……对不起，我……我真的不懂这些忌讳，也没有多想，只是觉得这件锦缎棉袄好看，才……"云晓月心里慌乱不安，急切地解释道，平日里伶牙俐齿的一个女孩，现在连话都说不利索了。

"是啊，妈，晓月从小在城里长大，真的不懂这些。为了给您买这件棉袄，还专门打电话问了我您的尺码，您看她多有心啊，是不是？看在她心诚的分上，您就别生气了啊。"田浩阳也慌了神，连忙在一旁帮腔。

严桂花没作声，皱着眉头，垮着脸，心想：你这小兔崽子，媳妇还没娶进门呢，就开始护着了，以后还指不定怎么着。俗话说，有了媳妇忘了娘，此话真是一点儿没掺假。

就在田浩阳试图缓和这种紧张的氛围时，突然发现锦缎棉袄的领口和袖口皆用黑色布料滚了边，于是灵机一动，惊喜地大叫："妈，快看啊！棉袄不完全是缎面，还有布面呢，布面和缎面相混，就是布缎！布缎，就是不断，不断啊！"

听儿子这么说，严桂花偏过头，又看了眼锦缎棉袄，发现的确如此，气得像根烟囱的脸方才转色。

云晓月那颗忐忑不安的心也终于平静下来了，心里眼里皆是对田浩阳的欣赏与欢喜。

田浩阳温柔地回应着云晓月投来的充满爱意的眼神，接过她手中的棉袄，趁热打铁地走到严桂花身边说："妈，瞧这棉袄多好看多喜庆啊，有花有鱼还有鸟，这图案可是富贵吉祥的象征啊！您再摸摸这面料，是不是很柔软，穿在身上肯定轻便又保暖，来，我的老佛爷，伸伸胳膊，转转身，儿臣这就给您穿上了啊。"

在田浩阳的极力劝说下，严桂花终于将这件锦缎棉袄穿上了身，田浩阳将母亲推搡到穿衣镜前，大声赞叹道："哇！这是我妈吗？简直太有范了！妥妥的中国风啊！瞧这颜色，衬您肤白。还有这款式，适度宽松，穿着不受束缚，关键是还显瘦啊……"

"你这小兔崽子，嘴巴像抹了蜜。"严桂花边说边在镜子前扭来扭去，一会儿靠前，一会儿退后，前看后看左看右看，似乎越看越满意，用手捏捏领，又拂拂折痕。

就在大家松下一口气，准备一起去附近的生态农庄转转时，严桂花的手像触了电，突然停止不动，脸上藏着的笑也转瞬没了踪影，她一把脱下棉袄，重重地摔在板凳上，冲着云晓月怒斥道："这就是你送给我的礼物？我说最近一直好好的，昨晚咋就做了噩梦哩，今早起床右眼还老是跳个不停，原来霉气出在这里！不行，你不能留在我们家，你是一个灾星，你走吧，你如果和我儿子结婚，会给我们全家带来霉运的！"

这下，田浩阳是彻底傻眼了，就连田地也被老婆的过激反应所吓倒，云晓月更是不必说，整个人像被一记闷棍打蒙，半天回不过神来。

刚才，田浩阳急中生智，侥幸通关，眼下实无圆场之策，急得额头上青筋直暴，拉着严桂花的手说："妈，您这是说的什么话啊？！晓月是一个善良的女孩，怎会是灾星呢？您刚才还好好的，现在又咋的啦？"

"你知道个锤子！我看你是被美色迷了眼！如果不是菩萨暗中保佑，让我摸到那个洞，差点就被你给糊弄过去了！"

"妈，什么洞啊？"

"你自己去看，右胳膊肘！"

田浩阳从凳子上拿起棉袄，找到右胳膊肘，仔细查看起来，发现上面确实有一个黄豆粒大小的洞，若不仔细看，也难以发现，于是涎着脸皮说："哎哟，我的亲妈嘞，不就是一个小孔孔吗？这有什么呢，我当是啥大不了的事哩，有它还透气些呢，兴许是这袄子保暖性太好，商家怕热到客户，为了散热，有意设计的……"

"你放屁！少给我瞎忽悠！当你妈是白痴啊？破就是破，破就是不圆满，多灾多难，没好日子过！平时还可以马虎点，现在可是腊时腊月啊，凡事都要讲个禁忌，这不是我说的，也不是你爸说的，是我们的老祖宗一代一代传下来的，谁都不可以破除！就说隔壁连喜家吧，就因为这几年日子好过了，开始嘚瑟了，也不讲禁忌了，结果怎么着，现在不是连喜，是连灾了，一灾接一灾，西瓜皮揩屁股——没完没了！"

"阿姨，实在对不起，千错万错，都是我的错。因为是网购，春节前货特别多，加上又是雨雪天气，货到得比平时慢，我也是刚拿到手不久，都没时间拆开包装仔细检查，所以才会出这样的事。"云晓月见田浩阳因为自己而被母亲责骂，心里难受得紧，眼圈不觉已发红，强忍住欲滴的泪水说，"阿姨，要不我将棉袄上的破洞补起来吧，补起来是不是就没事了？您有针线吗？我还需要一把

156

剪刀。"

"啥？我没听错吧？你还需要一把剪刀？我的个天老爷嘞，不能动利器啊，使不得，破财啊！我这是造了什么孽啊！今早左盼右盼，却盼来你这么个扫帚星！"严桂花听见"剪刀"二字，情绪彻底失控，眼里冒着火，如岩浆迸裂，指着云晓月一阵怒吼，"走，你给我走！现在！立刻！马上！带上你这件破棉袄……你这个灾星，长得再漂亮我们也不要，就算我们老田家高攀不起！你说你，打进门那刻起，我就觉得有什么不对劲，但一直忍着没说，我们全家邀请你来吃年饭，你不说穿红衣服吧，可总要穿得鲜艳一点吧，结果你倒好，穿这么件一白到底像丧服的衣服就来了……还有，进屋时你们走的是后门吧？要走大门啊，也就是前门！三岁细伢都知道，这是常识啊，难道你父母没有教你吗？"

"妈，您这样说过分了啊。这事不能怪晓月，是我带晓月走的后门。我的车停在后门，后门就在路边，而且还是水泥路，这样走不是方便些嘛，走前门还要绕一大圈呢。"

"你给我闭嘴！翅膀长硬了是吧，反了你还，谁让你插话了？给我滚一边待着去！这是图方便的事吗？"

"妈……"

云晓月一直忍着没让眼泪滑落，觉得成年了还在旁人面前落泪是件丢人的事，可此刻再也忍不住了，许是泪珠在眼眶里闷久了，一旦松开口子，便争先恐后地往下落，吧嗒吧嗒，落在白色羽绒服上，湿成一片，凉在心里……年前，是她最忙的时候，可既然答应去浩阳家吃年饭，就不能食言，哪怕加班加点赶工作至深夜也乐意。为了给浩阳的母亲买一件合适的礼物，甚至还用百度搜索寻求建议。想着正常女人不管处于哪个年龄段，对漂亮衣服都不会产生排斥心理，于是拿出一整个午休时间，在网上东挑西选的同时，在浩阳那里了解到他母亲的身高、体形、偏好等，方才下单买了这件锦缎棉袄，就算是给自己的父母买礼物也没如此上心，花去近 3000 元，结果落得如此下场。想自己在家里何等受宠，被父母视为公主，不管给他们买什么皆说喜欢，就算买一双十几元的船袜也会兴奋得睡不着觉，怎会因为衣服是缎子面料，以及胳膊肘上的一个小洞而狠心指责，这都什么年代了啊，怎么还这么迷信，怎么还有这么多禁忌……

想至此，云晓月突然抬起手背，抹去脸上的泪痕，哽咽着对严桂花说："阿姨，对不起，这次来给您添堵了，我走了，您多保重！"

未等严桂花反应过来，云晓月抱着自己精心挑选的锦缎棉袄，飞快地向大门外跑去……

6

云晓月边跑边哭，哭得痛快淋漓。外面天宽地阔，空气清新，终于可以不用顾忌什么了，终于可以不用看人眼色了。好在村子离镇上近，跑了不过十来分钟，就在路边拦到一辆回城的士。

车子不断往前开，视线一直向车后移，云晓月希望田浩阳能追上来，然后紧紧地将她抱在怀里说，我的晓月，让你受委屈了！

可是，想象很美好，现实却很残酷，她所期待的那个身影终究没有出现。

不仅没有出现，连电话都没有打一个。回城后的云晓月不禁悲从中来，失落感一浪高过一浪，心想两人沉浸在爱河中时，笃信爱情是伟大、神圣的，可以战胜一切，却原来是如此脆弱不堪，经不起一点考验与波折。在母亲与她之间，他到底还是选择了母亲。那么好吧，既然你已将我舍弃出局，我又何必再为你黯然心碎。

当视线不经意落在带回的锦缎棉袄上时，云晓月就像找到一个发泄点，一切都是这件锦缎棉袄造成的！网购这么多年，念商家做生意不易，收货后总是全五星加十字以上好评，就算买到不如意的商品，也是选择七天无理由退换货，在差评这件事情上，从来都是慎重以待，没有发出过一条。可这次不同，因为这件破棉袄，害得她被准婆婆赶出田家。因为这件破棉袄，浩阳直到现在也没给她打一个电话。

被愤懑缠绕的云晓月，摊开衣服拍照、噼噼啪啪敲字，发出人生中第一条差评，顿觉解气极了。可是，只要想到田浩阳，心中就会隐隐作痛。这痛，不仅是化学层面的，还是物理层面的，她能清晰感知两者的区别。好吧，他若爱，自会主动联系。他若不爱，就算去找，意义何在？池塘里放鸭子——随它去吧！

为了驱散心里的怨气以及思念之情，云晓月索性将全部精力投放在自己热爱的工作上。如此过了几天，世界风轻云淡。

就在云晓月的心情趋于平静，以为已经放下时，一个接一个的租房电话以及卖家的恐吓威胁将貌似平静的内心搅得波涛汹涌。从回忆里走出的云晓月，顺手关掉租房网页，在办公室走了几个来回，心生不解，觉得这事有悖常理，暗忖认识田浩阳也不是一天两天了，正式确定恋爱关系也已经两三年了，就算他遵从母命打算和她分手，怎么着也会有一个说法吧，绝对不会像现在这样不声不响。更何况，以前他们闹了别扭，就算是她不对，也总是他来哄，何况这次……

想到这里，云晓月决定放下自尊，主动给田浩阳打个电话。如果他接，就佯装打错了，看他啥反应。

刚输完那一串烂熟于心的数字，还未点绿色拨出键，手机竟然自己响了，是田浩阳打来的！云晓月激动得险些叫出声，心咚咚狂跳，天啊，难道是心电感应？

电话通了，云晓月装作若无其事地"喂"了一声，其实整个人已被甜蜜包围，开始期待电话另一端的回应。可是，回应的却不是田浩阳，而是田浩阳的父亲田地。

之前有多期待，现在就有多失落，一颗心从云端坠入无底深渊。

"是晓月吧？你如果有空，来医院看看浩阳吧。浩阳他……其实，我本不想给你打电话，可是……"

"叔叔，浩阳他……他怎么了啊？"云晓月顾不上失落，着急地打断田地的话。

"晓月啊，浩阳他出了车祸，伤得有点严重……你到医院后再细说。"

云晓月顿觉眼前一阵发黑，她摆了摆头，努力使自己保持镇静，然后抓起背包，急匆匆地向外走去。

赶到医院的云晓月，看见几天前还生龙活虎在她耳边说着温柔情话的男人，而今却双目紧闭、面无表情地躺在医院白花花的床上，感到扯心扯肝地痛。她俯下身子，用双手握住他的手，抽噎着说："浩阳，浩阳……我是晓月，我是晓月啊，你醒醒，看看我好不好？好不好？浩阳……浩阳……"

"晓月，你要有个心理准备。"站在一旁的田地说，"浩阳他，他有可能根本就听不见。"

"叔叔，浩阳耳朵怎么了？"

"丫头，叔叔跟你说实话吧，浩阳今天刚从重症监护室转到普通病房，接下来将是后续的康复治疗。好在，医生说他已经度过了危重期，生命体征也趋于平稳。"

"叔叔，那浩阳他，什么时候可以醒来呢？"

"这个不好说，唉。医生说，从医学上来讲，浩阳现在的状态就是植物人，他有随时醒来的可能，也有永远醒不过来的可能，关键要看他的求生意识。总之要多和他说话，让他感受到爱……这也是我给你打电话的主要原因。"

"叔叔，浩阳怎会出车祸呢？"云晓月问，"还有，阿姨呢？"

"你阿姨守了几天几夜，你来之前，我让她去亲戚家休息了。"田地说，"晓月，这事我也不想瞒你，和那天吃年饭有关，后来你不是跑走了吗？不过孩子，你千万不要多心，叔叔我不是不讲道理的人，这完全不关你的事啊，是我们浩阳命中有此一劫……"

原来，事情的来龙去脉是这样的——

那天，当云晓月抱着锦缎棉袄从田家跑出去之后，田浩阳正要往外追，严桂花死死拽住他的胳膊，大声吼道："浩阳，你给我站住！我不许你追！"

田浩阳急得眼圈发红，带着哭腔说："妈！您不要这样好不好？晓月一个女孩，这样跑出去不安全，她第一次来，人生地不熟的……"

"大白天的，有什么不安全？"严桂花怒斥道，"如果你非追不可，就永远不要回这个家！我就当没养你这个儿子！"

田浩阳也是急了，冲着严桂花说狠话："不回就不回！"

向来孝顺懂事的儿子，竟然说出这等大逆不道的话，个性刚烈的严桂花气得当场晕厥，险些倒在地下，幸好一旁的田地反应快，用手托住她的背，将她扶到椅子上坐好。

"你母亲有高血压，还有心脏病，她可是做了心脏搭桥手术的人啊！儿子，你何苦要说这样的话气她啊？"遇事沉稳的田地见妻子如此，顿时慌了神，说，"快，快，掐你妈的人中！"

田浩阳吓傻了，在父亲的催促下，学着电视里的样子将拇指放在母亲的鼻下按压起来。

按了一会儿，母亲还没缓过气来，他着急地望着父亲，额头上的汗珠直滚。

"你这样不行，可能没按到穴位，手再往上一点，力气再大些。"田地在一旁指挥道，"把你妈的下巴抬起来，要保证呼吸道的通畅。"

"爸，要不您来吧？"田浩阳说，"我掐不好。"

"还是你来，我的手已经软了劲。"

田浩阳按照父亲的指点，一边掐一边说："爸，掐了半天了，妈怎么还是没醒？要不咱们打 120 吧？"

话音刚落，严桂花的眼睛微微眯开了一条缝，嘴里开始"哎哟哎哟……"地呻吟起来。

见严桂花缓过来了，父子俩心里的石头落了地。

"桂花，我们还是去医院看看吧？"田地见老婆醒来，一边说着一边将她的身体挪了挪，换了一个舒服的靠姿。

这时，严桂花的眼睛又闭上了，她难受地摇了摇头，又摆了摆手。

田浩阳停了一小会儿，继续掐着母亲的人中，严桂花别过脸，拂开他的手。

望着母亲鼻下深深的月牙状印痕，田浩阳心里既难受又纠结，杵在母亲身旁，走也不是，不走也不是。

田地见老婆无大碍，侧过脸对田浩阳说："儿子，你还是将晓月追回来吧，她这样跑出去我也不放心，万一出了啥事，也没法向人家父母交代啊，你妈这里有我照顾就行……"

"好的，爸，那您好好照顾妈，我走了。"田浩阳说完，朝门后停放的车快步走去。

"你慢点开！喝了酒的。"田地托着严桂花的肩膀，朝田浩阳喊，"路上注意安全……"

以为云晓月走不了太远，田浩阳开着车沿路寻找，可就是看不见她的人影。摸手机打电话，发现慌忙中将手机落家里了，车已开出去老远，返回去拿显然不现实。行驶到 107 国道时，由于太担心云晓月的安全，不觉间加快了车速，同时脑海里又浮现起早晨来时路上的甜蜜画面，没注意到前方岔道口一辆突然转弯的摩托车，情急之下，朝右猛地打转方向盘，不料前右车轮胎陷进一个大坑，又被后面一辆疲劳驾驶的货车追尾，车身顿时发生翻转，向前滑行十几米才停下，田浩阳的头部受到严重撞击，陷入深度昏迷，好在货车司机第一时间打了120……

7

周一上午，云晓月强忍住悲伤来到单位，打算将室内设计图修改好后，再赶往医院去看田浩阳。可是，刚进行到一半，突然收到一份薄薄的快递，心想自从拍下那件锦缎棉袄之后，就没在网上买过任何商品，里面装的是啥？谁寄来的？带着几分好奇，拆开包装袋，竟然是法院寄来的一纸传票！云晓月的第一反应是，那个暗沉的男低音玩真的了！以往，她只在影视剧里见到的这一幕，如今却在自己身上上演了。虽然大学读的是环境艺术设计专业，可对法学基础知识并非一无所知，当法院送达传票的时候，如果没有特殊原因，最好是签收，因为不管是否签收传票，之后的诉讼程序依然会照常进行，如果没有签收传票的话，之后的诉讼将对自己非常不利。

不管怎样，就算再心烦，也得先去法院核实、了解一下情况。云晓月想。她强打起精神，请了假，匆匆赶往法院。

在法院，云晓月得知她所购买的锦缎棉袄是这家网店的镇店之宝，销售情况一直很好，可谓好评如潮。因为春节前订单多，仓库发货员粗心，未仔细检查，就快递给她。自从评论栏出现她的差评后，卖家生意呈断崖式下跌。为扭转局面，网店卖家只好发信息要求她删除差评，可她非但没删，语气还相当强硬。要命的是，竟然还写了一条更为犀利的追评，导致卖家生意陷入谷底。经协商无果，卖家只好拿起法律武器，告她侮辱诽谤，影响声誉。

"那接下来我该怎么办呢？"云晓月问法院工作人员。

"当然是请律师打官司啊！"

请律师……打官司……从法院回单位的路上，云晓月心里一直默默念叨着，以前总认为这些事离自己很遥远，却不想现在遇上了。原本以为在人生的某个路口已挥手道别、永远不会再有交集的人，说不准什么时候就因为某件事再次来到身边。

云晓月在脑海里使劲搜索从事律师这个职业的朋友，翻过来倒过去，还真就想到了一个。此人姓温，名伦，中间若多个"兆"，就和香港演员温兆伦同名同姓了。

说起来，云晓月还是几年前参加户外徒步运动时认识的他，貌似此人当时还对她有那么点意思，从他看她时带着胶质感的眼神就能感知。可当时的云晓月已爱上田浩阳，任谁也无法走进她内心半步。

活动快结束时，温律师从山涧采了一束雏菊走到云晓月身边，瞅准一个合适的机会表白道："自古鲜花配美人。云晓月，通过这一天的接触和观察，发现你就是我一直想找的女孩，你是一朵绽放在俗世间的小雏菊，我喜欢你，你能答应做我的女朋友吗？"

面对如此表白，云晓月调皮又不失礼貌地拒绝道："谢谢温律师，花我收下，但我不能答应做你女朋友，因为我已经有男朋友了。"

温律师耸肩瘪嘴，洒脱地说："那好，就此别过，云晓月！以后如果有需要，一定记得联系我，我叫温伦，差点和香港演员温兆伦同名同姓，别忘了哟！"

温律师的话言犹在耳，能否联系上还是未知数。云晓月试着点开手机联系人，发现"温律师"还在，幸好没删，拨过去，显示已振铃。云晓月捏着手机，在屋子里踅来踅去，些许失落感涌上心头。约莫半小时后，就在云晓月准备先去医院看田浩阳时，手机突然响了，是温律师，她心下一喜，划拉接听键，激动地说："温律师，你好！我是云晓月，还记得我吗？"

对方迟疑片刻，旋即热情回应："就算忘了天上的月亮，也不会忘记人间的云晓月啊！哈哈，怎么样，丫头，这几年过得好吗？结婚了吧？"

经温律师这么一问，云晓月顿时泪眼蒙眬，她稳定了一下情绪，将"棉袄事件"的前因后果悉数倒出，并不无担心地问："温律师，我这个案子有胜诉的可能性吗？"

"晓月，别担心。这样吧，我先给你分析下——你要知道，卖家都是害怕差评的，之所以告你，是想通过诉讼这条途径消除差评，当然也不排除报复的可能性。一条差评会给卖家的生意造成沉重打击，而一条好评却会吸引众多买家前来购物。这么跟你说吧，好评，就是商誉。而商誉，通俗来讲，就是一个商家的口碑和信誉度。商誉对每一个商家来说都非常重要，商誉本身也是每一个商家享有的合法民事权益，而侮辱诽谤商誉的侵权行为是指行为人主观上出于恶意诋毁商业信誉的目的故意捏造并散布虚假的事实……"

"我没有恶意诋毁，也没有故意捏造！温律师，棉袄的确是破了啊，这是事实。"没等温律师把话说完，云晓月怒不可遏地辩解道。

"我知道，晓月，别激动！我知道你是一个善良的女孩。"温律师说，"以我从业多年的经验来看，这是一个小官司，胜算的可能性还是很大的，不过也得看是谁来打是吧？如果你信得过我，就将这个案子放心地交给我来处理，不过我的律师费比别人要贵哦。"

"贵也请你。"云晓月说。

"好，就冲你这句话，官司输了免费，赢了给你打八折。"温律师爽朗的笑声透过电话传到云晓月耳畔。

"温律师，我突然想起一件事。"云晓月说，"在接到卖家说要告我的电话之前，我接到很多租房电话，我怀疑是商家将我的信息上传到了租房网，我是不是可以反过来告他一个泄露公民个人信息罪？"

温律师笑了笑，说："晓月，经过这一着，你的法律意识增强了哈，值得表扬。可是，既然你已收到传票，那么卖家肯定删了此帖，不会笨到留下证据给你用。"

云晓月半信半疑，悄悄上网一查，果然踪迹全无。

没过多久，案件开庭。一切按照既定流程向前推进，法庭调查和法庭辩论结束后，法官作判决陈词：……网购平台之所以设置卖家评论功能进行评论的方式，往往是基于货物本身，那么卖家则不能过分地苛求每一个买家必须给予好评，也就是说构成商誉侵权，云晓月凭借自己对购物后的体验和感受，在卖家的网店评论栏里的评论是其对货物状况及内心感受的真实客观描述，并没有恶意诋毁卖家商誉的目的，因此云晓月不具有侮辱诽谤的故意捏造，以及侮辱诽谤商誉的行为。

官司打赢了！拿到判决书，云晓月长长地舒了一口气。可是，想到病床上躺着的男友，情绪不禁又低落起来。

"晓月，官司虽然打赢了，但请记住一句话，宽恕别人，也就是放过自己。"温律师说。

云晓月点了点头，望着前方的路，若有所思。

"晓月……"温律师停顿了一会儿，说，"如果，我是说如果，田浩阳，他总这样躺在床上沉睡不醒，你打算一直这样守护着他吗？就没有什么新的想法？"

"其实，我也不知道自己能坚持多久，但至少现在没想过放弃。"云晓月说，"谢谢你，温律师。"

"你是一个好女孩，应该拥有幸福。"温律师说完，在云晓月的肩膀上轻轻一拍，微笑着折身离去，一如几年前。

8

阳光透过半开的玻璃窗折射在办公桌上，形成一个奇异的弧度。云晓月起身给一盆新近冒出嫩芽的青叶碧玉浇水，之前修改的室内设计图终于得到客户认可，也受到公司老总的高度赞誉，不免给低落的情绪带来几丝宽慰。

正在这时，快递小哥送来一份包装严实的快递，云晓月心里不免有些发怵，怎么又有快递送来，我最近没买什么东西啊？强烈的好奇心挤占了恐惧心，用剪刀拆开包裹，天啊！一件崭新的锦缎棉袄，和之前买的一模一样。

短暂的惊诧过后，云晓月瞬即明白过来是怎么回事，如果不出意外，定是网店卖家主动做的赔偿，看了眼寄件地址，果然。她抖开棉袄，仔细地检查起来，从内里到表层，从领襟到袖口，尤其是右胳膊肘，没有破洞，连线头都不曾有一根，将手顺势放入右侧插袋，摸到一个硬硬的东西，心里不禁惊起一丝涟漪。掏出来看，原来是卖家亲笔书写的致歉信。

云晓月将信和棉袄重新放入纸袋后，心里千皱百裥的那道梗终于被熨平了，想着店家做生意也着实不易，退一步海阔天空，温律师说的话有道理：宽恕别人，也就是放过自己。

那么好吧，云晓月打开手机淘宝，删掉了那两条给她带来诸多麻烦的差评。

挨到中午下班，云晓月在公司楼下的快餐店粗略地吃了点东西，然后特意回了趟家。她脱下干练沉闷的职业套装，在衣橱里选了一条色彩鲜艳的连衣裙穿在身上，并扎了个可爱的花苞头，然后提着一个纸袋出门了。经过医院附近的花店时，又买了一束勿忘我捧在手心。

走到病房门口时，看见严桂花正侧着身专注地给田浩阳擦洗身子，云晓月心里有些打晃，下意识地攥紧纸袋，在门口踟蹰不前。这时，田地发现了她，趁严桂花不注意，步履轻缓地走过来，将云晓月拉到医院楼梯拐角处，压低声音说："没事的，晓月，经过这一劫，你阿姨终于悔悟了，如果不是她……好了，不提了。进去看看浩阳吧，和他说说话，他需要你……"

听见门口有声响，严桂花停下手头的擦洗动作，抬起头，看见站在门侧的云晓月，就像以前什么事也不曾发生过，自然地说："晓月，你来了啊？听你叔叔说你在打官司，打得怎么样了啊？"

"阿姨，官司打赢了！"云晓月稍微有些别扭，但很快就适应了，走到严桂花身边说，"阿姨，这是卖家赔偿给您的新棉袄。"说完，又补充道，"我仔细检查了，没有问题。"

严桂花站起身，接过棉袄，将毛巾递给云晓月："丫头，你来得正好，咱们换下班！"

云晓月微笑着接过毛巾，在盆里清洗了一下，继续着严桂花刚才的动作。

严桂花小心翼翼地打开棉袄，慢慢地往身上套，将纽扣全部扣好后，对躺在床上的田浩阳说："儿子，你睡了这么久，冬天都快过完了，是不是该醒了啊？妈求你快睁开眼看一看，妈穿这件衣服好看吗？儿啊……"

云晓月再也绷不住了，喉头一阵发紧，泪水不由得夺眶而出，顺着脸颊朝下滑落，落在田浩阳的手背上……这时，云晓月感觉到被她握住的手微微动了一下，她欣喜若狂，下意识地紧紧盯住这只手，却又没有反应。她不甘心，将他的手抬起来，在唇上亲吻了一下，然后紧紧地贴在被泪水洗过的脸颊上，在心里喃喃地说：这不是幻觉，一定不是幻觉，春天已经来了，我的浩阳就要醒了……

原载《湘江文艺》2022 年第 4 期

艾春天

来到藕洁

所居的城市

她们临窗而坐

品着香茗

轻松地闲聊

一如一年前

在冰泉商务大酒店

冰化了是什么

A

尽管藕洁事先作了温馨提醒，艾春天还是无可避免地起了生理反应。那截脱离肉身而独立存在的义肢就靠在窗下透明的茶几边，黑西裤、白棉袜，以及白球鞋，整整齐齐地穿在硅胶制成的左腿上，乍看上去显得浑圆而饱满，右腿裤管则因为肉身的离开而变得空空荡荡。

艾春天后来在心里认真地忖了忖，得出一条结论：义肢不同于商场里的假模特。虽说义肢也是假的，可假与假之间到底还是存有差距的，其差别在于与真品的接近程度。

大约一个半小时前，艾春天从拥挤不堪的公交车上挤出来，拖着拉杆箱走在七月的江城，出门前所化的妆已花，后背处干枯玫瑰色亚麻短袖衫早已汗透，远远看去像是一块浓缩版的圆形湿地。这鬼天气真是要命呵，快将人烤成铁板烧了！艾春天边走边发牢骚，就像牢骚具有散热功效，可以让肉身免受其苦，直至视线与"冰泉商务大酒店"七个字迎面相接，方才止歇。

办完入住手续，穿过迷宫一样的连廊，将房卡贴于感应区，推开厚沉的门，顿觉凉意漫生，正欲将房卡插在取电处，发现上面赫然立着一张卡，一丝惊疑快速掠过，难道已有人捷足先登？比自己还早？艾春天放下拉杆箱，朝里紧走几步，如侦探般仔细查看起来，房里不见行李，床铺平整如熨，地面干净无物，看不出有人入住的痕迹呀！为使查看不留暗角，她还特意朝盥洗室瞭了一眼，发现磨砂玻璃门是开着的，抽水马桶是盖着的，桶腰上还缠着一圈已清洗消毒的纸条。种种迹象表明，该房间无人入住，此前紧绷的神经得以舒缓，随之反应过来，如没猜错，十之八九是主办方的安排。这几年，各类会议参加了一些，宾馆也住了不少，还是第一次体验到如此贴心细微的服务，对她这种热性体质的人而言，简直就是瞌睡遇见枕头。

B

艾春天家在市里，人在县民政局上班。单位隔壁是东方丽人妇科医院，东方丽人妇科医院隔壁是回春堂药店。回春堂药店老板翁晴晴是艾春天的高中同学兼闺蜜，因为离单位近，艾春天没事就往她那里钻。有次她去药店买维 C 咀嚼片和东阿阿胶，和翁晴晴闲聊时，得知她在做药品代理，是区域经理，意欲发展下线，说这行只要做出来了，回报还是挺丰厚的，比上班那点要死不活的工资来得多了，而且总公司还经常组织一些联谊活动，对销售业绩好的员工，还奖励出国游呢，像什么印尼的巴厘岛、韩国的济州岛、泰国的普吉岛之类的热门景点……经翁晴晴这么一说，艾春天心动了。那天，买完东西，立马就与翁晴晴签下协议，从此加入药品推销这个行列。而与藕洁的相识，正是缘于省药品总公司组织的一次经验交流活动。

经仔细查看，见房间无人，艾春天心下一松，打开会务指南翻看起来，发现没有一个熟悉的名字，遂走进盥洗室，用洗手液仔细地洗起手来，足足洗了五分钟，然后从包里翻出兰蔻气垫 CC 霜，在脸上轻轻地按压起来，捯饬完后，又洗了一遍手。正准备往唇上补抹点唇釉，房门哧地一响，随即进来一个身材修长、穿大摆碎花伞裙的女人，看起来还挺潮，波尔多红的发色，烫成雷击小卷，梳着时下最流行的香蕉丸子头。四目相对，各自惊诧。从眼神可以分析，女人到了一定年龄，大抵不适应与人同住。毕竟先入为主，艾春天出于礼貌勉强挤出一声嗨，女人微笑着回了声你好，然后吃力地拖着香槟金行李箱，轻一脚重一脚地走了进来。

是拖又不是提，箱子也不大，至于这么费劲？艾春天的眼角挂着讥诮的神色。

你叫艾春天？女人说，我在前台登记时看见你名字，你的名字既好听又易记。

是的。艾春天答，想了想，感觉这回答过于精简，显得硬邦邦，于是带着缓和的意味补问一句，你叫啥？

女人终于将行李箱拖至窗边，回答说，我叫藕洁。

本无心知晓，这么一答，倒勾起了艾春天的兴趣，问，哪个 ou？哪个 jie？

女人说莲藕的藕，纯洁的洁。

你这名字取得还挺幽默的！听起来倒是顺耳，实际经不起推敲，生长于淤泥中的藕哪有洁的？又不是荷花是吧？藕眼里没灌泥就算是万幸了，还藕洁呢，呵呵，我的眼纹和腹肌都快被你的名字给笑出来了。当然，后面几句，艾春天是以腹语的形式呈现的，其实她本想一锅端出来，细想又觉不妥，故忍而不吐，只在心里嘲讽一下算了。

此时的藕洁看起来甚是疲惫，她纤瘦的身体斜倚在竖起的行李箱拉杆上，尽管艾春天言有所止，可她又怎听不出余下之音？她没去计较艾春天对于她名字的奚落，而是极富涵养地笑了笑，然后郑重其事地说，艾春天，我必须先和你说一声，免得你认为我是故意吓你，待会我将义肢取下来时，你可别像看恐怖片一样失声尖叫哦！

艾春天起初没回过神来，待反应过来时，后背蓦地惊起一身冷汗，胳膊上的汗毛竖得跟刺猬似的，可为了彰显自己素养不俗，故作平静地说，哦，没事没事，需要我帮忙吗？需要就说话。

不用，你帮不上的，不过还是要谢谢你！藕洁微笑着说。

作为素昧平生的室友，艾春天自认为已尽到一己之责，便不再说什么，也不打算真的帮她做什么。难怪有老外喟叹说，世界上最难懂的话，便是中国人的客套话。这一言论在艾春天身上得到了极好的佐证。幸好是被藕洁婉拒了，若是被她不识相地应允，那可就掉到自己挖的坑里去了。不用说，艾春天肯定会在心里怨责自己多此一问，致使自己陷入左右为难之境。对于藕洁的到来，艾春天心里当然是排斥的。事实上，就算不是她，是另外的女人，她也一样排斥。也就是说，她所排斥的不是具体某个人，而是同住这件事。怎么说呢，引发这种心理取向的主要原因，一是性意识的觉醒，二是洁癖症所致。而这两点，都与一个人不无关系，此人就是她前夫殷劲贤。性意识的觉醒，源自和殷劲贤有了夫妻之实后，和谁同住都会感觉别扭和不方便。而洁癖症，除却二十一世纪初那场轰轰烈烈的非典病毒所引发的后遗症，主要原因便是与殷劲贤的床笫之欢所导致的妇科病。

在以往的同住生涯里，所留下的多是令人不堪回首的记忆——那些同住的女性同胞，总是喜欢将一些来不及清洗的内衣、内裤、丝袜等随手扔在盥洗台上，因为胃浅，加之洁癖，待她去洗漱时，看见这些散发着浓郁酸腐气味的私人衣物，总有一种想要呕吐的感觉，并非每次都能成功忍住，有好几次都以失败而告终，真的将黄色的胆汁哇哇地吐了出来。还有那些像乱麻一样掉落在盥洗台以及地面的各色长头发，每每见之亦是刺眼恶心，真个是清理不是，不清理也不是。清理嫌脏，不清理嫌烦。说也不是，不说也不是。说了得罪别人，不说对不起自己。再就是抽水马桶，一想到曾有别人的臀部曾零距离接触过，她就没法再坐上去，即便一个人住一间，也不敢轻易与之触碰，通常情况都是将屁股撅得高高的，就像小时在诊所准备臀部注射，或者干脆舍近求远，去外面走廊寻找公共蹲式卫生间。

严格说来，艾春天起初只是一个比较爱干净、讲卫生的女人而已，并未上升到某种病态。成为一名合格的洁癖症患者，并非简单的非典后遗症所致，而是与殷劲贤不无关系。自从那件事情发生以后，她的心理和生理都发生了明显的改变，尽管与殷劲贤离婚已满一年，可那种切肤之痛、切齿之恨并未因两者关系的终结和时间的更迭而随之消散，而是像一串囊肿寄居在体内某个器官上，无法忽视它的存在，一旦想起就会难受至极。她曾试着把这种隐痛推至脑后，或是找个什么东西把它挡住抑或稀释，可这只能抵挡一时，无法从根本上解决问题。

C

藕洁背对着艾春天，小心翼翼地坐在一个法式软面方凳上，轻轻地撩起长及脚踝的碎花伞裙，在腰间窸窸窣窣地摸索起来，不时传来金属锁扣松开的咔嚓咔嚓声。艾春天既感害怕又觉好奇，忍不住从背后窥视起来，这么大热的天，裙子里面竟然还穿着一条黑色长裤，难怪裙子长得可以扫地呢，原来是为了作掩盖啊！

藕洁先脱掉右腿上的裤子，露出白皙细直的大长腿，然后吃力却又比较熟练地将左腿义肢从大腿根部慢慢取下，再然后扶着软凳缓缓站起身，将碎花伞裙理顺，朝下抖了抖，最后将靠在软凳上的义肢顺在窗下透明的茶几边。这条义肢的存在，彻底惊扰到艾春天。要说，残障人士在生活中并不鲜见，可与残障人士共处一室而眠却是前所未有的事，这种特别经历与心理体验完全可以载入艾春天本年度的大事记，成为与闺蜜翁晴晴八卦的绝佳资料储备。

藕洁虽然看起来疲惫不堪，却没有立马躺下休息，也许有些事情比休息更重要。她一会从包里翻出洗漱用品放在洗手间，一会又拿出几件长裙挂在衣柜里，一会又找出插头给手机充电，由于取下了左腿义肢，她不得不用一条右腿在房间嗵嗵地跳来跳去，从这头到那头，再从那头到这头，如此往返不断。起初，艾春天觉得没啥，横竖不就是跳吗？就像谁不会似的，小时玩跳房子游戏就是这么干的嘛。可是，随着该动作的频繁上演，她的心绪便不再宁静了，开始觉得眼花心烦。

我能和你换一张床吗？藕洁边说边观察着艾春天的反应，你的床离卫生间近些，这样我进出要方便点。

换完床，藕洁整理衣物时，不小心将指甲壳弄断了，对艾春天说，我这指甲壳天生就是软的，随便碰碰就断了，我这次忘带指甲剪了，你带了吗？如有，借我用下行不？

艾春天只得不情不愿地从包里取出指甲剪，递给藕洁，且不忘强调一句，这是专门用来剪手指甲的，切记！藕洁笑了笑，接过指甲剪，说尽管放心，绝不剪脚指甲！待剪完归还时，艾春天心里一阵嫌弃，却又不好拒收，只好空捏于掌心，趁去卫生间洗手之便，在水龙头下冲了又冲，卷纸擦了又擦，方才放回包中。如果不是这个指甲剪超好用，她真想直接扔垃圾桶算了。

终于挨到吃晚饭时间，艾春天从床上坐起来，伸了个懒腰，对藕洁说，吃饭了！五分钟后，藕洁将左腿义肢和左大腿跟紧紧地连接在一起。艾春天见藕洁行动不便，外面又有其他同行看着，只得违心地搀扶着她往前走，免得被人说三道四。正想着，无意间触碰到藕洁的手，一阵冰凉，残疾人嘛，自是不同，定是血流不畅。行至电梯口，艾春天从包里掏出钥匙，在下行键上点了一下，进得电梯，又用钥匙点击楼层数和闭合键。此怪异之举引起身旁一男士侧目。下电梯时，男士见藕洁年轻貌美，走路却一颠一跛，不禁问，你的腿怎么了？藕洁微笑着答，截肢了。艾春天心里骤然一惊，截肢两字竟然这么轻松地从她的嘴里说出来，就像别人问她吃饭了吗，她说吃了。若是自己，会如何回答？也许会作一番遮掩吧，不小心摔了一跤，脚崴了，骨折了。总之，不能说是截肢，截肢是一个可怕的词语，意味着身体的残缺不全，意味着廉价的怜悯之情，以及可能会有的歧视，反正只是萍水相逢的陌路人，随便糊弄过去就是了，今后山高水长，恐难有再见之缘，何必让人知其所短。

走到自助餐厅门口，艾春天让藕洁先进去，然后抽出被她紧挽着的右胳膊，径直去了卫生间，用洗手液认真地洗着手和胳膊。平日里，就算洗手的人不小心将水珠溅落到她手上，也会觉得脏，何况身患残疾的藕洁与她有了肢体接触，如若不洗洗，这顿晚餐即便是满汉全席，也会食之无味。

D

会议开始前，藕洁指着最前排一个坐在轮椅上的短发女孩说，喏，春天，你瞧，那个穿苗族服装的女孩，可是医药销售界的大明星哦！因为入行早，现在已是千万身家，听说她还是残奥会火炬手、全国青联委员呢……我昨天在前台登记时和她简单地聊了几句，得知她也是因恶性肿瘤而截肢，和我不同的是，她双肢都截了，原本可以装义肢，只因错过最佳时机，现只能坐轮椅上，怪可惜的。

午休时，房间很静，艾春天的微信嘀了一声，听起来分外刺耳，点开来看，面团还好吧？艾春天皱起眉。又嘀一声，想你们了！艾春天撇起嘴。复又嘀了一声，能给我一个机会吗？想去看看你们。艾春天不耐烦了，将手机调成静音，将消息设置成免打扰，意欲拉黑删除，想想又止住。

春天，麻烦你一下，将空调度数调高点行吗？我冻得受不了。藕洁翻转身，带着商量的口吻对艾春天说道。

春天从床上起身，趿拉着薄薄的纸拖鞋，带着无法释放的怨气，将中央空调重重地摁高了两度，又以极快的速度返回到床上，故意将床铺弄得吱呀作响。

艾春天拿起手机，想看看时间。不料，又收到一条微信，春天，我们复婚吧？面团还这么小，不能没有爸爸。

情绪愈来愈激动的艾春天，又忆起那如同噩梦般的存在——恶劣的态度，刺耳的声音，张开啊，放松点行不？又不是没行过房事，孩子都生了，你还夹这么紧，让我怎么看得清楚？！再不放松，就下去，别浪费时间，想好了再来，你看后面还有那么多人排队……艾春天恨不得将这医生踢飞，可也只得忍住，抛掉羞耻感，努力去想象美好的事，让自己放松下来。医生终于满意了，也看清楚了，然后扯掉医用手套，扔进垃圾桶，在病历上飞快地写道：重度炎症。边写边说，头也没抬，你的情况比较严重，建议你再做个 TPT 和 HPV。

藕洁轻微地咳嗽着。艾春天连忙闭起双眼。结婚几年了，平心而论，殷劲贤的表现还是挺不错的，对待工作兢兢业业，年纪轻轻已是国企某分部的负责人，手上还有家族企业在经营。尽管平时工作较忙，可还是挺顾家的。越想艾春天越难受，接着这种难受变成了生理上的反应，她想吐。艾春天本想坚持走到卫生间去。可是，来不及了，一口秽物从嘴里喷吐而出，啪的一声，落在地板上。

藕洁显然被这一声音惊醒了，连忙翻转身，甚是关切地问，春天，你怎么了？哪里不舒服？要不要紧？

艾春天此时已无说话的力气，但还是有气无力地将身体状况简要地说了下，说完便像软体动物一样趴在床上，一动也不动。藕洁无心再睡，掀掉身上的空调被，披了一件衣服，从床上坐了起来，说多半是凉了胃，今早凉东西吃太多啦，空调又开得低，观舌苔颜色偏白，想必肠胃本身并不好，不生病才怪。藕洁一边说着，一边跳到门边，先关掉中央空调，然后又跳到茶几边，从保温杯里倒出一杯水，又跳到艾春天的床头，小心翼翼地坐下来，轻轻地托起艾春天的肩，执意让她喝掉这杯热水，说凉胃了需保暖。照顾她喝完水后，又扶着她躺下，然后艰难地蹲下身，将卷纸摊平，盖于地板上的秽物上，最后用抹布包起来，倒进垃圾桶……尽管此时的艾春天精神萎靡，倦怠乏力，可她的意识还是清醒的，通过声音就能判断藕洁在做什么，一种难言的情愫紧紧地笼罩在她的心间。

待清理完毕，离下午的才艺展示只剩下几分钟，藕洁只得打电话向会务组请假，然后坐在艾春天的床头，见她面白少华，摸了摸她的额头，感觉有点低烧，问是否需要去医院看看。艾春天摇了摇头，说全身无力，只想睡觉，先观察观察再说吧。

艾春天昏睡了一下午，藕洁陪了一下午，中途又吐了一次，其实胃里已经没有什么东西了，该吐的早已吐完，只是一些清水而已。天快黑时，艾春天终于醒了，面色看似好了许多，可还是觉得食欲不振，四肢乏力，看来一时半会起不了床。藕洁见此，只好穿上义肢，独自去了餐厅。回来时，给艾春天带了一碗白米粥和一些青菜，胃部已空的艾春天显然有了饥饿感，双手接过碗，将白米粥呼呼地吃了个底朝天，吃完后，整个人顿时精神了许多，也恢复了说话的元气，用纸巾擦嘴时，一缕目光无意中飘向窗边，又见到那条靠在茶几上的假肢，许是适应了，不复之前的惊恐，有些微顾忌，终又忍不住问，藕洁，能告诉我你的腿为什么会截肢吗？

藕洁梳头的手在空中停顿下来，显然没料到艾春天会突然这么问，毕竟第一天见面时都没问。说来话长哦！你确定想听？藕洁将梳子放回化妆包，坐在自己的床铺上，手握保温杯，注视着艾春天。

那当然咯，否则怎会问呢？艾春天边答边想，原以为藕洁会回避这个问题，因为根据以往的经验看，每个人心中都有属于自己的那份隐痛，都有至少一个不愿别人去触及的角落，假使有人误打误撞地闯进来，也会像看见猎枪的动物，慌不择路，四处逃窜，直至跑到安全地带为止。

那好吧，今天就满足你的好奇心。藕洁喝了一口热茶，说道，在我二十四岁那一年，躺床上睡觉时，感觉左腿内侧有点不舒服，便用手去摸它。这不摸不打紧，一摸发现长了个拳头大小的包块，因为家里几代人都是医生，让我天生就有一种敏感，并未拖延，天一亮就到市医院做检查，穿刺结果显示：恶性肿瘤。我当时就吓蒙了，与其说是担心误诊，不如说是难以接受这个结果，怀着一线希望，第二天又在丈夫的陪伴下来到江城协和医院，确诊为多形性横纹肌肉瘤，记得当时医生对我说，这种恶性肿瘤手术后，三年成活率只有百分之五十，可如果不手术，随时都会有生命危险。我当时其实挺纠结的，做还是不做呢？是丈夫给了我信心以及活下去的勇气。在此后的七年时间里，我一共做了五次手术，第三次手术后，为了保住性命，医生说必须切除左肺上叶和左腿，为了左腿不被截，我和丈夫抱着最后一线希望到了北京，可得到的答案也是两个字：截肢。所以，没办法了，只好截肢，然后就成了现在你看到的样子咯。

藕洁，你太不幸了，还这么年轻，长得也漂亮，却成……真替你感到难受。艾春天说道。

说实话，当时确实挺难受的，可现在回过头来看，觉得也没啥，不过是适应变化、接受现实而已。其实，像我这种情况，手术能够成功，并且能够活到现在，就已经是奇迹了啊！像我这种病情的，有很多已去世。对我来说，每活一天都是赚的。好啦，不说我啦，说说你呗，出来两天了，咋没见你和你老公煲电话粥呢？

没有老公，前夫倒是有一个。艾春天自嘲地说，我离婚了。

能说说为啥离婚吗？当然你不想说也没啥，毕竟这是你个人的隐私。藕洁很小心地说着。

如果这问题搁在昨天，或者上午问，艾春天定然不肯吐露只字半语，谁会傻到自曝离婚内幕呢？顶多就是一句感情不和、三观不一致敷衍了事。可是，经过这一下午的接触和了解，艾春天已经产生了很微妙的心理变化，感觉藕洁是一个大度、坦诚、友善的女人。正因如此，她愿意自揭伤疤，将埋藏在心底的隐私痛痛快快地说出来，其实这样憋着也挺难受。她认为，很多时候，之所以选择保守秘密，不是因为喜欢保守秘密，而是身边很难找到一个值得信任的人，让你放心地说出。当你以为某个人可以交付信任时，结果却是，前一分钟刚和他说完，后一分钟满世界皆知。反过来想，连自己的嘴都管不住，又能指望谁为你守口如瓶？

E

殷劲贤自从任分公司老总后，各种应酬就多了起来，那个周末原本是要赶回家与艾春天看电影的，因为有一个小范围的私人聚会，加之次日又有一个视频会，只得放弃原来的计划。自从中央八项规定精神和各项廉政制度规定下来后，这帮人就都很少喝酒了，也许是太久没沾酒的缘故，难免有点馋，大家一高兴，不知不觉喝大了。殷劲贤也是，平时充其量也就半斤的酒量，那日经不住众人劝，足足喝了八两，喝完就感觉不对劲，中途上个卫生间，就像踩在一堆棉花上。

鲍月月是酒桌上唯一以茶代酒的人，见殷劲贤喝得连路都走不稳，主动说要开车送他回家，其实殷劲贤心里是拒绝的，可后来还是同意了。潜意识里，总担心会发生点什么。这么想，自然是有缘由的，并非自作多情。鲍月月是殷劲贤所在公司的部门经理，不得不承认，她是一个性感、妩媚的女人，特别是那双微微上翘的丹凤眼，透露着万般风情和魅惑。

事情大抵就是这样，那个花事繁茂的仲春之夜，醉酒后的殷劲贤最终没能抵御住鲍月月的似水柔情，犯了在特定环境之下男人易犯的错。

几天之后，殷劲贤感觉下体不适，当时也没太在意，以为是皮肤过敏反应，想着忍一忍就过去了。事实上，的确没忍几天就好了。可没想到，紧跟其后，艾春天竟然也出现了类似的症状，可能是男女生理结构的不同，女性比男性更容易感染，而且造成的后果也更严重，殷劲贤靠忍解决了问题，可艾春天忍不了。由于做贼心虚，他实在没有勇气陪她去门诊看医生，车里等待总比现场面对要来得轻松，检查结果出来后，得知艾春天感染了 HPV 病毒，心里的猜测彻底得到了证实，这使他联想起那个醉酒后的夜晚，愈回想愈自责，却又不敢道出实情，只好回避，隐于书房，在煎熬中度过属于他的分分秒秒。

向艾春天坦白以后，殷劲贤反倒轻松了，就像拆掉绑在身上的"定时炸弹"。可是，他们的关系却从此转到另一种模式。艾春天不再主动和他说一句话，也不再为他做饭、洗衣，因为家事、孩子必说的话，皆通过微信解决。

如此，一个季度就这样过去了。就在艾春天用完所有的药，感觉身体完全康复时，特意站在墙角的美体秤上称了一下体重，数字出现时，她怔了一下，居然只有九十四斤，以前可是一百一十九斤的。需要说明的是，她的净身高是一百七十二厘米。然后，她又特意去照了下镜子，双颊凹陷，颧骨突出，眼皮松弛，脸上无肉作支撑，整个人看上去苍老了好几岁。在单位里，凡是见到她的人，都会吃惊地说，你在节食减肥吗？瘦得改形了啊！都快认不出你了！

艾春天有苦难言，只得从凹陷的双颊里挤出一丝笑。回到家中，再也不复以前的感觉，感觉哪里都不对了，这种生活着实让她感到憋闷和窒息，想吼吼不出来，想骂骂不出声。不行，她要做出点什么，改变这种局面。事实上，这个念头已缠绕多时，今天终于挣脱内心的束缚，她找出纸和笔，拟定一份离婚协议书，并摆在殷劲贤的面前。殷劲贤呆呆地看着，问非离不可吗？得到的是斩钉截铁的回答：非离不可。基于对自己妻子的了解，尽管早就猜到了她会这么做，可这一天真的到来，心里还是难受至极，毕竟这不是他想要的结果，也是素来坦诚的他，一直不敢告知她的一个重要因素。可是，令他感到意外和震惊的是，在提到离婚财产分配问题时，艾春天只要了一套原本在她名下的居住房，以及女儿面团的抚养权，除此没要一分钱财产，尽管他主动说要补偿给她三百万元。可是，她断然拒绝了。

F

夜已深浓，窗外的虫鸣声渐渐弱了下来，两个女人的聊天状态从初始的稠密转向后来的稀疏，后来不知怎样就都睡着了，许是太累了，只有均匀的呼吸声不断地交替着在房间里响起……

艾春天不离婚不知道，离婚之后才知情况并没有自己想象的那么糟糕。以前总以为离婚女人是没有未来可言的，为此她还打个不甚妥帖的比喻，就像一辆被使用过的汽车要出售，就算颜色很新，性能很好，只开了几次，也只能按二手车来处理。也就是说，摆在眼前的路只有两条，要么只能找一个大自己很多的老头凑合着度过余生，要么形单影只孤独终老。然而，事实情况并非如此，原来还是很有市场的。

与殷劲贤离婚后，不断有同事和朋友给艾春天介绍对象，艾春天风格突变，一改从前的高标准严要求，只要对方四肢健全、不痴不傻，她都会去相亲，带着一种赌气的性质，殷劲贤不是婚内出轨了吗？那为什么我不能有别的男人？何况我现在还是单身。

其实，你这是性洁癖。当艾春天断断续续地讲完她的故事后，藕洁说，春天，既然你如此信任地将个人隐私告诉我，恕我直言，通过这几天的观察以及你的讲述，我更加可以确定，这就是典型的洁癖症。当然，你的洁癖不仅表现在日常生活中，还表现在感情上。有的人，就说你吧，或许是因为对感情的期望值太高或者因为自己一向的感情状态太正常，一旦出现"感情不洁了"这种非正常状态，便因强烈的失望留下巨大的心理阴影，进而无法自拔，从而做出并不理智的事情。凡感情洁癖的人，应该大多是完美主义者，明知"水至清则无鱼，人至察则无徒"，但眼里又揉不下沙子，所以有感情洁癖的人内心是非常痛苦的，从某种意义上来说，这其实是一种自虐行为。其实，无论是感情上的洁癖，还是日常生活上的洁癖，都是需要进行调整和心理治疗的。

G

药品推销和保险行业一样，从来都是"铁打的营盘流水的兵"，业务员从来都是以销售业绩立足，不然很难坚持下去，能够做满三年，算是天大的奇迹。艾春天因为有些人脉资源，起初做得还行，发展了好几个客户，后来医药市场竞争异常激烈，药品滞销严重，很长时间也供不了一次货，好不容易有商家来电要货，可数量总是那么微小，加上她的洁癖症，又得罪了不少客户。有次，她给一个小药店送感冒药，恰巧女老板刚给自己的宝宝擤完鼻涕，未及洗手，便来结账，看着那擤完鼻涕的手以及污渍斑斑又皱里吧唧的人民币，艾春天心里说不出的难受，赶紧戴上一次性手套，将钱放入随身携带的塑料袋中，而非自己的钱夹。事后，女老板再也没给艾春天打过一次电话。当艾春天热情地打电话问药品销售情况时，女老板总推说还没卖完。

大抵因为诸如此类的原因，艾春天的销售业绩渐渐滑落下去。在这一行当，从来都是胜者为王，业绩不佳自然矮人几分，每次开业务员会议，只得灰头土脸地坐在最后排，后来连最后排都无颜去坐，强行硬撑下去也不是一个办法，看不见多少收益谁又能坚持？最后只好退出，老老实实地上自己的班。

就在艾春天的人生陷入谷底的时候，藕洁成为治疗她心理隐疾的一根救命稻草。此时的艾春天抛掉裹身的铠甲，又一根根地拔掉身上的刺，将自己完全交给藕洁，任由她去医治。

第一阶段主要是摆事实，讲道理，让她清醒意识到自己的心理出了问题，而不是简单的比别人更爱干净，并且告诉她这是一个需要治疗的心理疾病，时间可能还较长，如果不进行治疗，就无法保证更好的生活质量。这种改变她认知的疗法，在心理学上有个专业词语，即"认知疗法"。

由于不在同一城市，第二阶段的治疗主要借助现代通讯方式，其中又以微信视频居多。那天上午，视频通话接通以后，藕洁认真地对艾春天说，现在拿出纸和笔，把你害怕的东西和场景，以及经常做的事情，从轻度到重度依次写出来，然后每天从最容易的事情入手，控制自己的强迫行为。比如说，你不是特爱洗手吗？如果以前每天洗三十遍，每次洗八分钟，慢慢减少到每天洗二十遍，每次六分钟，就这样逐日递减，直到只在饭前便后才洗手，每次不超过两分钟。另外，在手腕上戴一个橡皮圈，记住要戴质量好的，不容易断的。一旦出现强迫行为而不可自控时，立马用橡皮圈弹自己的手腕数十乃至数百下，一直弹到强迫观念消失，有疼痛感为止。

尽管改变很难，艾春天还是依此照做不误，并且坚持了下来。当时的她，自然不知藕洁采用的是"系统脱敏疗法"和"厌恶疗法"。

一晃就是半年，经过藕洁持续的心理治疗，艾春天的洁癖症得到有效缓解，最明显的改变是，不再用钥匙开关电梯，不再频繁地清洗双手，与人握手也不再神情紧张。重要的是，对于个人情感问题，似乎也有了新的认识。在艾春天所见过的男人中，不乏情商智商俱佳的优质男，尤其是中学里某化学老师，初次见面，相聊甚欢，感觉遇见投缘之人，大有相见恨晚之意。

也许是得到了某种暗示，或者说他自认为得到了某种暗示，化学老师的胆子渐渐粗壮起来。周末的夜晚，他们先去澳门豆捞吃了火锅，然后去爱沫看了夜场电影，最后走进丘比特情趣主题酒店。浪漫温馨的情侣房里，挥着翅膀的爱神在墙上飞舞，圆形大床上撒满新鲜的玫瑰花瓣，樱花粉宫廷床头罩灯下，化学老师搂着艾春天的杨柳细腰，紧贴着她柔软的耳垂，热烈地喘息着，就像一个浪漫主义诗人，沉醉在自己超水平发挥的抒情诗里，借着这醉意，化学老师将手缓缓地伸进艾春天的衣衫里，一寸一寸，往上游动，就像顺着肌肤纹路，快要到达目的地时，突然拐了一个弯，移至后背，解开胸衣，继续向目的地探寻，游动……就在他的手即将触碰到她坚挺饱满的乳房时，艾春天像从一场催眠中陡然惊醒，感到无比恶心和肮脏，抬起头，再看那爱意绵绵的眼神都是脏的，充满了细菌和病毒。在一股巨大力量的推动下，她从身体里猛然抽出那只手，重重地甩掉，飞快地跑出去。回到家，迅速脱掉衣裤，拿着淋浴花洒狠狠地冲洗，一遍又一遍，打完香皂，又抹沐浴露，恨不得连84消毒液也用上。

继化学老师之后，艾春天又分别和两个男人相过亲，前面的事情皆很顺利，可每次到紧要关头，她就难以继续，总是推三阻四，最后总是闹得不欢而散。

2018年，南方普降大雪，少数地方甚至出现银冰锁湖的现象。艾春天来到藕洁所居的城市，她们临窗而坐，品着香茗，轻松地闲聊，一如一年前在冰泉商务大酒店。

你和殷劲贤还有联系吗？藕洁问。

偶尔会出来吃个饭什么的，他在追我，艾春天说。

没那么抗拒了？藕洁问。

比之前好多了，艾春天说。

他还是想复婚吗？藕洁继续问。

是啊，他一直都坚持复婚，艾春天说。

那么你想复婚吗？藕洁问。

顺其自然吧，艾春天微笑着，望向窗外结冰的湖面。

冰融化后是什么？艾春天托着腮问。

是春天吧，藕洁说。

艾春天看着湖面上白茫茫的一片，放下杯子的时候，她听见冰封的湖面上传来细微的咔嚓声。

写于雁园

妈

爷爷又将旧全家福

挂在了客厅

原来的位置

我昨天看见大姑妈

站在那里看了好久

好久

后来还

傲傲笑了笑

全家福

在电脑上鼓捣了近一宿 3D 建模，后来睡得像个泥巴坨。可以确定的是，不管谁走进卧室，肯定不是为了欣赏我的睡姿。

其实谁进来无关紧要，出去时将门关严实就成，这是对一个睡者最起码的尊重。不知是疏忽，还是有意为之，我的睡姿完全暴露在外。这会儿，他们在客厅合伙制造的聒噪声，顺着门缝无所顾忌地钻入我耳中——

你爸说，还是不过了，没什么好过的。

妈，怎么又不过呢？茅台买好了，寿桃也订了，爸这不是瞎胡闹嘛！

八十大寿不过啥时过？难道等到九十不成？咱爸他能不能……

我带着几丝不耐烦翻了下身，支棱起耳朵，咦，小姑妈也来了。

到那时说不定阳阳都要娶媳妇了。我妈话音含笑，我是名副其实躺着也中枪。算了，还是起床吧，这觉横竖没法再睡，再说膀胱储值已超生理性容量，急需减压释放。我奶奶常唠叨：有尿别憋，憋尿伤肾。遂轻脚走至门边，我妈声音更为清晰，您别在意阳阳大姑妈的态度，不管她来不来，爸的八十大寿肯定要过，吃饭的地方我踩过点，那里风景优美、空气新鲜，既可垂钓，还能采摘，您和爸肯定喜欢……

趁我妈说在兴头上，大家的注意力被她所牵，我径直奔向卫生间，迅速锁好门，接下来说啥再难听清。

前不久，听我妈说，奶奶想给爷爷过个像样点的生日，以前总是一碗长寿面就给打发了。

此事过去没多久，大姑妈来送节礼。奶奶和大姑妈在客厅唠家常，爷爷在厨房做清蒸鲈鱼，这是大姑妈最爱吃的菜，每次来爷爷必做。

大姑妈问奶奶，妈，爸近来身体怎么样？

快满八十的人了，奶奶说，身上零部件都老化了，三天两头，不是胃上叫疼，就是腿上喊痛，好在都不打紧，就算阎王爷要收，那也不亏，活够本了！

大姑妈眉头微蹙，妈您说哪里话，爸只要注意身体，活个百把岁没问题。

奶奶脸上笑出一朵风干版黄菊花，期待大姑妈继续往下说。大姑妈突然喉头发痒，轻咳两声后，从茶几上端起茶杯，抿了一口茶，侧脸望向窗外，一株枝繁叶茂被大风吹得簌簌作响、左右摇摆的香樟树吸引住她的视线。

空气有几分凝滞，眼看就要冷场，对门恰好传来一阵爆笑声，奶奶不禁喃喃自语，对门嫁到广州的女儿回来了。

大姑妈转过脸问，咋这时回来？又不是过年。

奶奶说，听说是专程回来给老人祝寿。

大姑妈"哦"了一声，说外面风大，天也阴了，不会下雨吧，家里阳台上还晒着床单被套。

奶奶这会儿对天气不感兴趣，也不想和大姑妈谈论床单被套洗晒收问题，当她发现暗示不起作用，只好由暗转明，大妞啊，再过几个月，你爸就满八十了。

啊，爸也八十了？大姑妈放下茶杯说，这么快。

奶奶说，可不是，时间催人老，半点不由人。我寻思你爸辛苦一辈子，也没过一个像样的生日，还不知能不能奔到九十，你是弟弟妹妹的大姐，妈想听下你的想法。

大姑妈忙不迭地说，那过撒，过撒！

奶奶眼窝一热，眼看就要泪落襟袖湿。可是，啥时过、怎么过等具体问题，大姑妈只字未问，奶奶虽然期待后续内容，却也不好再多说什么。

后来，我跟我妈说，直接告知大姑妈时间，通知啥时来不就行了嘛，有啥好试探的，绕来绕去真费劲。

你个小屁孩，你不懂，有些话，需要问，才能说。我妈叹了口气，何况你大姑妈她，唉。

我妈欲言又止，我也懒得追问，就算问也不一定会说，大人们总是这样，说半句留半句，巨讨厌。

从卫生间走出，我的肚皮瘪瘪的，像放了气的气球。倘若换作我妈，定会选择此时称体重。

厨房里有羊肉胡萝卜汤，快盛出来吃。奶奶的声音追着我的背影，别饿坏我的乖孙儿哟。

要不，再去拍张全家福吧？我妈望着墙上挂着的合影说，爸过八十大寿不是件小事，仅吃个饭太单调，要不把内容搞丰富些。

坐在餐桌前一口接一口吸溜吸溜喝着鲜美羊汤的我，事实上已从一个隔门偷听者升级为一名会议列席人员。

我妈的提议获得全票通过，要是来点掌声就完美了。接下来，他们又围绕全家福什么时候照，哪些人照，照了挂哪里等细节深入探讨。

几番讨论下来，他们最终把拍照时间定在爷爷寿辰当日，那天恰好是父亲节，六月的第三个星期天。

小姑妈说，全家福范围不可太大，不然构图和氛围感不好。

那喊不喊大姐呢？我爸问。

还是喊一下吧。我爷爷说。

大姐如果想来，妈上次提起时，就会上心。既然没问，说明不想来，当然也并非不想来，只是不想往外掏那个啥。我妈单刀直入，一刀见血。

爷爷脸色一暗，不再应声。

如果不喊她，照片挂出来被她看见咋办？你们想过没有？奶奶说，毕竟旧全家福有她啊。

那就不挂。我爸说，或者挂卧室。

如果不挂，就失去重拍全家福的意义。我妈说，如果挂卧室，藏在里面谁看得见，挂在客厅老地方是最合适的。

以前拍有她，现在拍又不喊她，被她看见确实不大好。我爸说，叶子红，你又不住这里，反正尴尬的不是你。

会场突然静下来，我妈扫了眼大家，眼珠滴溜一转说，要不这样，平时挂新的，大姐若来，换旧的。

那谁知道她什么时候来。爷爷眼睛看着电视，嘴里嘟哝道。

爸，每次来之前，不是会先打电话吗？我妈说。

也不一定，有时没打电话也来。奶奶搞了个抢答，爷爷嘴启一半，只好又合上。

换来换去不麻烦，不要你换是吧？叶子红，你真是想一出是一出，爸妈这么大岁数，经得起这样折腾？万一摔倒咋办？你请假服侍吗？

也没说一定要这样，这不是正商量嘛，既然你认为不行，那你说怎样才好？

这下可把我爸给问住了，他支支吾吾没个完整话，刚才的气势陡然矮了半截。

那还不好说，都挂着呗，上下各一幅。小姑妈划拉着手机，半天没发言，突然冒出一句，貌似替我爸解了围。

挂不下。奶奶说。

就算勉强能挂下，肯定忒难看。我妈说，如果真这样挂，对比会更加鲜明，被大姐看见反而更不好。

红红说得在理。奶奶和我妈成了一个阵营。

我爸环视屋内，瞅着侧墙上的挂历说，把那个取下来，将旧照挂上去，谁家现在还挂这个，low，实在是 low！

你说啥？奶奶瞪了我爸一眼。

我爸从口袋里摸出手机，假装低头翻看信息。

阳阳，你跟奶奶说，你爸刚才说的是啥意思？

一块羊肉差点噎住我，作为列席人员，本无资格发言，可这会儿被高考后就管我吃住的奶奶点名，只好将我爸出卖。奶奶，我爸说您品位低，老土！

说完，我用余光偷瞥了眼我爸，发现他默叹了一口气。这也怪不得我，奶奶就算洗个头、剪次发、买袋米都要在日历上画个圈，别说谁的生日这等大事，更是用特殊符号外加汉字重点标记，动啥也不能动她的挂历啊，这不是往枪口上撞嘛！我爸真蠢。

看，被我不幸言中了，奶奶果然很生气。我怎么就老土了？一代人有一代人的习惯，挂历说什么也不能拿，而且只能挂在那儿。没有这个，我怎么看时间？我又没手机，有也不会看，看也看不清。奶奶撅着嘴，面色阴沉，起身走向饮水机。她心脏不好，体内安了三根支架，还有伴随了几十年的高血压，听说是怀我爸时落下的病根，这会儿估计到了吃药时间。

奶奶吃药时，我的午餐也享用完了，再无理由在此停留。就在他们抬眼看电视低头玩手机间隙，我火速将碗筷放进厨房，然后一溜烟钻进卧室，本想在电脑上再研究下 3D 建模，注意力却难以集中，一些记忆碎片泛着银光，在脑海狂翻乱跃。

在我两三岁时，有两个音总是发不准：一个是"手表"，我说成"手宝"；一个是"姑妈"，我喊"猪妈"。比较麻烦的是，我有两个姑妈，一个大姑妈，一个小姑妈，如果她俩单独出现还好，只喊"猪妈"就行，就怕同时出现，这样就得喊"大猪妈"和"小猪妈"。好在，虽然都是姑妈，可她们长得一点儿都不像，区分开来并不难。

小姑妈和我爸长得像，都是大眼睛，炖钵脸，白白胖胖。大姑妈却是小眼睛，巴掌脸，黑黑瘦瘦，眉眼和爷爷有几分相像。

我曾问我妈，为啥大姑妈和我爸长得一点儿都不像呢？

我妈回答说，因为你大姑妈她……

大姑妈她怎么？我好奇地追问。

我妈却说，大人的事，小孩子少问。

我朝我妈扮了个鬼脸。

想起小时候过年，不管大人们看没看见，小姑妈都会往我口袋里塞红包。可去大姑妈家拜年时，她总忘记给我红包。有一年她终于想起，见我爸妈都在场，将一个小红包以"慢镜头"递给我。我妈一个劲儿地朝我使眼色，暗示我别接，我假装没看见，心想这是大姑妈给我压岁的，我可是她的舅侄儿呀。大人们不总像唱经一样念吗，亲姑妈假舅妈，半真半假是姨妈。唉，真不知我妈咋想的，不给她心里难受，给了又不让我接。再说了，小姑妈给的可以收，大姑妈给的咋又不让接呢，不都是姑妈吗？

我后来左思右想，脑袋瓜都快想破了，觉得大姑妈之所以抠抠搜搜，唯一的可能性就是家里经济拮据。这已经是我当时分析问题的极限了。因为总听见大姑妈在爷爷奶奶面前诉苦，说现在的生意不好做、孩子的教育成本高、家里各项开支大等等。

大姑妈这样一说，还挺见效的，爷爷奶奶立即就心软了，然后找各种机会给大姑妈送春风。

听我妈说，大姑妈家是做钢材生意的，后来又与人合伙搞房地产开发，据说挣了不少，在海南也买了房，待冬天天冷，全家就飞过去，犹如候鸟般。

小姑妈提供的情报是，她好几次瞧见大姑妈一家三口在高档会所吃饭。而且他们家每年都会出去旅游两三次，有时还是出境游，像法意瑞、英德美、新马泰等，常常一玩就是十天半月。

当然，小姑妈说，这些都是刷抖音时碰巧刷出来的。

我很是不解，问我妈，大姑妈既然过得不错，为啥总跟爷爷奶奶叫穷呢？而且还总忘记给我压岁钱。就算给，也是小小的。既然是大姑妈，那就应该整大一点呀，怎么总是比小姑妈的小呢？

我妈笑了笑说，小东西，别老惦记你的压岁钱。大姑妈叫穷，是财不外露，肉埋在饭底下吃呢。

如今想来，大家对大姑妈颇有微词，不是突然间发生的事，而是一件一件小事不断累积造成的。作为一个小孩子，我又能知道多少呢，我所知道的仅仅是冰山一角。

这样说，我又想起一件事。

某年春节，我们一大家子去芦花村给姑婆拜年。当时，阳光暖洋洋地照着，小猫小狗在草垛边眯眼睡午觉，大人们坐在院里橘树下喝茶聊天吃瓜子，我和小伙伴们蹲在地上玩沙堆城堡。正玩得起劲儿，耳畔突然传来"咯咯嗒、咯咯嗒"的叫声。

奶奶说，鸡生蛋了！我爸问，鸡生完蛋为啥要叫呢？我妈说，不叫哪知它生蛋了，这是鸡用自己的方式在炫耀，它们又不能发朋友圈。我小姑妈说不对，是鸡生完蛋感觉身体舒畅，于是高歌一曲来庆贺，鸡们也追求仪式感的。

就在大家你一言我一语聊得正嗨时，姑婆从鸡窝里捡起一个蛋走过，那小心翼翼握着的神情，像极了握着一个闪闪发光的金元宝。

我也想体验一把捡鸡蛋的感觉，于是扔掉手里的沙，屁颠屁颠跑到鸡窝旁，哇！鸡窝里还躺着一个蛋哩！我兴奋地捡起来，举过头顶对大人们说，我也捡到一个蛋！可它是冷的。

大人们顿时笑得东倒西歪。我彻底蒙圈，完全不知啥情况，弄得表情很不好拿捏。我奶奶更是夸张，直接笑出一坨眼屎，边揉眼边说，我的个乖孙子哟，你快放在鸡窝里，这是引窝蛋，不能拿的！

也就是从此事开始，我才知晓"引窝蛋"的真正出处。若干年后，偶尔忆起这件糗事，总有一丝难以言说的情愫隐隐袭上心头。

奶奶的药可能吃完了，短暂的安静被说话声打破，家庭会议继续。由于门关得严实，听不清他们具体说什么，反正 3D 建模无心再研究，那干脆说下我爷爷奶奶过去的那些事儿。

爷爷奶奶结婚多年没生育，嫁至芦花村的姑婆提着一包老红糖、两瓶红星二锅头上门来，她紧紧攥着奶奶的手说，你们就把大妞带在身边养吧？长大后她一定会孝敬你们的……你们就当她是一个引窝蛋好了，说不定她一来，你们很快会有自己的孩子……

奶奶心里不情愿，可爷爷没反对，奶奶只好松口。

就在大姑妈过继给爷爷奶奶上了城市户口后不久，我奶奶奇迹般地怀孕了，在三十岁那年生下我小姑妈，又在两年之后生下我爸。

我爸的出生，直接断送了我爷爷的前程。别看我爷爷现在白发垂鬓、老态龙钟，穿一件像镗刀片般的炊事服在厨房洗洗涮涮，据说他当年在部队时也是风光红火过一阵子的，曾被列为省军区三名选青干部之一予以重点培养,可以说发展前景一片明朗、灿烂。偏巧,我奶奶在生下小姑妈一年之后,因节育环失效导致意外怀孕。计生办知道情况后,反复上门做工作,要求引产。为此,我奶奶怄了不少气,也遭了不少罪,就是不肯放弃,后来大病一场,并落下病根。不知是否因为用药的缘故,我爸出生时,一只手无名指和小指连在一起,一只脚拇指和二指连在一起,后来做手术才切分开来。

与此同时,我爷爷的锦绣前程没了,他的将军梦破灭了。转业至地方后,他被降职使用。

这个生下有小小缺陷被切了两刀的婴儿,二十余年后不就是我爸吗?只要想到这儿,我的心就会隐隐作痛。

此一刻,一个谜团雾散天朗,终被解开。

为啥我妈生我时既有肉眼可见的喜悦与自豪,又有无人可知的紧张与恐惧?为什么麻醉药效刚过她睁开眼第一件事就是催促我爸快看孩子手脚是否相连?当得知一切正常时,泪水从她的眼角悄然滑落,巨大的幸福感如海潮般呼啸而来……

原来,逻辑就在这里。

奶奶当年为什么不能生我爸呢?我曾问过我妈。

因为已经有了大姑妈和小姑妈呀!

那为什么有了大姑妈和小姑妈就不能再生呢?

按当时国家计划生育政策,你爷爷所在的部队一对夫妻只能生两个孩子。

不是说大姑妈是姑婆生的吗?奶奶先前只生了小姑妈呀。

你大姑妈虽说非爷爷奶奶亲生,但她是养女啊,户口已和他们在一起,且在一起生活,就相当于是自己的孩子。

难怪听小姑妈和我奶奶聊家常时说,如果没有大姑妈和我爸,她极有可能就是"将军"的独生女啊!哇,那地位,想想,是何等受尊宠啊！

瞧把她给美的，简直是太阳地里望星星——白日做梦。我妈揶揄道，你小姑妈又在给自己疯狂加戏。

小姑妈还曾问过我奶奶，当年是不是知道怀的是个带把的，才铁着心要生下来？

我奶奶恨不得把我小姑妈一脚踢飞，知道个锤子，那个时候又没有 B 超，老子就是想你有个伴，不那么孤单，遇事有个商量的人，我和你爸总有老去的一天……而你姐大妞毕竟不是亲生的……

随着我妈的揭秘，许多遗落在光阴褶皱里那些思而未得、悬而未解的事渐次浮出水面。

有一年，住芦花村的姑婆来城里看病，爷爷奶奶留她在家住了一个星期。人在患病之时，心理最脆弱，她很想念两岁时被送走的大女儿，希望能见上一面。那几日，只要听见电话铃响，姑婆就两眼放光，瞬间来了精神。当听出不是找自己的，双眼又变得浑浊，精神很快委顿下来。

直到她临回芦花村，也未等来我大姑妈的电话，更别说前来探望她，抑或接她去家里小住几日。

我问我妈，大姑妈知道姑婆来城里看病的事吗？

当然知道。我妈说，奶奶给大姑妈打过电话。

那大姑妈咋说？

她说，知道了。

就三个字？

就三个字。

没别的？

没别的。

你大姑妈这些年心里其实一直恨着你姑婆。

为啥要恨姑婆呢？我颇有些不解地问我妈，你们不是说，在以前那个年代，城市户口非常吃香吗？好多人挤破脑袋想上居民户籍，当年姑婆就是为了让大姑妈"农转非"，而将她送给我爷爷奶奶。你看，爷爷还给大姑妈安排了工作。结婚时，送的嫁妆也挺丰厚。如果跟着姑婆在农村生活，日子会过得很苦，不如现在是吧？

金窝银窝不如自家狗窝。我妈说，换作是你，愿意被送出去吗？

当然不愿意。

这就对了，你大姑妈之所以恨你姑婆，是因为她总在纠结一个问题：那么多兄弟姐妹，为什么偏将她送出去，一定是最不喜欢她，不然怎会如此狠心？

叶子红，你跟儿子说这些干吗？我爸面含愠色，你是我大姐肚里的蛔虫吗，知道她想啥？

我妈没理会我爸，只是轻描淡写地白了他一眼，然后牵着我肉乎乎的小手说，走，小东西，咱们去外面透口气。

我想看下时间，发现手机电量不足，走到门边取充电器时，听见他们还在讨论。从偶尔传进来的几个短语看，症结还是落在新全家福如果挂出，被大姑妈看见咋办上。也就是说，他们已将大姑妈排除在拍新全家福名单之外，却又很在乎大姑妈看见之后的感受。

那么就有必要牵扯出旧全家福是如何产生的。我记得很清楚，那年我和爸妈还有小姑妈一家到爷爷奶奶家过端午，计划吃完午饭后去影楼拍全家福。起因是奶奶去对门串门，看见他家客厅挂着一幅超大尺寸的全家福，回家便跟我爸妈说起自己的发现。我爸木头木脑，钝感十足，悟不透奶奶的弦外之音，只傻傻问了句，照得好看吗？我奶奶不想搭理他，急得暗自叹气。还是我妈反应灵敏，她用软糯甜美的声音对奶奶说，妈，我们家也去照一张，要不今天就安排？

奶奶就等着这句话，嘴巴笑得好半天没合拢，眼睛都眯成一条缝了。

可计划赶不上变化，那天上午，就在大人们兴致盎然地讨论拍照的发型、妆容等细节时，门铃声骤然响起，是大姑妈一家拎着东西来送节礼。这本不奇怪，他们每年都会来，奇怪的是今年提前来到，而且事先没打电话，以往都是过大端午节才来的。我们这儿有个习俗，一年兴过两个端午节，农历五月初五是小端午节，农历五月十五是大端午节。不过，还是以小端午节为重，过的人占绝大多数。

大姑妈之所以提前来，是因为一家三口将飞往泰国度假。当然，此信息的获取，并非由大姑妈亲口告知，她当时只说家里有事，是多年后一远亲路遇我妈时无意中提及的。

依惯性，他们一般用完午餐即打道回府，可那天吃完饭，茶已续了两三遍，还没有要走的意思。

眼看距约定时间愈来愈近，别说大人们心里着急，连我这个苗还没长活的小屁孩都跟着着急起来。尽管那时懵懂无知，但我能感觉到气氛异常怪异。

若论这拨人谁最急，那一定属我妈叶子红。要知道，拍全家福可是她一手策划的。作为"主谋"的她，当然希望计划圆满，不出任何岔子。再者，过了今时今日再想聚齐就难喽，大家都挺忙的。

我妈一会儿抬头看壁钟，一会儿低头看手机，一会儿又问我爸到了几点。悲哀的是，她的疯狂暗示压根儿不起作用。

尽管表面上依然有说有笑，可气氛愈来愈紧张，感觉有股暗流在汹涌。就在这时，我奶奶突然咳嗽两声，然后发话，今天过节，正好大家都在，我们一起去拍个全家福！此言一出，无异于扔了一颗炸弹，将大家全给震蒙了，嘈杂秒变宁静，空气凝固成块儿。

我爸还没反应过来是咋回事，我妈深知覆水难收，不如顺水推舟，化解冷场尴尬，用极富诚意的话语接起奶奶在空中飘浮的邀请函。是啊，今天真是太难得了，难得人到得这么齐，这是一个拍全家福的好日子啊！咱妈太会提议了！

我爸终于回过神来，连忙附和道，是啊是啊，一起去照。

爷爷奶奶绷紧的脸陡然松开。

大姑妈挤出一团笑意问，我们也去吗？

奶奶说，那当然。我们是一家人啊！

我妈随即补充，一大家人拍全家福更热闹，更喜庆，择日不如撞日！

于是，一张耐人寻味的全家福就此出炉。

谁也未曾想到，十余年后，这张全家福会成为拍新全家福的阻碍。为此，我爸埋怨我奶奶不该多嘴，我爷爷又怒斥我爸说话没大没小，我妈啥也没说，她只是拿眼扫了下大家，然后开始冷静地分析——

如果无人打破僵局，难不成就那样干耗着，你瞟我我瞟你比谁眼大，任时间一分一秒流走，最后落个空？再说了，不就是一张全家福嘛，没必要追责吧。

奶奶听后如释重负，向我妈投来感激的目光，转眼便瞪了我爸一眼。

我捂着嘴偷笑，走出卧室去客厅倒水喝，又听见我妈说办法总比困难多，三个臭皮匠，顶个诸葛亮。我们一大屋子臭皮匠，难道还顶不上一个诸葛亮？

一大屋子臭皮匠。听到这话，我忍不住笑出鹅叫声。

那好，既然只挂新的在客厅，那大姐迟早会来的呀，她看见后估计会有想法，咋解释呢？我爸问，必须先想好，免得到时尴尬。

这不是你操的心！我奶奶呛了我爸一满脸，估摸着心里仍有余气未消。

解释个毛线，看见就看见，挂就挂了呗，挂了能怎么的？我小姑妈生肖属虎，说话就是霸气。

嚯，口吃灯草——说得轻巧，你是嫁出去的女儿。我爸说，当然可以什么都不管，但爸妈要面对啊。

唉……我爷爷趁电视插播广告，长长地叹了一口气。

我知道该怎么说，你们都别操心！奶奶将身板儿坐直，一副成竹在胸的模样。

妈，那您准备咋说呢？小姑妈问。

大家的视线像得到某种指令，齐刷刷投向我奶奶。

奶奶说，我就说阳阳看见墙上照片太老旧，说自己已长大不再是小孩，临时提议重拍一张，所以我们就去了。

听见"阳阳"两字，我的心遽然一紧，我可是一言未发啊，咋又躺枪了呢？看来我已活成一块挡事招牌。

那天是父亲节，也不好打电话喊你们过来。盯看《海峡海岸》的爷爷，冷不丁冒出一句。

妙啊，妙哉！

高，实在是高！

姜还是老的辣啊！

每一个沉默寡言的高手，往往都是在憋大招！

众人齐夸我爷爷，不吝赞美之词，他已经很久没有获得如此整齐盛大的认可了，就连素来不爱溜须拍马的我，也在心里给他点了一个巨大的赞。

别说，这补充堪称点睛之笔。我爸甚是兴奋地总结，八十大寿又逢父亲节，身为儿女应感谢父母养育恩，要主动来陪老人过节庆寿，哪里需要年迈的父母打电话喊才来呢？

等等，如何证明全家福是在父亲节拍的呢？小姑妈问。

在全家福底端写上"父亲节合影留念"。我妈的聪明劲复又归来。

就这么写，奶奶说，一看就知是哪天拍的，以后也不会忘。这样大妞问起来，也有个合适的说法。好，就这么说，大家统一口径，千万别穿帮！

临近吃晚饭时，这场家庭会议终于落下帷幕。

父亲节那天，我们给爷爷过了八十大寿。爷爷很高兴，一连喝了好几杯，还主动要求续杯，奶奶破例没阻拦。酒后的爷爷，脸泛酡红，目露亮光，看每个人的眼神比过去任何时候都要温和，呼之欲出的笑意，中气十足的声音，让我顿感陌生却又心生欢喜。大家单独敬他，又一起敬他，气氛完全被搞起来了。

觥筹交错间，我仿佛越过时光之河，看见爷爷年轻时在部队的飒爽风姿，那是属于他的光辉岁月，藏有太多不为人知的珍贵点滴。

忽然想起小时候，我和爷爷曾在一张床上睡过，也曾坐他身边一起观看国庆大阅兵，我问及与部队相关的种种，像什么一个团大约有多少人？两杠一星是什么军衔？军师旅团营连排班中的旅为什么很少在影视剧里出现？……

那一刻，他的眼睛里仿佛若有光，激情满怀地和我吧唧说个不停，将自己所知道的尽数倒给我。

我喜欢看见这样的爷爷，一个生动灵活、精神饱满的爷爷。可是，这样的时刻实在太少太少了，被无数个庸常日子所挤压、倾覆。

……

奶奶没有给任何亲戚打电话。

那天，和预料中的一样，大姑妈没来，奇迹并未发生。可我知道，爷爷和奶奶心里其实藏着隐秘的期待，却什么也不能说。

爷爷的八十大寿就像夜空里一颗流星，刹那间就划过去了。

新拍的全家福，尺寸比以前大，奶奶白发变黑发，小姑妈胖脸成 V 脸，我妈色斑不见了……可是，这只是满意的地方，不满意处那可多了去了——奶奶嫌衣服没抻平整腰部显臃肿，小姑妈说黑眼圈没弄干净像挨了揍，我妈说嘴巴笑歪了像个坏人，我爸嫌发际线太高像清朝贝勒爷，小姑伯说皮肤太白像假人，我爷爷说没有以前照得自然……

八月初，空气滚烫，日光漫长。在全家人的期待中，我终于等来外省一所 211 大学的录取通知书，我只看了一眼，兴奋感停留时间不超过五秒，便去《驾考宝典》刷题去了。倒是我妈，激动得热泪盈眶，双手发颤，还好她没发朋友圈，将沉稳低调给守住了。可是，即便我爸妈没有向外声张，也不准备办升学宴，还是接到一些亲戚朋友的来电，孩子考得怎么样？被哪所大学录取了？什么时候开学报到？升学宴定在哪一天？

这些来电里，唯独不包括大姑妈的。

我妈将新烫的木马卷往后一撩，撇了下无敌红芭比色嘴唇，睥睨着将一根烟抽得赛过活神仙的我爸，冷笑着说，呵呵，也许大姐根本就不知道她娘侄儿今年高考。

紧接着她又补了一刀：也许，就算知道，也会装作不知道吧。

这次，我爸没有像往常那样怒怼我妈，而是垂下眼帘，吞吐着烟雾，若有所思。

一个月后，我穿戴一新迈着坚实的步伐走进大学校园，感觉天空高远空气清甜，并被校园里各种新鲜事点亮双目，再也不用在老师和家长的夹攻下趴桌苦读，还能依自己兴趣选修一门课，简直爽爆了。依稀记得某位哲人说，人的自由支配时间是幸福的重要条件。

转眼花辞盛秋叶辞树，冬天踩着节拍而至，回到阔别近四个月的家，心里陡然升起一种熟悉的陌生感。不过三天，我妈终于还是看不惯我昼伏夜出的作息习惯以及毫无规律的饮食习惯，投快递般将我安放至爷爷奶奶家。

那天奶奶为了给我炖山药土鸡汤，戴着一副老花镜，坐在客厅窗边的小板凳上，用镊子一下一下地掮着鸡毛，这个动作她持续了近半个小时。

也许是盯看手机太久，我忽觉眼睛干涩发胀，使劲一闭再缓慢睁开，无意中看见墙上的新版全家福，一个问题瞬即浮出脑际，奶奶，今年中秋节大姑妈来了吗？

来了啊！奶奶停下手里的活儿，抬起头笑着回答。

那大姑妈，看见墙上的全家福了吗？

估计是没看见。奶奶的笑容往里收了收。

没看见？我甚是不解，遂又问，全家福就挂在墙上，那么显眼，大姑妈又不近视，怎会没看见呢？

你大姑妈来以后，坐在沙发上和我只说了几句话，然后说家里有急事必须赶回去，没看见她往墙上瞅。

呃，这真是一个意外的结果。想想几个月前，大人们为了拿出一个合适的说法，曾开专题会议进行讨论，不想剧情竟是这样的走向。也就是说，他们的会议开了个寂寞。

好在大姑妈迟早还会再来。如此，爷爷和奶奶准备好的台词还是有机会用上的。不久之后便是春节，大姑妈肯定会来给爷爷奶奶拜年，而我那天也会在爷爷奶奶家，正好可以见证整个过程，不用在大人的复述中间接了解真相。

复述不可能等同于原貌，带着变质的可能性，哪怕是一台品质上佳的彩色复印机，复印件和原件也会有细微差别。

那些日子，这件事在我心里构成了巨大的悬念，像月光下的影子老缠着我。

元旦过后是腊八，过完腊八就是年，眼看大姑妈就要来了，爷爷奶奶家却发生了一桩糟心事。

那天上午，我还未起床，卧室门虚掩着，传来奶奶异常惊悚的叫喊声——

老东西，快来看哪，完了完了，都要过年了，咋会发生这样的事，阳阳他爷爷，这可咋办啊！

我突感毛骨悚然，不知究竟发生了什么，赶紧翻身坐起，拿起外套边穿边向卧室外走去。

呈现在眼前的是这样一幅画面，两面墙像被人当头浇了几盆水，挂在墙上的全家福也未能幸免，已然模糊不清看不出本色，还有其他靠墙而放的东西，也被顺流而下的漏水淋得失了锐气。

原来，楼上邻居出差在外，家中水管爆裂没能及时发现，导致水漫金山殃及楼下……

数小时后，我爬上家用铝合金梯，爷爷奶奶分扶两侧，我将变质的全家福取下，爷爷小心翼翼地接住，然后用很小的声音嘟囔说，也许这是天意，天意啊！反正大家对这幅也不满意，干脆等过完年，春暖花开了，我们再去拍一张，到时让你爸给你大姑妈提前打个电话……

奶奶嘴唇翕动了一下，有话想说，但最终啥也没说。

我从梯上平安着地后，拍了拍手上的灰说，爷爷，等过完年，我就要返校了。

哦，爷爷愣怔片刻说，那等你放暑假回来再拍，一个都不能少。

爷爷说到这儿，咳嗽了两声，待平复后又说，你出生时，你奶奶血压不稳，心脏也不好，没法熬夜陪护……你爸只能做点跑腿的事，是你大姑妈忙前忙后，在医院连续照顾你和你妈七天七夜，直到你们母子俩平安出院……你大姑妈自己也有孩子啊，孩子当时还发着烧，后来还烧成了肺炎……我仔细想了想，这些年，我们可能也有做得不好的地方，让她感觉到是在区别对待，她也不好说什么，只能藏在心里生闷气。总之，你们要多体谅她，不要总是挑她的刺儿，她的身体一直不大好，听说这些年天天吃药，也不知到底啥问题。

我用"嗯嗯"不时回应着爷爷，窗外的北风停了，香樟树不再摇摆，一道迟来的阳光折射进来。透过布满灰尘的窗玻璃，恍惚间，我仿佛看见一根隐线牵扯着我家和大姑妈家，一把硕大的剪刀从天而降，转瞬又消失不见。

大年初二，是大姑妈回娘家给爷爷奶奶拜年的日子，因特殊时期，小区和公共场所采取封闭管理措施，其中就包括大姑妈所在的小区。

四个月后，临放暑假前，我咬牙跑到价格超贵的男士理发馆，剪了个酷潮的摩根碎盖发型，为拍新全家福做准备。可是，当我坐上回家的高铁，想象一大家人去影楼拍照的浩荡场面时，却意外收到我妈的微信：阳阳，你大姑妈住院了，重度抑郁症。

转眼又是春节，我从一场沉睡中醒来，迷迷糊糊中，看见我妈正站在床边，使劲甩着手里的水银温度计。

妈，爷爷又将旧全家福挂在了客厅原来的位置，我昨天看见大姑妈站在那里看了好久，好久，后来还微微笑了笑。

这孩子，低烧一晚上，不会是烧糊涂了吧？我妈说，净说胡话，昨天你感冒发烧在家睡了一整天。再说，你大姑妈去北京治抑郁症还没回来呢。

原载《当代人》2023 年第 8 期头题

根苗初

我是多么羡慕她的美貌

以及艾挺你的家世背景啊

感觉自己哪里都不好

长相一般

家庭一般

现在想想

这美貌啊

财富啊

不过是春花冬雪

夏露秋霜

人啊

生而在世

平安就好

健康就好

双生花

1

手里的红富士快啃成世界地图了，还是不见赛冰冰的身影。艾紫若透过大巴车硕大的前窗朝外搜寻，广场上人影稀疏，大多数学员已上车。

这小妮子，该不会睡过头了吧？照说不会啊，平时都能早起，关键时刻又怎会掉链子？这显然不符合逻辑。不过也难说，凡事都有变数，难不成坐她男友的车直接去了考场？照说也不会啊，昨晚明明已在微信上约好，谁先到就给对方占座，就算临时变卦，也应知会一声啊，总不能闷声不响地放人鸽子吧？不急，还有五分钟发车，有些人就爱掐着时间到，从某种角度而言，也许这是心理素质好的表现。

在清晨六点的飞虎驾校停车场，艾紫若将"早上的苹果是金苹果"这条养生理念落实在行动上的同时，充分调用大脑细胞，不断地猜想各种可能性，又不断地作出否定。

毕竟有过约定，总不能坐视不理。艾紫若站起身，将苹果核准确无误地投进垃圾桶，从 MK 斜挎包中翻出湿纸巾，擦了擦黏糊糊的双手，点开微信车友群，艾特赛冰冰，按住说话："亲，座已占好，车快开啦，你在哪儿？"说完，手一松，语音信息"咻"的一声飞了出去。

根据以往经验判断，应该很快就能收到回复。可是，时间一分一秒过去，等来的却是如黑夜一样的沉默，一个巨大的问号随即像佛塔金钟罩住整个身心，到底是什么情况？难道是路上……呸呸呸，乌鸦嘴！艾紫若不敢往里深想，决定打电话问问，点开手机通讯录，发现未存她的号，只怪微信功能太强大，已在不知不觉中取代传统的手机通话。

这时，大巴车司机抬腕看了下手表，然后扭头朝后望了望，随即发动引擎，整个车身瞬间抖动起来。艾紫若挪了挪身子，感觉自己的每根神经都跟着震颤起来。真急人！这小妮子到底干吗去了呢？错过这场考试，想再约，可不是那么容易的事。

你可真是咸吃萝卜淡操心！她是你亲妹还是你堂妹表妹？至于吗？如果此时远在上海开会的单一杭会千里读心术，准会这么挪揄她。

眼看着车子就要开了，一个端着热干面的微胖女孩气喘吁吁地猛跑过来，见艾紫若旁边留着白，一张被她跑红的胖脸凑过来问："美女姐姐，请问这里有人坐吗？如果没有，我能像俄罗斯方块那样做个填充吗？"

艾紫若迟疑数秒，见女孩说话客气又自带幽默，便拿走搁在上面的斜挎包，微笑着说："你坐吧。"

女孩坐定后，哗啦啦地打开塑料袋，芝麻酱和蒜汁这对黄金搭档就像憋得缺氧，逮着机会便冲了出来，整个车厢就成了它们的天下。

"说了不要在车上吃东西，说得我涎泡子流，你们就是不听！

一股怪味，快把人熏死了！"大巴车司机铁青着脸，在怒斥声中放下手刹。女孩调皮地吐了下舌头，自觉理亏，费劲地拉开车窗，然后小心翼翼地吃起来，就像面里撒满了麻嘴的花椒。艾紫若下意识地侧过脸，偌大的停车广场，此刻已空无一人，唯有墙角的泡桐花凋落成冢。如果身边这个女孩是赛冰冰就好，有人做伴总比一个人独自面对强。女人就是这样，不管多大年纪都喜欢结伴而行，上个厕所也要手拉手。此次科目二的考试，白教练本来向驾校上报了四个学员，结果只有艾紫若和赛冰冰在网上抢到了号，落下的车友小田心里特憋屈，见到白教练就撒气，说他是个偏心鬼，眼里只有美女。白教练可不是情绪垃圾桶，用一句话道明事实真相：这跟我有个毛关系？我反正是报了，能否抢到号看各人运气，赖不到我头上！说完便不予理睬。说起来，这次能和赛冰冰一起考科目二，艾紫若觉得这也是一种缘分，毕竟一起学车的人那么多。

艾紫若微调坐姿，撤回视线，翻找放在包里的耳机。

大巴车已驶离广场，可微信上仍无动静，就像进入冬眠，尽管现在已是春暖花开。艾紫若将老是往下滑的耳机朝耳朵里塞了塞，点开百度音乐，一首老歌顿时流泻而出：就算你留恋开放在水中娇艳的水仙，别忘了寂寞的山谷的角落里，野百合也有春天……

听歌不是目的。人生中的许多时候，常需借助某种外力来筑建一道防外界干扰的屏障。此刻的艾紫若不想和陌生人说话，也不想陌生人和她说话，尽管身边坐着的女孩可能还是一个不错的聊天对象。冷漠信号的释放，不仅仅是因为芝麻酱和蒜汁联合打造的难闻之味，更重要的是，她需要一段安静的时光来梳理此刻纷繁芜杂的心绪。

如果上天不让意外降临，今天的考试应该能顺利通过，毕竟平时练得扎实，这点自信还是有的，何况考前还托关系去考场预考了一次。白教练老早就说了，只要科目二一过，驾照就算拿了一大半。言外之意，科目二最难搞定，搞定了它，就算是搞定了驾照。照这个理论推算，在夏季来临之前，驾照就能落入囊中，法意瑞七城两周游就可成行。这是一个多月前，当她决定学车又心怀怯意时，单一杭对她的承诺。正是这承诺，给她带来无穷的驱动力，毕竟她太想一家人出国旅游了。

若是搁在以前，艾紫若才懒得操这份心，反正有单一杭这个老司机将方向盘握着，哪需她亲自与四个轮胎较劲，可自从他被公司派往县里任分公司老总后，就给她的出行带来了极大的不便，生活质量因此而急剧下滑，零基础的她，只好硬着头皮挑战自我。

说起来，艾紫若和单一杭两家还是世交，他们的父辈曾在河南某野战部队共事，一个任团长，一个当政委，关系铁得就跟《亮剑》中的李云龙和赵刚似的。上一代人的情谊常会对下一代人产生良好影响，由于接触较多，尚在青春期的两个人便互生爱慕之情，不知偷偷递了多少纸条，暗送的秋波更是无可计数。他们的父辈转业后，起初并不在一个单位，后来造化使然，某领导因严重违纪在办公室服药自尽，就这样空出一领导职位，单一杭的父亲经组织考察，从外单位调任于此，两个老战友因此再续前缘。所谓门当户对、知根知底，大抵如此，更何况男有情女有意，后面的事自然顺理成章，尘世的舞台上从此又多了一段强强联姻的佳话。

有时，艾紫若会忍不住想，像单一杭这样家底厚实、工作稳定的青年才俊，恐怕也是赛冰冰一直梦寐以求的结婚对象吧。尽管她俩年龄相仿，相差不过一岁，可艾紫若早已将自己过成了幸福安定的模样，就像客厅里摆放的娇艳水仙，而赛冰冰却把自己熬成了大龄未婚女青年，就像山谷里飘摇的兰花草，总期盼有那么一个重情重义、懂她疼她的男人，能够嗅到她的幽香，不畏艰险，勇敢采撷。

昨天夜里，艾紫若和赛冰冰在群里约定好同坐驾校安排的大巴车去考场并互道晚安后，又接着熬夜去了。艾紫若在追一部美剧前，先用牙线洁了牙，纯净水洗了脸，酸奶洗了头，敷了张心清堂补水保湿面膜，然后舒服地躺在贵妃榻上保养身心。等待的间隙，她开始思考幸福的真谛。幸福是什么？每个人都有自己的答案。艾紫若则认为，幸福就是源于内心的满足感，使人心情舒畅的境遇和生活。就现状而言，她毫无疑问是满足的，当然也是幸福的。为什么不呢？丈夫事业有成，且顾家念家，视她和女儿为手心里的两个宝。女儿活泼可爱又聪明伶俐，学校的老师都喜欢她。自己有一份稳定且还算轻松的工作。双方父母各有工资和退休金，身体还算硬朗，小病小痛自然难免，可毕竟没啥大毛病。

　　尤其是艾紫若的母亲，从一所大专院校财会教师岗位上提前退休后，成立了一家会计师事务所，由于人脉资源丰富，钞票是哗哗地往口袋里流。横竖也就艾紫若这么一个宝贝女儿，挣的钱难不成还能带到棺材里去？之所以退休不退岗，充分发挥余热，还不是为了积累财富造福下一代。因此，但凡女儿家里有啥大事小情，老太太厚实的人民币就及时赶来救场了。其实，就艾紫若家里的经济状况而言，所有的救场都不过是锦上添花。

　　就拿普通老百姓最为关注的医疗问题来说，艾紫若所在的这家行政单位，本身有医疗保险，单位还成立了大病医疗基金会。有了这双重保险，照说就足够保险了。可是，艾紫若的母亲觉得还不够保险，又给女儿全家每个人各买了一份商业保险，说啥有病保病，无病养老。

　　老太太不仅保险意识强，消费观念亦超前。有一次，母女俩一起逛中商百货，艾紫若看中一件轻奢品牌欧迪鸟的沙滩裙，标价六千多元，想穿到泰国，或是马来西亚去度假，可试来试去，就是下不了手。艾紫若的母亲见此，掏出银联卡就在 POS 机上刷了，一旁的女服务员惊羡不已，心想这老太太不一般，比年轻人出手还阔，做她的女儿真爽！买下后，艾紫若有点心疼老妈的钱。老太太却说，你现在年轻不穿，难道要到了我这把年纪才穿？有钱难买你喜欢。既然喜欢，为什么不要？你也别心疼这点钱，老妈审几个账就出来了，多大的事儿！富养女儿穷养儿，我的闺女我就要像公主一样去养，你再看看，还需要点啥？老妈今天全程买单。

艾紫若连说够了够了，站在一旁的女服务员艳羡到不禁感叹起命运来。

2

一个多月前，艾紫若第一次去驾校练车场学科目二时，为方便舒适，特意穿了套 Bylure 和一双 Nike。她发现，宽阔的练车场被白石灰线划分为几个区域，由不同的教练占区为王。有趣的是，大多数教练要么将急躁挂在脸上，要么将恶语喷出嘴外，将学员们吼得跟孙子似的。当然，性情温和、耐性好的教练也有，但不多。艾紫若穿过一条条地划线，找到她所在的区域。其时，只见一群女人以一个男教练为圆心围成一个扇形，教练姓白，四十岁出头的样子，脸黑似炭，眼小如豆，腹部赘肉像轮胎。白教练坐在小板凳上，手里握着一根细长的竹鞭，扯着嗓子朝正在不远处倒库的女学员喊："快，左边打死，打死！唉，又打慢了！停停停，开出去，重新倒。慢点，慢点，差不多了，回一圈，倒，倒，继续倒！停！停！快停！教你找的点呢？到底记住了没有？库都倒穿了！你还倒？幸好后面没有墙，不然我的车屁股算是花了。我说你，倒了这么久，都快一个月了吧，还倒得稀巴烂，我真是不想说你什么了！我都快气得吐血了，幸好我没有胡子，不然胡子都要气掉了！你真是连猪都……算了，你先出来，看别人是怎么倒的，好好地观察一下，再好好地想一想。"

白教练训斥完毕，仰头看天，长叹一口气："我看啊，你们这批女学员，数空雨心接受能力最强，我只教了她一次，才几天工夫，库就倒得像模像样，如果你们都像她那样，我该有多省心。"

"咱们教练最喜欢空雨心了，张口闭口都是她。"一个满脸黄褐斑的女人打趣道。

"当然，空雨心不仅库倒得好，颜值也高，还年轻，我们哪里比得上。说句实话，她要是化下妆，可能比影视圈里的两个冰冰还要美。"一个戴着茶色太阳镜的女人酸不溜秋地说道。

"那是，听我一闺蜜说她以前在南方当过平面模特，人家那是什么脸，360度无死角啊，我们怎么比？就算美颜也拯救不了！唉，真是没有对比就没有伤害。不过呢，空雨心这名太那个什么了，不好记。干脆，咱来个实的，就叫她赛冰冰呗！"一个叫小田的短发女孩附和着，眼里尽是羡慕的神色。

"别说，空雨心还真算得上是我们这车上的车花，你们也别羡慕嫉妒恨，瞧她那颜值，就算放在大城市也毫不逊色，叫她赛冰冰一点儿也不为过！"白教练边说边把玩着手里的教鞭，然后又像想起什么，赶紧补充道，"凡是学得快，库倒得好的，我都喜欢！"

车花赛冰冰的美名就这样传开了，至于她的本名空雨心，反倒没几个人能叫出，能叫出的，也不再叫了。

比范李两冰还美？那该美成啥样？嗬，你们瞅着吹牛不缴税就猛着吹是吧？初来乍到、浑身上下冒着优越感的艾紫若听见大家的溢美之词，不禁嗤之以鼻。在她看来，这年头的美女，尤其是从男人嘴里喊出来的美女，不过是区分性别的称呼，大多名不副实，充其量是现代化妆术的神奇功效，经不起细看，透着诸多疑点。

艾紫若尽管心里这么想，可还是存有几分好奇，毕竟夸她的人太多了。见到传说中的车花赛冰冰，是在第二次去驾校练车场学科目二的时候。

当时，艾紫若因单位临时有急事需处理，想练一把就走人，可前面还有好几个人排着队，这样等下去肯定会误事，如此走掉又不甘心，毕竟这么远，来一次也不容易，就漾着笑意试着和排在前面的佘大姐商量，能否互换下位置，让她先练一把，练完就走，绝不赖着练第二把，说话算数。

谁知，佘大姐可不是好说话的主，目光如刀，直戳过来，声音像碎裂的土沙罐："来这里练车的，你说谁会没事？我的店到现在还关着门，做生意的最忌讳关门，门面租金贵得要命，我练完后还要赶回去做生意，肯定不能和你换！"

艾紫若心想，真是热脸遇到冷屁股，俗话说伸手不打笑脸人，我都低声下气了，你居然这个态度，硬得像块生铁。刚冒起的希望之泡，瞬间就破灭了，她只得压住不快，礼貌性地回一句："没事，打扰了。"

却不想，像是拧开了佘大姐嘴上的阀门，她噼里啪啦，越说越上劲："干什么都讲究个先来后到，不管你是谁，就算你是局长的夫人，市长的妹妹，书记的千金，也不能坏了规矩，到了这里都是一样的，你说来这里练车的谁会没事？谁会没事！都不是从牙齿缝里抠时间，谁的时间是浪打来的？你还是安心排着吧，实在不行，下次再来呗，学车又不是一天两天的事，急什么呢？心急可吃不了热豆腐！"

我去！不通情理的灭绝老师太！蹬鼻子上脸了你还！艾紫若心里噌地烧起一团火，准备趁势理论几句，你说你这人，不换就不换呗，废这么多话干吗，你算哪家佛，轮到你来训？正在这时，排在最前面的女孩突然转过头说："我和你换，我最近反正没啥事，可以在这里守着练一天。"

这一句无疑是火线救援，女孩话音落地，艾紫若烧在心里的火瞬间熄灭，罢了罢了，不和这老妖婆一般见识，来这里是学车拿驾照的，可不是吵架斗气的。

"赛冰冰，想当活雷锋啊？那就请自觉排到后面去！"佘大姐见赛冰冰拆了自己的台，狠瞪一眼，厉声说道。

"排就排，我有的是时间。"赛冰冰边说边往后面走去。

"你们这帮娘们儿就是麻烦！像一窝麻雀，一大早就叽叽喳喳吵个没完没了，让人不得清静！"白教练拿着教鞭坐在小板凳上晃来晃去地说。

艾紫若将充满感激的目光投向赛冰冰，刚才忙着和佘大姐对阵，无暇细看，待仔细一看，顿时惊呆！原来，大家所言非虚，赛冰冰的确是一个标准的美人儿，她有着精致的五官、完美的身形，在人群中很是醒目。尽管艾紫若长得也还算不错，可是不得不承认，她那点颜值，在赛冰冰面前，实在不算什么，甚至有种相形见绌的感觉。可是，从赛冰冰那一身阿玛施的仿品上，离开没有多远的优越感又重新回到艾紫若的心里。

不久之后，听小田无意中说起才知，赛冰冰因为学车请假，老板心里不悦，处处摆脸色，使绊子，赛冰冰不堪其境，只得辞去美容院的工作，打算一门心思拿到驾照再图他径。

因为练车，连工作都丢了，成为货真价实的无业游民。隐隐中，艾紫若有些同情赛冰冰，也许是因为有自己这样一个参照体，怎么说呢，她早已习惯通过比较来确认自己的幸福感。

艾紫若在单位负责督察内审方面的工作，忙的时候极少，一年也就那么点事，多数时间都很清闲，平日里，喝几杯养生美颜茶，看看股票基金支付宝，逛逛天猫美团唯品会，一天也就晃晃悠悠、舒舒服服地过去了。她的上司是一个通情达理的中年男人，可以说将人性化管理发挥到了极致，不过也要因人而异。譬如说，艾紫若的女儿幼儿园搞活动需要家长参与互动，他会说，孩子的事是大事，孩子可是祖国的花朵未来的希望，做父母的当然要支持配合，工作的事情嘛，不必太挂虑，只要将手头的事交接好就行。艾紫若考驾照，自然少不了请假，他同样也给予充分理解与支持，说现在谁不会开车？这驾照咱当然得拿，必须的！只要单位里没啥急事要事，你尽管放心请假，好好地学车，拿到驾照，我请你吃饭，算是祝贺。

哇，拿个驾照，还请吃饭？还是私人掏钱。不过，有些事真是心照不宣，艾紫若心里其实跟漓江的水似的，若不是她娘家及夫家有权有势，且有直系亲属还是上级部门主要领导，他会如此关照？就说同科室一个没啥根基的90后男同事吧，有次感冒发高烧在医院打点滴，上司硬是坚持让他打完针后立即赶到单位处理紧急事务，其实也不是啥大不了的事，也没那么急，就是打几个电话发几个传真到县市区局上报参会人员名单，顺便给局长办公室的君子兰浇浇水。这等提不上筷子的小事，谁不能代劳一下呢？

尽管艾紫若是权势沐浴下的受益者，可她习惯于站在弱势的一方释放自己的同情，从而寻求心灵的安宁与救赎，她猜测自己的前世也许是一个很苦命的人。如若不然，为什么总是梦见自己失去所拥有的一切，成为一个无依无靠的人，她惧怕被一棍子打回前世，让噩梦变成现实，如果同情可以免遭此劫，她愿意日行一次。

3

艾紫若第三次去驾校练车场学科目二时，听见佘大姐在给白教练提建议："教练，你为了教我们学车，以前那么白的皮肤，现在都晒黑了。"白教练紧绷的脸瞬间松弛下来，笑着回应道："男人晒黑了怕什么！"佘大姐将白教练的胳膊一拽，转移话题："我观察了下，我们的教练是这练车场最帅的教练了，人又好。教练，你看最近又增加了几个新学员，又都是女学员，女人学车不容易，学车是一个辛苦事，让大家站着等就更辛苦了，你看她们个个长得如花似玉，你就不心疼吗？要不，咱再买几个小板凳呗？"

白教练缓缓抬起头，环视四周，见确实有几个新来的女学员站着，脑袋一偏，黑脸一低，停顿了几秒，说："那就麻烦佘大姐再买几个，这次别买多了，五个就行。多了，后备箱装不下。"

"行，你说多少就多少，我明早练车时就带过来。"见所提建议被采纳，佘大姐欢快地应承道。

艾紫若不禁暗忖，看来人是有多面性的，还真不能一棒子将人打死，没想到之前刻薄小气的佘大姐也有热心快肠的一面。想到这里，她突然有些自责，正欲将上次差点就喷出口的溢恶之言在心里像橡皮擦一样悄悄抹去。谁知，在康复医院当护士的小田压着嗓音在艾紫若耳畔咕哝道："嘁，伪热心！"

艾紫若不明就里，却也不便细问。

"那新来的学员每个人收三十元钱咋样？"佘大姐趁热打铁地问白教练。

白教练略微想了想，然后点了点头。

"原来还要收钱啊？"艾紫若跟身边的小田耳语了一句。

"我的姐，你以为呢？"小田显然很吃惊，没想到艾姐居然会问出这样的话来。

艾紫若将三十元钱主动递给了佘大姐。小田尽管满肚子意见，可是当佘大姐走过来收钱时，还是爽快地给了。艾紫若发现，新来的学员皆掏了份子钱，唯独赛冰冰像泰山一样稳稳地立在那里，就像这事和她没有半毛钱关系。

佘大姐捏着已收的板凳钱走到赛冰冰跟前，问："赛美女，你的呢？"

赛冰冰的俏脸上掠过一丝不易觉察的尴尬，但很快又理直气壮地回答说："我不坐板凳的。"

佘大姐像雕塑僵在那里，除了鼻子，脸上也是灰。

"我喜欢站，站着说话不腰疼。"赛冰冰随即又说了一句。

此语一出，众人皆惊。佘大姐显然没有料到赛冰冰会来这么一句，一时竟不知如何应对，便讪讪地笑了笑，转过身，昂然而去。走了几步，细想，又觉不爽，脸上堆满鄙夷之色，抛出一句："我看你不坐的！"

艾紫若很想替赛冰冰将这三十元钱交了，也算是还了上次让位欠下的一个人情。然而，当她的手刚接触到鳄鱼皮钱包时，却被小田意外地拦住了，并用那双饱含深意的小眼睛瞪了她一下。艾紫若心领神会，不再轻举妄动。小田尽管比她小几岁，可毕竟早到几天，对这里的情况也要知道得多一些。

那天因为人多，排了一上午，也就练了两把倒车入库。艾紫若本可以像往常那样练完就走，可为了等小田，故意放慢了回家的脚步。

科目二练车场比较偏远，距回城的公交车站台，有一段坑坑洼洼的碎石子路，路两旁长着茂盛的灌木，如粉团蔷薇、火棘等。艾紫若见四野无人，亲热地挽着小田的胳膊，边走边问："说说，咋回事？"

"什么咋回事？"小田狡黠地回应道。

"别卖关子了，聪明如你，还不知我问啥？"

"好吧，实话跟你说，佘大姐这人就是伪热心，她的热心其实就是一个屁！"小田夸张地翻了翻眼皮，接着说，"她家是卖家具的好不好。这佘大姐呀，瘦得像杆，精得像猴，听以前的老学员说，她总是撺掇白教练让学员掏钱买她家的东西，什么桌子啊，遮阳伞啊，都是在她家买的，只要来了新人，就跟教练说买板凳啊啥的，教练车的后备箱都快成杂货铺了，你就等着瞧吧，说不准哪天她还会有新花样冒出来的。"

"原来如此。那你为什么要阻止我替赛冰冰交钱呢？"艾紫若很是不解。

"你想啊。你当着那么多人的面替赛冰冰交钱，她是不是会觉得很没面子？人是有尊严的好吗。而且，就算你替她交了钱，赛冰冰也是不会坐的，更不会领你的情。再说，你这种行为，是变相助长了佘大姐的歪风邪气。"小田说完，抬起脚，将地下的一颗石子踢得连翻好几个跟头，最后不情不愿地滚进路旁的臭水沟。

艾紫若点了点头，发现小田虽然年纪比自己小，看问题却比自己敏锐。

还真是被小田说中了。佘大姐买来的小板凳尚未坐热，在这辆以女学员居多的 C2 驾训车上，又发生了一件事。

白教练有一个习惯，就算天气再热，也喜欢喝开水冲泡的绿茶，而且总是一杯接一杯地喝，就像每天吃了很多咸鱼和咸鸭蛋。当然，喜欢这样喝热茶的女学员也多，毕竟大多都是三十四十好几的女人，知道喝热茶养胃更有利于身体健康。可是，开水室距离训练点较远，来回走一次需要花不少时间，之前买的保温壶不仅小而且把手也快断裂了。

这些都逃不过佘大姐的眼睛，她趁着教练心情不错，满脸堆着笑，适时建言："教练，咱买个保温壶呗，现在的壶太小了，装不了多少水，开水室又远，而且把手也快断了，用起来提心吊胆的，如果烫到哪个学员的手和脚，大小可是一起事故啊。"

教练看了眼桌上的水壶，说："将就着用一下吧，等下一批学员来了再买。"

"现在买了，下一批学员就不用买了嘛，就当是为他们做件好事呗。再说，买了新壶，大家泡茶就方便多了。"佘大姐继续做着思想工作，心想还下一批，等下一批来了，我早就走人了。

白教练正准备开口说话，一个喜欢喝热茶又总和佘大姐混在一起的女人插话道："现在的保温壶确实太小了，倒不了几杯水就完了，现在天气渐渐热了起来，总去那么远的开水室打开水，确实挺麻烦的。"

"那好吧，那就买一个。需要收多少钱，你和大伙儿说一声就行了。"白教练说完，站起身走到正在倒库的学员身边大声地表扬，"这次倒得不错！左右两边差不多宽，有进步！"

"这回人多，不论新老学员，每个人收二十元钱就行了。多了退给你们，少了我贴一下。"佘大姐对大家说。

不就是二十元钱吗？哪里用不上呢。学车这多钱都交了。再说，换个大的保温壶也没啥坏处。就算有人心里不舒服，认为不需要这么多钱，可出于面子，还是将钱交给了佘大姐。到赛冰冰这里了，未及佘大姐开口收，她抢先说道："我不渴，不喝也不喜欢喝热茶。"

鉴于上次的失败经验，佘大姐似乎知道赛冰冰这钱是收不上来了，也不耗时纠缠，反正收的钱够多，掉转身，再一次昂然而去。当然，她的嘴是不会轻易饶人的，在赛冰冰的听觉范围之外，咬牙狠狠地吐出几个字："钉子户！小气鬼！"

令艾紫若感到无比诧异的是，自从佘大姐买了新的保温壶以后，赛冰冰还真的没从里面倒过一滴开水，甚至她都没有去开水室倒过水，更没有像一些年轻人那样去小卖部买饮料和雪糕。而且，到了吃饭时间，赛冰冰经常连饭也不吃。每当有人问及，她总说不饿，没胃口，不想吃。有时，趁大家去外面的餐馆吃饭时，她会匆匆地啃几块自带的甜薄脆饼干或者一包小浣熊干脆面。后来大家就理解了，也不再细问，女孩子嘛，估计是为了保持身材，节食呢。难怪，近一米七的个子，才九十多斤，原来魔鬼身材是这么练就的。

可是，有一次科目二考试通过的男学员为了庆祝自己的胜利，喜滋滋地跑过来请大家吃烧烤，赛冰冰又表现得很能吃，就连一般女孩不敢问津的减肥天敌烤鱿鱼，她一个人就吃了十来串，网上疯传一口鱿鱼等于四十口肥肉。照这么计算，结果真是惊心动魄。如此看来，她又不像一个节食女孩应有的做派。

总之，在艾紫若眼里，赛冰冰是一个异乎常人的存在，有许多令人费解的地方。像谜，难猜。比如，有时，她话特多，拉着她或者小田叽里呱啦说个没完没了，完全不顾忌对方的反应。有时，又沉默得像一只羔羊，半天不发一言，眼睛直愣愣地注视着某物，就像睁着眼睛睡着了觉。有时，她表现得和大家很亲近，形同姐妹。有时，又像隔着千山万水，俨然路人。

4

学车的人越来越多，等待的时间也就越来越长，而聊天就是消磨时间的绝佳利器。女人们在一起，无非是你说我，我说你，真是谁人背后不说人，谁人背后无人说，无非是受关注度多寡不同而已。毫无疑问，赛冰冰是这群女人里最具话题性的一个，当然这和她的颜值不无关系。在某次等待中，艾紫若依稀听小田说起过，赛冰冰是家里的独生女，夫妻俩三十多岁时才生了这么一个女儿，此前总怀不上，去医院检查，怎么也查不出原因。后来，一个走街串巷的算命先生对夫妻俩说，想生孩子也不难，只要照我说的方法去做，保准很快就能怀上，不过……说到这里，算命先生戛然而止。夫妻俩互相对视一眼，点了点头，算是达成了默契，赛冰冰的母亲从抽屉里拿出一张百元钞票毕恭毕敬地递了过去，算命先生接过钱，在手里捏了捏，继续说道，一个月之内，你们想办法去抱养一个女婴，不出半年，就会怀上。夫妻俩求孕心切，照算命先生说的做了。这事说起来还挺邪乎，时近半年，果真就怀上了，更邪乎的是，赛冰冰出生没几天，抱养的女婴突发急症夭折。有传言说，这亲生的女娃可真是命硬，一出生就将人克死了，这是一种不祥之兆啊。

　　夫妻俩完全沉浸在得女的欣喜之中，哪管什么祥不祥的，再说那夭折的女婴只是在城郊康复医院附近的菜棚边捡来的，亲生父母是谁都不知道。夫妻俩当时一心想着能生下自己的孩子，且时间又紧迫，便顾不了那么许多，再说抱养的女婴充当的也只是引窝蛋的角色，即便心里有细小的悲伤，也很快被巨大的喜悦所冲淡。但凡见过他们亲生女儿的人都说，这女婴生得如同白瓷一样精致，眉目竟如瓷花般夺目清晰，日后定会出落成百里挑一的美人儿。然而，这些人背转身，却又是另一番言论：这女娃的确是一个美人坯子，只可惜投错了娘胎哟。

　　赛冰冰的父母原本在乡下务农，为了生计，很早就从乡里进城做小本生意，因为买不起房，一直租住在老城区光明村。赛冰冰的母亲在南门桥修了十几年鞋，父亲在中山街烤了十几年猪油饼。夫妻俩每天起早摸黑的，虽说有了一点儿积蓄，可抗风险能力不强，平时尚可勉强维持，遇到大风大浪便摇摇晃晃。

　　母亲为了多挣点钱，天气好时出摊很早，以此弥补天气不好时不能出摊的损失。中午一般不回家，活干完了，就随便买点馒头花卷什么的充饥，以致生活上毫无规律可言，总是饥一顿饱一顿的。父亲呢，就更好打发了，不是在卖烧饼吗？饿了，就啃一个。渴了，就喝一口自带的白开水。

为了尽可能多存点钱，他们平时有个小病小痛，也没在意，能忍则忍。在他们眼中，医院就是一个变了形的大魔鬼，医院就是一个巨大的吞钱机，更别说自费体检这回事了，像什么筛查乳腺癌的钼钯检查，筛查卵巢囊肿的核磁共振检查，筛查胃癌的胃镜检查……对他们来说，都是很遥远很陌生的名词，就像是来自另一个星球的东西。别说做，想都不敢想。

可艾紫若的公婆和父母则完全不需要想，单位每年都会雷打不动地安排干部职工去体检。就说艾紫若的婆婆吧，本身就在医院上班，是妇科的主治医生，单位每年会安排两次体检，上半年一次，下半年一次。当然，因为有这个便利条件，她完全可以将体检当成回娘家，啥时候想了，就去亲近一次。再说艾紫若的公公，曾在党组会上当着众成员说，我们单位的体检标准实在太高了，全身上下也就这么些零部件，卡里的钱总用不完，拿不出来，也不能给别人用，这纯粹是浪费嘛。主要领导发话了，后来，体检标准就真的降低了。

赛冰冰高中毕业后一直在外东飘西荡，曾在武汉发过宣传单，在广州学过美容美发，在深圳电子厂当过工人，在杭州做过平面模特，种种因素，都干不久长，一直没有一个稳定的工作，却希望找到一个有稳定工作吃财政饭的男友。可是，事与愿违，在外面打工时，先后谈了两个男友，一个在米兰西饼店做糕点，一个在手机店修手机，工种不同，结局一致，皆是不欢而散。

女儿老大不小的了，不能总像这样在外飘着，得在本地找一个靠得住的人家嫁了。夫妻俩之所以如此节俭，是因为有一个宏大的愿望，那就是在老城区买一套九十平方米左右的商品房。他们倒是无所谓，在哪里都可以窝一辈子，但不能误了孩子的终身大事，得为她考虑考虑，免得到时候谈了男朋友，往家里一带，知道是租的房子，笑家里寒酸，而轻看了她。

5

大巴车在国道上开了近一个小时，吃热干面的女孩早已吃完了，艾紫若一口气回忆了这么多，加上昨晚熬了夜，今天又起得早，终于感到累了，她将耳机取下，关掉音乐，闭上眼睛，小憩起来。

十来分钟后，满载驾考学员的大巴车喘着粗气抵达考点。凹凸不平、荒草萋萋的大门前，已停了好几辆不同驾校的车辆，挡风玻璃处皆放了标牌，采用红底白字区别着各自的身份，名气大点的驾校自带霸气光环，名不见经传的驾校则一副寒酸拘谨的模样。艾紫若从知名度颇高的驾校车里走出来，感觉通过考试的胜算都要大些。举目四望，随处都能见到前来考试的学员，却没一个是艾紫若认识的，尽管她的视线已像拉面般抻长、面饼一样铺开，依然没有看见一路牵挂着的赛冰冰。也就是说，她男友开车送她来考场的可能性可以排除在外了。

艾紫若进了大厅，领了考号牌，安静地坐在长椅上候考，而其他学员则和同伴谈笑风生，有说有笑，就像不是来考试的，而是来开联欢会的。

"你们都安静点！后面考场有人在考试，不要影响别人！谁再说话，今天上午休想考试！"一个穿着警服的漂亮女警走了过来，大声地训斥道，看上去威风凛凛，像霸气女王。

这训斥，果然奏效。整个大厅，刚才还像自由市场，此刻却如大雄宝殿。

反正自己是一个人，无须开口说话。艾紫若从女警的训斥声中，突然获得一种平衡与安慰，当然还有一丝沾沾自喜。

半小时后，艾紫若看见那个坐在大巴车上吃热干面的女孩耷拉着脑袋走了出来，心想情况不妙。不用问，肯定是挂了。过和没过，从面部表情基本上就可作出判断，通过的神采飞扬，没过的垂头丧气。她的脑袋都垂成那样了，不是挂了还能是什么，难不成是假装？不可能！

"过了吗？"吃热干面女孩的朋友迎上前，关切地问。

"挂了。"吃热干面的女孩声音小得像蚊子哼。

"挂在哪了？"朋友接着问。

"安全带锁扣插在副驾上了。"吃热干面的女孩皱着眉头答道。

"不是还有第二次机会吗？"朋友追问道。

"用了。第一次忘了系安全带，第二次将安全带锁扣插在副驾上了。"吃热干面的女孩难过得快哭了。

"你呀你，平时不是练得很好吗？怎么关键时刻犯这种低级错误呢？而且还都是安全带问题。"吃热干面女孩的朋友拍了拍她的肩，安慰道，"没事，没事，等我考完了，陪你去交补考费。"

此话一说，吃热干面的女孩"哇"的一声大哭起来，众人皆将目光转向她。

听女孩这么一哭，就像是给自己垫了底，艾紫若反倒一点儿也不紧张了，不就是补考吗？又不是上刑场，有啥大不了的。

如是一想，艾紫若轻松地步入了考场。

二十分钟后，艾紫若以胜利者的姿态从考场走了出来，感觉就像走在戛纳国际电影节的红毯上，四周全是捧着鲜花、举着相机朝她欢呼的粉丝。她实在抑制不住内心的狂喜，连忙掏出手机，给出差在外的单一杭打报喜电话。然后，又给每一个关心这场考试的亲朋好友打了报喜电话。最后，她在车友群里发了一条微信：各位亲，科考二，我过了！紧接着，又发了一个两百元的红包。这早已是不成文的群规。只是，金额随意，全凭心意。

起初，就像针入大海。红包一发，群里顿时炸开了锅！鲜花、掌声，以及跷大拇指的图标纷纷涌来,叮叮声不绝于耳,都快响爆了。以前艾紫若总嫌群里声音太吵，可此刻却是如此喜欢。她想和群里每个人分享自己的喜悦，熟悉的陌生的，喜欢的不喜欢的。

这种喜悦，一路绵延，直至入夜，艾紫若的心才渐渐平静下来。她戴上浴帽，用纯净水洗了脸，热水冲了凉，涂了免洗面膜，准备将赛冰冰的微信加上，问问到底是什么情况。可是，令她感到惊诧不已的是，微信通讯录群聊里怎么也找不到车友群。

群呢？群呢？艾紫若不住地问自己。其实，隐约中，她已猜到，肯定是教练将她清除出群了，只是一时半会还接受不了这个事实。当然，也并非不能理解，她已通过了科目二的考试，留在群里已无意义，也不便于教练管理。因为科目三的学习，将会有新的教练来教她，她将去往新的地方，遇见新的车友，一切又将是新的开始。

教练的做法无可非议。可，她万万没有想到，教练下手竟然如此快，快到她毫无准备，红包刚发，真是人走茶凉啊。此刻，她有些后悔，怎么没早点加上想加的车友呢？比如小田，比如赛冰冰。也许是固有的优越感和轻微的傲骄感在联合作祟，在她隐秘的内心深处，她并不认为在这个各色人等皆有的车友群里，可以和某个人发展成朋友，进而走进彼此的生活圈，与未来有所交集。在人生的漫长旅程上，原本就会和许多人擦肩而过。一个月，或者两个月的相处，实在是太短暂太轻微了。

约定好一起去考科目二，为什么没有出现？且又没有一句解释？到底发生了什么事情？如果出了车祸，本地论坛"小城大事"栏目应该有新闻传出了，可是没有。尽管艾紫若已通过了科目二的考试，可这种巨大的喜悦依然没有冲掉赛冰冰爽约所带来的困扰，她还在纠结这个问题。那么，此心理状态，究竟是出于好奇，还是出于对赛冰冰的关心？也许两者兼而有之。总之，她放不下，或许时间和空间可以。

回忆，也许只有通过回忆，才能找到某种线索，抑或蛛丝马迹。艾紫若在寂静的夜里，任回忆穿透夜的黑。外面的灯光已渐次隐去，夜模糊成一片，回忆愈来愈清晰，失眠像枯藤，像恶魔，紧紧地缠住艾紫若不放，无以挣脱。

6

不要想了，我不要想了。再想，黑眼圈，眼袋，暗沉肌……就会统统爬上来，我要赶紧睡个美容觉，明天还要早起会见科目三路考的新教练呢，艾紫若想用此意念来逼退回忆大军的入侵。可是，回忆的闸门一旦洞开，不是单方面想关，就能关闭的。

依然是在驾校练车场。二十一个人，一辆车。等待，成了科目二学倒车入库的常态。

在等待的间隙，等待的人喜欢用聊天这种最寻常的方式来解决等待的无聊。

那是三八节过后的第一天，一群女人正在用手机互晒昨天收到的礼物。

一束玫瑰花、一瓶眼霜、一个手提包、一管口红、一场电影……这些礼物，早已被收到礼物的女人发送在各自的朋友圈。

有人问："艾紫若，你收到的礼物是什么？"

艾紫若微微笑了笑，说："几套护肤品而已。"

"啥牌子的？快给我们说说呗！"小田的兴趣被腾地调动起来了。

"哦，我老公恰好在韩国考察学习，回国时顺便在机场免税店给我买了 Whoo 后、雪花秀、兰芝三套护肤品。"

"哇，一买就是三套，真是大气！这可是我一直想买的品牌呀！"小田的眼睛都亮了，"艾姐，我真的好羡慕你哦，你太幸福了！人和人，真是没法比，一比气死人，我昨天就收到一个三十八元的红包，而且还是在我的提醒下发的，真他妈没劲！"

"那也不错啊，一分也是爱嘛！"一直静默不语的赛冰冰突然冒出一句话。

"赛美女，你男票送你什么啦？"佘大姐特意用了"男票"这个词，而非男友，听起来总有那么几丝嘲讽的意味。

"没送什么。"赛冰冰沉了脸，声音明显矮了下去。

"那肯定发了一个大红包给你！"

"也没有。"

"怎么可能呢？你长得这么漂亮，你男票不可能没有任何表示吧？他是不是真的在乎你，微信红包自带检验属性哦。"

"当然有表示啊，不过和你想的不一样，他在微信上给我发了三朵玫瑰花图标，说这代表永不凋谢的爱。"

赛冰冰话音落地，佘大姐带了个头，大家顿时笑喷了。

没有人相信赛冰冰说的话，就连艾紫若也不信，以为只是一句用来忽悠大家的玩笑。然而，她说的却是事实。

直到某一天，赛冰冰向艾紫若求教一个情感方面的问题，她才相信这句话的真实性。

那天下午，赛冰冰和艾紫若练完车，一起走在回城的路上。快走到公交站台时，赛冰冰突然停下脚步，拽住艾紫若的胳膊，认真地注视着她的眼睛说："艾姐，问你一个问题好吗？"

艾紫若心里微微一颤，显然没料到她会这样，但很快又用眼神示意她继续。

"如果一个男人迟迟不愿娶你,却又想和你保持那种关系。另外,不管是什么节日,情人节也好,5 月 20 日也罢,还有昨天的三八妇女节,甚至是你的生日,他都没有送你任何实质性的礼物,偶尔会用微信上的图标表示一下,算是应应景,那么这个男人爱你吗?"

艾紫若略微思考了一下,说:"这是一个复杂的问题,不能一概而论是吧,应具体情况具体分析,因为每个人表达爱的方式是不一样的,不送礼物,不代表不爱,可能是不喜欢这种表达方式,或者说不够爱。迟迟不愿娶你,可能是某些条件不具备,时机还不成熟,或者有难言之隐吧。"

赛冰冰认真地听着,不时地点头,当艾紫若停下来时,她生怕冷场,立刻接住话尾:"艾姐,你说得很有道理,我完全认同。你说不能一概而论,应具体情况具体分析,那么在你面前我也不想隐藏什么,干脆将具体情况全都告诉你,你就帮我分析一下吧。"

"行啊,你既然如此信任,我一定尽我所能,帮你解析,不一定对哦,仅供参考,还需你自己去体会。"作为已婚人士,艾紫若很乐意充当一次情感导师,毕竟不是每个人都会向她敞开心扉,坦露心迹。

"艾姐,不瞒你说,我和他是通过微信'摇一摇'认识的,那时我刚从杭州回来,无意中在微信上摇到一个男的,也就是我现在的男朋友。他在政府某部门工作,老婆几年前在高速公路上车祸身亡。见面后,我们对彼此的印象都很好,没过多久就发展成男女朋友关系。我们好了将近大半年的时候,遇到我生日,QQ 上不是有好友生日提醒吗?那天,我收到很多朋友的生日祝福,唯独没有他的。当时,我很期待,只要手机和 QQ 一响,我就激动不已,以为是他的,可总不是,甚至还出现了幻觉,老觉得手机在响,是他发的信息或者打来的电话。可是，一直等到转钟也没有收到一句他的生日祝福，当时我心里特失落。转念一想，也许是他没看见。过了几天，我们躺在床上聊天时，我无意中谈到生日这个话题，说我收到了很多祝福，很开心，但最开心的还是能和爱的人一起度过，就算没有礼物，哪怕一句祝福也好……"

说到这里，赛冰冰突然停顿下来，以为艾紫若不想再听下去。

艾紫若催促道："接着说啊，我在听呢！"

"万万没有想到，他的反应超强烈，说不管是生日也好，还是其他节日，都应该安安静静地过，不应该去打扰别人的清静。再说，爱是纯粹的，是精神层面的，是形而上的，物质和金钱会破坏这种美感，难道你不觉得送礼物这件事情很庸俗吗？我觉得两个人相爱是最重要的，其余的都不重要。如果你过生日真的很期待礼物，我可以送给你，这个没问题。可是，你想过没有，我今年送了，明年忘了，你肯定会失望，那么不如一开始就不要送……听他这么说，我只好无奈地笑了笑，还能说什么呢？再说下去，我就是一个彻彻底底的俗人了。"说完这些，赛冰冰神色黯然。

"怎么说呢，可能是他不了解女人的心思吧。"艾紫若不想让赛冰冰过于难受，只好如此回应。

"还有，那个时候，公款旅游还很普遍，因为工作性质的原因，他时常外出开会、培训、考察，然后顺带旅游。别人从外面回来都会给女朋友或家人带点小礼物，可他一次也没给我带过。说心里话，我真的挺难受的。后来，他对我说，在旅游景点购物的人不是傻子，就是白痴。出门，就要让自己轻松一点，为什么要给自己增加负担呢？再说，旅游景点，又有什么东西值得买呢？"

赛冰冰清了清嗓子，接着说："我承认，他说的不无道理。可是后来，又发生了这样一件事——他出差回来，破天荒地邀我到他家里去，以前都是在外面的小旅馆开几个小时的钟点房。那天，刚一进门，他就说想要我，急不可待，连澡都没顾得上洗，就将我推倒在床。其实那天我肚子疼，本不想做，可因为在乎他，不想让他生气和失望嘛，还是顺从了。做完以后，他兴奋异常，情绪高昂，拉着我的手在他家里四处参观。走到饭厅，说，你看，这是我从景德镇买回来的瓷器花瓶。走到客厅，说，这是我从云南带回来的鸡血石。走到厨房，说，这是我从西藏买回来的青稞酒。走到卫生间，说，这是我在宁夏买的手工马桶垫。最后，他又将我拉回卧室，一把掀开上面沾有他毛发的床单，用手指着白色床垫，很是神气地说，喏，看见这床垫了吗？这可不是一般的床垫哟，是我在泰国买的纯乳胶床垫，不仅透气防菌，还能调节睡姿，更重要的是，不知道你感觉到没有，刚才我们在亲热的时候，完全没有响动是不是？根本不用担心隔壁有没有人听见！哈哈哈，这东西真是好啊……也许是生理需求得到了满足和释放，他一不小心就打开了某道心理防线的大门。不知为什么，这是他第一次带我来他家，当然也是第一次向我展示他的藏品。可是艾姐，你知道吗？他当时所说的每一句话，我听了都心如同刀绞。原来，他也是喜欢在旅游景点购物的。原来，他也是不嫌麻烦的，毕竟连那么麻烦的花瓶、鸡血石、乳胶床垫都买了。只是，他心里只装着自己的喜好，而没有考虑到我的感受和情感需求。艾姐，我真的不是一个贪婪的人，也不是一个物质女，更不是一个捞女。如果是，不是我吹，就我这容貌和身段，有很多机会接受男人的礼物，可我一概拒绝了，我知道那些人只是玩玩而已，新鲜感过后，也就结束了，哪有什么真心真意，我不想因为这点恩惠而出卖自己的肉体和灵魂，我只想找个爱人把自己嫁掉，然后好好地过日子，可是……哦，对了，有件事，我本不想说的，说出来真的很丢人，你知道那次我为什么不愿掏板凳钱、水壶钱吗？另外，你也注意到了，我平时很节俭是吧？也许，你们认为我很抠门。其实，我以前不是这样的。在杭州当平面模特时，我花钱还是很大方的，像什么 Burberry、Dior、Lancome，也是买过的。那段时间，不是失业了吗？只有出项没有进项，我必须紧着点花呀！另外，我想攒钱在网上给他买一个飞利浦电动剃须刀，因为他的胡子长得飞快，几乎每天都要刮，需要一个好的剃须刀。后来，我将剃须刀买好送给他，他一看牌子，喜形于色，立马就将原来用的扔进垃圾桶。跟你说，这把剃须刀我花了将近五千元钱，至少可以买五瓶雅诗兰黛眼霜是吧？呵呵，如果让我老妈和老爸知道了，估计会气得吐血。可是，他除了开心，啥都没有问，也没有说，只是投入地和我又做了一次，算是对我的至高褒奖。我以为，他会在床上跟我说，亲爱的，爱是纯粹的，是精神层面的，是形而上的，物质和金钱会破坏这种美感，难道你不觉得送礼物这件事情很庸俗吗？下不为例哦。以后，千万别送我礼物了。再送，我会生气的。可是，一做完，他就喊累，然后翻转身，打着呼噜沉沉地睡了过去……"

说到这里，赛冰冰几欲哽咽，眼里噙着泪花，艾紫若假装没看见，她不想进一步触碰她的伤口，只是将她的手臂挽得更紧了些。

"艾姐，你知道吗？哪怕一折纸扇、一面镜子，或者一把梳子，都足以让我感到满足和快乐。可是，即便是如此细小的愿望，也无法得到实现。艾姐，我在乎的真的不是什么礼物，也不是金钱，而是一颗在乎我的心以及花钱的态度。如果他主动说给我买什么，我一定会说不，并且坚决不要。可是，他从来都没有这么说过，我真的很想听他这么说一次，哪怕一次……我以前在杭州当平面模特时，遇到一个做房地产生意的老板，说很喜欢我，表示愿意养着我，每个月给我一万元零花钱，并且在市区租一套公寓。说实话，这一万元钱，对我的诱惑还是很大的，如果说完全没有动心那是假的。可是，我并没有答应他，而是选择回到了家乡。当然，除了要摆脱这个老板的纠缠，还有一个原因是我父母年纪大了，身体又不好，他们希望我能在本地找一个有稳定工作的男人嫁了，好好地过日子。可是，他却如此对我，我不知道该怎么办，我真的很爱他，想嫁给他……其实，就我的家庭环境而言，根本不适合学车，学了也买不起车，你们可能都想不明白，为什么我就算丢了工作也要学车，其实，我……我全是为了他，为了他呀，他驾照的分总是不够扣，而且还喜欢酒后开车……如果我拿到了驾照，就可以借分给他，还可以在他酒后帮他开车呀！我想，只要我真心实意对他好，他会感觉到的，然后就会对我好，并且向我求婚，可是……"赛冰冰说到这里，朝天空看了看，强行收住满眼的泪水。

如若不是这番倾诉，艾紫若绝不会想到美若天仙的车花赛冰冰会陷入如此窘境，原以为她的个人生活会是鲜衣怒马、蜜语相绕的怡人之境，却原来……艾紫若不知如何去安慰赛冰冰，便从包里抽出一片纸巾递给她说："你想哭就哭吧，哭出来兴许会舒服、好受些。"

赛冰冰到底没有哭出声，只是用纸巾擦了擦眼角的泪水，也许她不想将自己的不堪完全暴露在一个只认识了几个星期的车友身上，尽管她很信任她。

艾紫若见赛冰冰渐渐平静下来，便小心翼翼地说："我刚才仔细分析了下，可能你们两个人对于爱情的感受是不同的，也许你们之间存在的并不是爱情，而是一种说不清道不明的需求。不然，他不会如此对你，这种行为实在太反常了，不合乎逻辑，他所说的那些，可能是在极力掩饰自己的自私。"

"艾姐，不是这样的，他有时对我也挺好的。有次我感冒发烧，全身无力，他请假过来照顾我，一会儿给我量体温，一会儿又给我进行物理降温，照顾了一晚上，都没怎么合眼。第二天早晨，又给我熬粥，并亲手喂给我吃。艾姐，你说，他如果不喜欢我，为什么会这样照顾我？他如果不爱我，我们在一起的时候，他为什么又那么快乐？我只是不明白，我们在一起已经好几年了，彼此都需要结婚这个仪式来结束单身，我是真心实意爱着他，可为什么他迟迟不开口说要娶我呢？"

艾紫若不忍心对赛冰冰说：如果一个男人清楚你想要什么却毫无行动，知道你一心想嫁他而不说我想娶你，那他一定不爱你，至少不够爱你。你不是他理想的结婚对象，他之所以愿意与你在一起，表现出对你的关心，那是因为你能满足他的生理需求，他暂时还不想抛弃你，因为你毕竟是一个美女，还比较年轻，且不用投入多少成本。说句不该说的话，他找别的女孩子做女友，可能要花更多的精力和金钱呢，他之所以偶尔表现出对你的关心，其实是想稳住你。有人说，爱上一个不可能的人，就像在机场等一艘船。你挖空心思地取悦他，在他面前怎么样都无法激起一丝波澜。并非他不温柔，只是他温柔的一面不会给你，或者他认为某些东西，比你更重要。怎么说呢，感情是这世上最不可强求的东西，既然得不到，不如就洒脱放手，不要让一个不够爱你又不想娶你的人，决定你的下半生。

真话总是太残忍，艾紫若实在不想在她的伤口上撒盐，因无法判断她的承受力，只好用另一番话安慰她说："那说明他还是在乎你的，不然你们也不可能好这么久，他之所以百般拖延，可能是因为心理上还没准备好，目前时机还不够成熟吧。"

"谢谢你，艾姐。"赛冰冰努力地挤出一丝微笑，眼里泛起丝丝缕缕的雾气，待雾气散尽，她轻轻地挽起艾紫若的胳膊说，"车来了，我们走吧！"

7

自从认识赛冰冰以后，更确切一点说，得知她个人以及家里的境况后，艾紫若的内心就像被风吹皱的池塘，当她接受生活的各种馈赠时，不再像以前那么心安理得，而是有种似有若无的心虚之感，并且常常会冒出一些问题，凭什么呢？为什么呢？进而，心海深处就会被某种暗物质紧紧咬住不放：我皮肤没有她白，眼睛没有她大，个子不如她高，胸不如她挺，腰不如她细，臀不如她翘……用时下的话来说，她简直可以甩我好几条街，可为什么我可以嫁得这么好，活得这么滋润，几乎每天都是蜜里调油的好日子，而她却只能在美容院给一帮富婆做脸、开背、护阴、提臀、刮痧、去角质……眼下，为了拿驾照，连这样一个工作都给弄丢了，以后不知在哪才能重新找到饭碗，未来的一切都是摇晃不定的。停不下来，也不至于倒，总是悬乎乎的。

更悲催的是，她还将自己的希望寄托在一个压根就不愿娶她的男人身上，这个男人和她在一起几年，别说生日礼物，就连一个旅游纪念品都不曾带给她，抠得连公鸡都有意见了，都不愿出来打鸣。而他，却还谎称这是纯粹的爱，是形而上的。我去，这渣男他妈的纯粹就是黄瓜、核桃、螺丝，欠拍、欠砸、欠拧。

不想了不想了，头疼欲裂。事不关己，本就可以高高挂起，何必咸吃萝卜淡操心，你当赛冰冰是你亲妹表妹还是堂妹？单一杭说得对，还是将时间和精力用在考驾照上，科目二虽然考过了，还有科目三、科目四呢，法意瑞之行正在远处招手呼唤呢。艾紫若打了个呵欠，翻了下身，闭上眼睛，慢慢地进入梦乡。

由于心有所盼，艾紫若学得格外认真和用心，遥想当年高考也不过如此。不到一个月时间，她就通过了科目三的路考和科目四的理论考试，顺利将驾照拿下。

暑假来临，艾紫若的老公单一杭克服工作繁忙，兑现了自己的承诺，一家三口穿着亲子装快乐地飞向了遥远的法意瑞。在卢浮宫，艾紫若看见了微笑的蒙娜丽莎、断臂的维纳斯、带翅的胜利女神。在瑞士，他们登上黄金列车，沿途尽览美如油画的湖光山色；在意大利，他们坐着贡多拉在威尼斯小巷间穿行，听着船夫哼着意大利小调，欣赏着两岸色彩斑斓的风格小屋……

在童话世界里游走，心情就像在云端飞翔，驾校、教练、小田、赛冰冰，像雾、像天涯、像蚂蚁，国内的一切都变得模糊、遥远和轻微，唯有眼前的风景最清晰最贴近最迷人，却无法带走丝毫，能带走的是法国的香水、意大利的皮包，以及瑞士的手表。

生活，不管你的生活过得像新鲜诱人的水蜜桃，还是像蔫瘪不堪的老苦瓜。时间，从来都是最公平的使者，不会多给你一分，不会少给他一秒，每个人都生活在自己的生活里，每个人都生活在或美好或残酷的现实中，即便有些人有些事曾与你有过某种交集，也终会在时间的作用下慢慢归于疏淡，甚至陌生，却不致了无痕迹。可是，你不知道哪一天，会陡然出现一阵飓风，帮你拂去经年积尘，露出你曾好奇却无以得见的面貌。

五年之后，某个阳光明媚的春日午后，油菜花快在田里开疯了，一朵赛一朵。艾紫若开车陪母亲去城郊的康复医院看望生病的远亲。在医院大门口，停好车，艾紫若正准备挽着母亲的胳膊往里走，突然看见一个蓬头垢面、衣衫褴褛的女人半蹲着身子，神情恍惚地看着一丛花，嘴里不知叽里咕噜说着什么，时而摇着一头乱发嘿嘿傻笑。由于这个女人身材还不错，艾紫若不禁多看了几眼，初看没什么，越看越像某个故人。突然，这个女人猛然抬起头，愣愣地望向这边，恰好与艾紫若的目光相接，艾紫若心里不觉惊诧，背后竟冒起丝丝寒意，难道是她？怎么可能呢？这时，艾紫若感觉有飞虫闯入眼睛，难受至极，下意识地用手揉起来。当她睁开眼睛，再次望向女人时，女人已收回了视线，神情呆滞地坐在地上，继续看花，歪着头，傻傻地笑，嘴里说着乱七八糟的话，就像说梦话，一句也听不清……

由于和那个远亲并无什么感情牵扯，艾紫若没有跟随母亲进去探望，而是独自徘徊于医院长长的回廊上，回廊上爬缠着枝叶繁茂的紫藤，离开花还有些时日。

"咦，艾姐，你怎么会在这里？"

晕哦，这里也能遇见熟人？幸好没干啥坏事。艾紫若不禁暗想，满脸疑惑地抬起头。

"艾姐，你不认识我了？我是小田，小田呀！我们一起学过车啊，在飞虎驾校，白教练那里。"不等艾紫若开口，小田急切地提示道。

"哇，原来是你呀！我当然认识你了小田，只是一时没反应过来嘛，毕竟这么多年没见了是不是，你的驾照早就拿到手了吧？车买了吗？"艾紫若笑了笑，攥住小田的手，热情地寒暄起来。

"驾照倒是拿了，车嘛，嘿嘿，还没看好，以后再说呗。艾姐，你是开车过来的吧？买的啥车？车技一定杠杠的吧？"小田见艾紫若认出了自己，脸上的笑容比先前更加灿烂了，连珠炮似地问了好几个问题，生怕一次不问完下面就没机会了。

艾紫若一一作了回答。

可是，两个过去的车友，几年未通音讯，当再见面时的热闹寒暄过后，接下来又能再聊些什么呢？不过是以前一起学车的人和事。

"艾姐，你还记得赛冰冰吗？"艾紫若正准备问及，没想到小田首先就提到了她。

"当然记得，而且印象深刻，她是我们的车花嘛。"艾紫若一边回答，一边等待着小田的下文。

"她疯了——"小田注视着艾紫若的眼睛，一字一顿地说。

"啊，她怎么会疯呢？"艾紫若问道，并很自然地联想起大门口那个不住傻笑的女人。

"艾姐，你真不知道吗？她都疯了好几年了。可惜了，这样一个美人，多少明星都比不上的美。如果她是官二代、富二代、星二代，该是何等风光。艾姐，你说一个人如果能够选择出身，都会怎么选择呢？"

"什么？"艾紫若的神思已飘向远方，竟不知小田刚才说了什么。

小田也没追问，只是幽幽叹了一口气："唉，这赛冰冰啊，真是心比天高，命如纸薄！看见她现在这样，真是……以后，我不再羡慕什么人了。想当初，我们一起学车时，我是多么羡慕她的美貌，以及艾姐你的家世背景啊，感觉自己哪里都不好，长相一般，家庭一般，工作又累又辛苦，老是值夜班，值夜班也没啥，反正已习惯，竟连微信都不让玩，被护士长逮到还得挨训。现在想想，这美貌啊，财富啊，不过是春花冬雪、夏露秋霜。人啊，生而在世，平安就好，健康就好，不要去比，知足常乐……"

"赛冰冰是怎么疯的？"艾紫若及时切断了小田的话，她可不想听小田如潮水般的感慨，尽管这感慨充满了人生哲学的现代意味。

"我以为你什么都知道，原来你一无所知，我记得你们以前关系挺不错呀，看见她总在你面前倾诉衷肠。"话还没说完，就被硬生生切断，小田心里自然有些不悦，却又不好明说，便酸溜溜地抛出这么一句，算是对自己心灵的安抚。

艾紫若不知说什么好，以叹气作答。

小田见无实质性回应，只好继续："说起来，这小妮子也真是命苦火背，那个清晨像被恶魔诅咒了一样，各种坏事赶着趟降临在她身上。在她去考科目二的路上,得知母亲确诊得了胃癌,急需化疗。在医院照顾的父亲,也感觉身体不舒服,经查,竟是肝腹水,急需住院治疗。糟糕的是,父母皆没有工作单位,自然没有城镇职工基本医疗保险,他们又舍不得去交每年一百五十块钱的城镇居民基本医疗保险费。你说如果交了,多少还能报销一点。你猜他们是咋想的?卖烧饼的父亲说,这一百五十块钱说多也不算多,可是,我要烤七十五个烧饼才能赚回。修鞋的母亲说,这一百五十块钱确实不算多,可是,我要粘一百五十只鞋。而赛冰冰当时正在失业中,也无多少积蓄,当时不仅需要解决两位老人的昂贵住院费,还需要一个人两边照顾,房子是不可能再买了,就算如此,以前的那点积蓄又能维持多久?那个和她在一起几年连礼物都没有给她买过一件的男朋友,听说她家里出了这档子事,我去,跑得简直比博尔特还快。我算是活明白了,难怪这渣男只喜欢上床不愿意结婚,原来早就洞悉一切,实在是英明啊!呵呵,英雄救美的故事早就过时啦,如今的时代可是强者与强者的结合,资本与资本的联姻……"

"这就是那天早晨,赛冰冰没去考科目二的原因吗?"艾紫若长长地舒了一口气,问道。

"我昨晚上夜班,一宿未睡。"小田打了个呵欠,清了清有些沙哑的嗓子,又把头上的白色燕尾护士帽正了正,缓了口气,说,"这些都是重要因素,但不是决定因素。就在赛冰冰陷入痛苦的深渊,感觉极端无助时,一辆宝马几乎是贴着她的身子呼啸而过,神经衰弱的她当场就吓晕过去……醒来时,就什么人也不认识了,不过偶尔也有清醒的时候,再后来就疯了……你说,摊上这些事,一个无依无靠的弱女子,能不疯吗?换作我,可能也会疯掉。如果不是我闺蜜告诉我,我哪知道这些。噢,忘了告诉你,我闺蜜是赛冰冰的一个亲戚,以前学车时好像跟你说过吧,我也记不太清楚了,不过这不重要是吧。还有一件事，你听了一定特吃惊，赛冰冰以前谈的那男朋友，后来娶了一个在编办工作的女人为妻，那女人有轻微腿残症，一条腿长，一条腿短，走起路来一颠一跛，晃晃悠悠，难看死了，不过据说家庭背景深厚……"

听了这些，艾紫若心里像吞了一只苍蝇，沉吟半晌，喃喃地说："我刚才在大门口看见一个女人长得很像，像赛冰冰……"

"不是很像，就是她。"

"那她怎么会在大门外呢？"

"我的个姐呀，不在大门外，难道还能进来住？住康复医院可是要花钱的呀，好好的家庭负担起来都够呛，何况她家里还是这么一个情况。你可能不知道，她的母亲已经过世好几年了，父亲的肝腹水估计已转化为肝癌，哪还有钱让她住康复医院？谁还有能力送她住康复医院？她只能是自生自灭了。有一次，我在下班路上，看见她撅着屁股在垃圾箱旁边捡馒头吃，就把她带到我上班的地方来了，食堂如果有剩下的饭菜就给她端一点，我们医院附近有一个菜农废弃不用的棚子，她平时就住在里面。作为过去的车友，我也只能做这么多了……"

艾紫若抿了抿嘴唇，沉默着。

"紫若，你在干什么？天不早了，我们该回去了。"母亲站在门口招手唤道。

"好的，我马上来。"听见母亲的呼唤，艾紫若从沉默中醒来，突然感觉很轻松，她整了整滑落到肩下的 Gucci 皮包，微笑着辞别小田，然后转身离去。

再次经过医院大门口，艾紫若特意放慢车速，降下车窗玻璃。可是，当她将视线投向窗外时，发现此前的存在已化为虚无，唯有金黄的油菜花拼命地怒放着。她去了哪里？哪里才是她的家？

"你在找什么？"坐在副驾上的母亲问道。

"噢，没找什么。看路边，那无人看管的油菜花，开得好灿烂！"

"油菜花开啊！可苦了你表姨妈，冬天还好好的。这花一开，疯病又复发了，满处乱跑，连丈夫、儿子都不认识了，好在你表姨妈家有钱，可以相对体面地活下去……"

艾紫若注视着前方，小心地开着车。

"就说刚才在门口看见的那个女孩吧，只能像流浪动物一样在这座城市生存，说不准啥时就……听说她原本并不疯，因为家里出了重大变故，神经受到强烈刺激才……"

艾紫若猛地踩了一脚急刹车，侧过脸，惊异地望着母亲，问："妈，你咋知道这些的？"

"当然是听说的。我的会计师事务所不是新招进来一个叫小凤的女孩吗，有次在大街上指给我看，说疯了的女孩是她邻居，叫啥来着？对了，空雨心，还给我看了她以前的相片，确实长得挺漂亮的，可惜……"艾紫若的母亲说到这里，突然拍了下自己的脑门，猛然惊醒似的说，"人老了，不中用喽，瞧我这记性，我一直忘了告诉你，小凤在我微信朋友圈看见你相片，兴奋得不得了，说认识你，考科目二时，就坐在你旁边，当时还吃着热干面，让我问你什么时候有空，想请你去吃巴厘岛龙虾……"

艾紫若的耳朵和脑袋嗡地一响，踩刹车的脚不由得一松，不禁惊呼一声，前面废弃不用的菜棚边，歪立着一个蓬头散发的女人。靠近还是离开？艾紫若将脚重新放回刹车板，陷入一场选择障碍中。

原载《飞天》2023 年第 3 期

.